U0465526

楚尘
文化
Chu Chen

北京楚尘文化传媒有限公司 出品

蓝胡子 [美] 库尔特·冯内古特 著 杨向荣 译

BLUEBEARD Kurt Vonnegut

中信出版集团 | 北京

图书在版编目（CIP）数据

蓝胡子 /（美）库尔特 · 冯内古特著；杨向荣译
. -- 北京：中信出版社，2022.1
书名原文：Bluebeard
ISBN 978-7-5217-3541-3

Ⅰ．①蓝… Ⅱ．①库… ②杨… Ⅲ．①长篇小说－美国－现代 Ⅳ．① I712.45

中国版本图书馆 CIP 数据核字 (2021) 第 191574 号

蓝胡子
著者：　[美] 库尔特 · 冯内古特
译者：　杨向荣
出版发行：中信出版集团股份有限公司
（北京市朝阳区惠新东街甲 4 号富盛大厦 2 座　邮编　100029）
承印者：　上海盛通时代印刷有限公司

开本：880mm×1230mm　1/32　　印张：10.625　　字数：229 千字
版次：2022 年 1 月第 1 版　　印次：2022 年 1 月第 1 次印刷
京权图字：01-2021-3583　　书号：ISBN 978-7-5217-3541-3
定价：58.00 元

服务热线：400–600–8099
投稿邮箱：author@citicpub.com

作者手记

这是一本小说，一本小说意义上的恶作剧式自传。不宜将本书当作发源于美国的首个重要艺术运动抽象表现主义画派的信史。它除了是我对这个或那个现象故作怪癖的反应史外，不是任何东西的什么史。

本书中的拉宝·卡拉贝奇亚不曾实有其人，特里·基奇、西尔塞·伯尔曼、保罗·斯莱辛格、丹·格雷戈里、伊迪斯·塔夫脱、玛丽琳·凯普，或者其他任何主要角色都实无其人。至于我提及的那些真实的著名人物，我没有让他们做任何这些人实际上不会做的事情，如果把他们放在这个试验场进行检验的话。

我不妨也可以说，这本书写到的很多东西的灵感，受整个过去这个世纪付给艺术品的荒诞离奇价格的启发。纸币财富的惊人集中，让某些人或者机构能够赋予某些人类的游戏以不适宜因而令人痛苦的严肃性。我不仅想到儿童玩泥饼的艺术，还想到了——跑啊，跳啊，追啊，投啊，这些儿童游戏。

或许还想到了跳舞。

或许还想到了唱歌。

库尔特·冯内古特

我们现在要互相帮助了却这件事，
不管这是件什么事。
——马克·冯内古特医生，医学博士
（致作者的信，1985）

蓝胡子

拉宝·卡拉贝奇亚自传（1916—1988）

谨将此书献给西尔塞·伯尔曼。

我还能说什么呢？

——拉宝·卡拉贝奇亚

1

给自己的这本生平传记写下“结束”两字后，我觉得还是这样做来得比较谨慎，赶紧窜回到开始前，来到比如说我的大门口，对已经光临的客人们致歉道：“我答应要给你们奉上一部自传，可是厨房出了点闪失，结果却烹制成一部记录刚刚过去的这个烦恼的夏天的日记了！如果有必要，我们完全还可以打发人再去订购比萨的。进来，快进来。”

• • •

我是前美国画家拉宝·卡拉贝奇亚，是个独眼龙。1916 年，我出生于加利福尼亚的圣·伊格纳西奥，父母是移民。着手写这部传记已是七十一年之后。如果要向那些不甚谙熟古老神秘算术的人解释，那么这年应该是 1987 年。

我不是天生就独眼。我是“二战”快结束在卢森堡指挥一个排的工兵时搞掉自己左眼的，说来奇怪，这些工兵在做平民百姓时，可都是这样那样的艺术家。我们都是伪装方面的行家里手，可在当时却像普通步兵那样为生死存亡而战。那支队伍全由艺术家组成，因为军中有人提出高见，说我们在伪装方面肯定别有优势。

于是就有了我们！我们还真不负众望！我们给德国人制造的幻觉已经到了出神入化的地步：让他们感觉在我们后方什么危险，什么不危险。没错，上边还允许我们像艺术家那样生活，在着装和军人礼节这种事情上可以嘻嘻哈哈，毫不在乎。我们从来没有隶属于某个师甚或军这样常见的建制单位。我们直接受命于盟军远征军最高司令部，司令部临时把我们分配给这个或者那个将军，而这些将军都耳闻过我们惊人的魔术手法。他们只是我们片刻的主人，对我们放任宽容、着迷，最终感激万分。

然后，我们就又奔赴别处了。

因为我当初参加的是常规部队，在美国参战前两年就已经是中尉了，本来我在战争结束的时候至少可以拿到中校军衔的，但我拒绝了所有高过上尉级别的提拔升迁，就想继续留在我们那个有三十六口男人的幸福家庭。那是我平生首次拥有那种大家庭的经验。我的第二个大家庭出现在战后，那时，我发现自己成了那些美国画家的朋友，貌似也是他们的同行，他们现在已经以抽象表现主义画派奠基人的身份进入了艺术史。

• • •

追溯到旧世界，我父亲和母亲的家庭要比我的那两个家庭大很多——当然他们在那里的亲戚都是血亲。在土耳其帝国发动的那场对大约一百万亚美尼亚人进行的大屠杀中，他们的血亲丧失殆尽，这些人被认为靠不住，原因有两个：一是因为他们聪明，受过教育；二是因为他们中很多很多人在土耳其与其宿敌俄罗斯帝国的国界线那边有亲戚。

那是一个帝国林立的时代。这个时代也同样如此，只是掩饰得没那么好。

• • •

与土耳其人结盟的德意志帝国派出很多无动于衷的军事观察员，来评估这场本世纪首次种族大屠杀，当时这个词在任何语言中都尚不存在。现在不管在哪儿，这个词都被理解成一场精心策划的，杀害被认为是人类某个种族的每位成员——具体说就是男人、女人和小孩的行为。

这种雄心勃勃的计划面临的麻烦纯属工业问题：如何廉价又迅速地杀死如此众多的巨大而又足智多谋的动物，确保不会有任何人逃掉，以及事后如何处理堆积如山的尸骨。土耳其人在他们的拓荒式创举中，既没有真正干大事的天资，也没有必需的专业化机械设备。德国人仅仅在四分之一世纪之后就在这两个方面同时展示出他们的过人之处。土耳其人只是把所有能找到的亚美尼亚人都抓来，从家里，以及工作、宴会、娱乐、祭祀、教育的地方，或者不管什么场合，然后驱赶到乡下，不给他们吃的喝的住的，然后枪击、痛殴他们，以及用诸如此类的手段，直到他们看上去全死了。事后，这些脏乱东西就交给野狗、秃鹫、啮齿动物等等，最后再交由虫子来清理干净。

我母亲，当时还不是我母亲，完全是因为在尸体堆中装死才幸免于难。

那些士兵到来的时候，我父亲，当时还不是她丈夫，躲在学校后面一个厕所的屎尿中，他是那所学校的老师。放学后，我未来的父亲孤身一人正在学校写诗，他曾这样告诉我。那时，他听到士兵们来了，立刻明白他们想干什么。父亲没有看到或者听到实际的杀戮行为。对他来说，那场大屠杀最恐怖的记忆是村子的寂静，夜幕降临时他是那个村子唯一的居民，而且还满身屎尿。

• • •

虽然我母亲对旧世界的记忆要比我父亲的更残酷，因为她就在杀戮现场，但她尽量忘却那场屠杀，在美国多找些乐子，同时做着有关这里未来家庭的白日梦。

我父亲则不然。

· · ·

我是个鳏夫。我妻子伊迪斯 · 塔夫脱，是我的第二任妻子，两年前就死了。她留给我这座位于长岛东汉普顿海滨、有着十九个房间的大房子，她那个从俄亥俄的辛辛那提过来的盎格鲁–撒克逊家族在这座大房子里生活了三代。她的祖先绝对想不到这座房子会落入一个有着拉宝 · 卡拉贝奇亚这样怪里怪气的外国人名字的男人手中。

如果那些祖先们的魂魄经常在这里出没的话，他们肯定会像新教圣公会教徒那样举止彬彬有礼，以至于迄今为止都没有人注意到他们出现过。如果我在那个大楼梯上碰到他们中的一个鬼魂，他或者她指出，我没有权利拥有这座房子，我会这样对他或者她说：“这得怪那座自由女神像。”

· · ·

亲爱的伊迪斯和我结婚二十年，过得幸福美满。她是美国第二十七任总统、最高法院第十任首席大法官威廉 · 霍华德 · 塔夫脱的侄孙女。她是辛辛那提一个叫小理查德 · 费尔班克斯的运动员和投资银行家的遗孀，这位小理查德则是印第安纳州参议员、后来又成了西奥多 · 罗斯福的副总统的查尔斯 · 沃伦 · 费尔班克斯的后人。

我们早在她丈夫去世前很久便认识了，那时我就劝她，也劝他，尽管这座房子是她的而不是他的家产，把他们闲置不用、储藏土豆的仓库出租给我当工作室。当然，他们压根就不是土豆农场主。他们只是从隔壁一个农场主那里买了片地，在北边，跟那段海滩有点距离，只想别把那片地给开发了。随之而来，就有了这个土豆仓库。

直到她丈夫死了，我的第一个妻子多萝西以及我们的两个儿子特里和亨利搬走离开我以后，伊迪斯和我才开始深交起来。我卖了我们在斯普林斯那个村子的房子，在这里往北六英里处，因此，我不仅把伊迪斯的仓库当成我的工作室，还当成了我的家。

顺便说一句，那个不可思议的住所，从主宅是看不见的，此刻我就正在主宅里奋笔疾书。

• • •

伊迪斯跟她的第一个丈夫没有孩子，我把她从小理查德 · 费尔班克斯太太变身为拉宝 · 卡拉贝奇亚太太的时候，她已经过了育龄期。

所以，在这座宏伟的大房子里，我们只是个很小的家庭，这座房子拥有两个网球场、一个游泳池，以及一间马车房和一个土豆仓库——另有一段三百码长的私人海滩，就在开阔的大西洋边上。

你可能以为我的两个儿子特里和亨利也许会很乐意带着家人来这里。我给他们取这两个名字是为了致敬我最亲密的朋友，已故的特里 · 基奇，以及特里和我都嫉妒不已的艺术家亨利 · 马蒂斯。特里自己现在都已经有了两个儿子。亨利有个女儿。

可是他们都不跟我说话。

“就那样吧！就那样吧！”我在这片修葺得干净利落的荒凉之地上大喊大叫，“谁他妈的在乎！”然后，又给这番勃然大怒找台阶下。

• • •

亲爱的伊迪斯，像所有伟大的地母那样，是个多面手。即便这里只有我俩和几个用人，她都让这只维多利亚时代的方舟充满了爱、欢笑和亲自过手的家庭气氛。像她这样，虽然一生养尊处优，但依然跟厨子一起做饭，跟园丁一起干园艺活儿，购买我们所有吃的食物，而且还养宠物，喂鸟儿，跟野兔、松鼠和浣熊交朋友。

不过，我们也经常举办派对，客人们有时会待好几个星期——大多是她的朋友和亲戚。我已经说过，我自己为数不多的几个血亲是怎么回事，几个后辈全都已然陌生疏远。至于我在部队时人为组合在一起的那些亲戚，有些在那场小规模的战斗中遇难了，而我则成了俘虏，并且付出失去一只眼睛的代价。活下来的人，从那以后，我就再也没见过或者听到过。也许是因为他们不像我喜欢他们那样喜欢我。

这样的事经常发生。

我另外一个人为组合而成的大家庭的成员，那些抽象表现主义画家，现在大多已经死了，死因多种多样，从纯粹的衰老到自杀，不一而足。为数不多的几个幸存者，像我的血亲一样，再也不跟我说话。

“就那样吧！就那样吧！”我在这片修葺得干净利落的荒凉之地上大喊大叫，“谁他妈的在乎！”然后，又给这番勃然大怒找台阶下。

• • •

伊迪斯死后，我们的用人很快都辞职了。他们说，在这里也太孤单寂寞了。所以，我又雇了几个新人，给他们大笔的钱，为的就是能忍受我和所有这孤单寂寞。伊迪斯活着的时候，这座房子也是活的，园丁和两个女佣一直住在这里。现在只有厨子还住着，而且，我说过，已经是个新厨子了，她自己和一个十五岁的女儿占据着三楼侧房整个用人的住处。她是个离了婚的女人，东汉普顿的一个土著，四十岁的样子，照我说。她女儿塞莱斯特没有为我工作，只是单纯住在这里，吃我的东西，在我的网球场，在我的游泳池，在我的私人海滩上招待她那些喜欢大声吵嚷和任性无知的朋友。

她和她的朋友们经常对我视而不见，好像我只是一个参加过某场已被遗忘的战争的退伍的糊涂老兵，身为一个博物馆看守，迷迷瞪瞪做着白日梦，打发着所剩无几的时日。我有什么可恼火的？这座房子，除了作为一个家，还庇护着抽象表现主义画派的艺术家们残留在私人手中的最重要的藏品。因为我已经有几十年没有做过有用的工作了，说实在的，除了是个博物馆看守，我还能是什么？

而且，如同一个带薪博物馆看守可能会做的那样，我尽我所能答复访客向我提的这个问题，当然是用不同方式来表述的："这些画想要表达什么意思？"

• • •

这些画除了是画本身以外，什么意思都没有，在我跟伊迪斯结婚之前很久，它们就是我的财产了。它们的价值至少堪比这座房子、股票和债券，包括伊迪斯留给我的辛辛那提孟加拉虎职业橄榄球队四分之一的股份，所有这些的总和。所以，我不能被污名化为一个美国财富猎手。

我可能是个不堪的画家，可是我最终却成为一个多么了不起的收藏家！

2

自从伊迪斯死后，这里就变得十分冷清。我们认识的朋友都是她的，不是我的。画家们都躲着我，因为我自己的画招致的罪有应得的嘲讽，促使那些势利之辈声称大多数画家都是骗子和笨蛋。但是我能忍受孤独，如果不得不忍受的话。

我还是个孩子的时候，就忍受过孤独。大萧条期间，我在纽约又忍受了好几年。1956 年，我的第一个妻子和两个儿子离开我之后，我就自觉放弃，不再做一个画家，我其实想寻找孤独，并且找到了。我做了八年的隐士。对一个受伤的老兵来说，怎么能干得了一份全职工作呢？

· · ·

其实，我还真有一个朋友，完全属于我的朋友。他是小说家保罗·斯莱辛格，一个像我一样参加过“二战”、负了伤的怪老头。

他一个人睡在我的斯普林斯老房子隔壁的一个房子里。

我说他睡在那里，是因为他几乎每天都上这里来，而且，此时此刻他可能就在这所大宅子的某个地方，或者在看人打网球，或者坐在海边张望着大海，或者在厨房跟那个厨子玩牌，或者躲掉所有的人和事，在那个土豆仓库的远端，某个其实谁都不曾去过的地方读一本书。

我觉得他不怎么写作了。而且，我也说过，我压根就不再作画了。我甚至都懒得在楼下电话机旁的便笺上涂抹点什么。几个星期前，我突然发现自己忍不住想画画，我就刻意把铅笔头掐断，把铅笔撅成两段，把断笔扔进一个废纸篓里，就像扔一条曾想毒死我的小小响尾蛇。

• • •

保罗没有钱。他每周在这里跟我吃四五次晚饭，白天的时候直接从我的冰箱和水果盘里贪婪地抓东西吃，所以我还真是他最主要的营养来源。晚饭后，我曾跟他说过好多次：“保罗——你干吗不把自己的房子卖了，弄点随身带的零花钱，然后搬到这里来呢？瞧瞧我所有这些房间。我再也不会娶个老婆或者找个女友了，你也如此。天哪！谁会要我们？咱俩看着像两个挨了枪子儿的鬣蜥！还是搬进来吧！我不会打扰你，你也不会打扰我。还有什么比这更在情在理的呢？”

他的回答始终没有多大的变化：“我只能在家里写东西。”某个搁着台破破烂烂的冰箱，除了他没有任何人进去过的家。

有一次，他说起这座房子："谁能在一家博物馆里写东西呢？"

好吧——我现在已经明白了能不能在这样的房子里写东西。我正在这家博物馆里写东西呢。

是的，没错：我，老拉宝·卡拉贝奇亚，在这些视觉艺术品中已经把自己弄得灰头土脸，正向文学发起进攻。我毕竟是个货真价实的经历过大萧条的孩子，为了安全起见，我现在还得抓着博物馆看守的工作不放。

是什么启迪了一个如此年迈之人做出如此奇妙的职业生涯的改变？找出那个女人[1]！

据我记忆所及，一个生机勃勃且自以为是、肉感丰满、还算年轻的女人不请自来，搬进来跟我住了！

她说，她无法忍受看着、听着我整天完全无所事事——所以我干吗不做点什么，不管做什么？如果我想不起有什么可做，为什么不写写自传呢？

为什么不呢？真的。

她的口气听上去如此霸道专横！

我发现自己开始干起她说的我必须要做的不管什么事儿来了。在我们二十年的婚姻生活中，我亲爱的伊迪斯一次都没有替我想过我该做点什么。在部队，我认识几个上校和将军，很像这位在我的生活中新来乍到的女人，可他们都是男人，而且我们都是战

1　原文为法语Cherchez la femme，意思是那个女人是主人公做出改变的原因。（译者注，下同）

时同伙。

这个女人算得上朋友吗？我不知道她究竟是什么人。我只知道她再也不会离开了，直到她恢复好了，变得容易相处了，我知道她吓得我裤子都掉了。

救命啊。

她的名字叫西尔塞[1]·伯尔曼。

• • •

她是个寡妇。丈夫是巴尔的摩一个脑外科医生，她在那儿还有座跟这个宅子一样大一样空旷的房子。丈夫艾贝六个月前死于脑溢血。她四十三岁，挑中这座房子，觉得在写丈夫传记期间这里是个很不错的生活和工作的地方。

我们的关系毫无情欲的成分。我比伯尔曼太太年长二十八岁，不管在谁看来，我都已经变得丑陋不堪了，除了那条深爱着我的狗。我真的像个挨了枪子儿的鬣蜥，另外我还是个独眼龙。够了，已经够了。

我们是这样相识的：一天下午，她独自漫步到我的私人海滩，她不知道那是私人所有。她从来没听说过我，因为她厌恶现代艺术。她在汉普顿一个人都不认识，住在距离这儿有一英里半的梅德斯通旅馆，她从那里步行过来去公共海滩，然后就越过我的地

1 英文为Circe，古希腊神话中能把人变成牲畜的女巫喀耳刻。

界了。

我去那里是午后例行泡海水澡，看到她盛装待在那里，干着保罗·斯莱辛格干过不知道多少遍的事儿：坐在沙滩上，张望着大海。我介意她或者别的什么人在那里的唯一原因是，我荒唐不堪的体形，以及下水之前我得摘掉自己的眼罩。不用说眼罩下面一团糟，乱得跟炒鸡蛋似的。被近距离端详，我会非常尴尬。

顺便说一句，保罗·斯莱辛格常说，人类的境况可以只用一个词来总结，这个词就是：尴尬。

• • •

所以，我选择不游泳，只是跟她保持一定距离，晒晒日光浴。

可是，我已经走得很近了，近到不得不说："你好。"

她的回答很奇异："告诉我，你父母是怎么死的。"

这个女人太诡异了！她可能是个巫婆。除了巫婆，还有谁可能会劝我写自传？

她刚把脑袋伸进房间就说，我该去趟纽约城了。自从伊迪斯死后，我再没去过那里。自从伊迪斯死后，我几乎没有离开过这座房子。

就这样，我来到了纽约城。这太可怕了！

• • •

“告诉我，你父母是怎么死的。”她说。我简直不敢相信自己的耳朵。

“抱歉，请再说一遍？”我说。

“‘你好’有什么好说的？”她说。

她拦住我的去路。“我向来觉得这样说聊胜于无，”我说，“但我的想法可能是错的。”

“‘你好’是什么意思？”她说。

我说：“我向来把它当‘你好’来理解。”

“噢，不是这样，”她说，“它的意思是，‘不要谈论任何重要的东西’。它的意思是，‘我虽然在微笑但不想听，所以还是走远点’。”

她继续宣称，她已经厌倦了装模作样去见人。“那就在这里坐下，”她说，“告诉妈妈，你父母是怎么死的。”

“告诉妈妈！”对此你能怎么着？

她留着黑色的直发，褐色的眼睛大大的，像我母亲——但她比我母亲高很多，而且说实话，比我都还要高点。她的体形也比我母亲好，母亲任由自己变得特别肥胖，而且也不在乎自己的头发或者衣服像什么样子。母亲不在乎这些是因为父亲不在乎。

我跟伯尔曼太太就这样谈起了母亲：“我十二岁那年，她死的——得了破伤风，显然是在自己工作的加利福尼亚一家罐头厂染上的。那家罐头厂建在一个古老的代养马房的地址上，破伤风的细菌经常聚集在马的肠子上，对马倒不造成伤害，往外排泄的时候会变成顽固的孢子，附着在微小的种子上结成壳。如果有一个潜伏在罐头厂附近和下面的泥地中，一旦被挖掘出来，就会四处散发。经过漫长的休眠后，它会在人间天堂苏醒过来，这是我们都喜欢干的事儿。那个天堂就是我母亲手上的一道伤口。”

“再见了，妈妈。”西尔塞·伯尔曼说。

妈妈这个词又来了。

“至少，她不用忍受大萧条的煎熬，只差一年就是大萧条。”我说。

至少，她不用看到自己唯一的孩子从“二战”中归来后变成了独眼巨人。

“那你父亲是怎么死的？”她问道。

“1938 年在圣·伊格纳西奥的碧珠影院，”我说，“他经常一个人去看电影。他甚至从来没有考虑过再婚。”

他自然靠加利福尼亚的那家小店过活，他在那里有了在美国生活的第一个立足之地。当时，我已经在曼哈顿生活了五年——以画家的身份给一家广告公司打工。电影结束时，灯亮了，大家都回家了，唯独我父亲不能回家了。

“什么电影？”她问道。

我说：“《怒海余生》[1]，斯宾塞·屈赛和弗雷迪·巴塞洛缪

---

1 《怒海余生》（*Captains Courageous*），1937年上映的美国好莱坞冒险片。维克托·弗莱明（Victor Fleming，1889—1949）执导，斯宾塞·屈赛（Spencer Tracy，1900—1967）和弗雷迪·巴塞洛缪（Freddie Bartholomew，1924—1992）主演，斯宾塞·屈赛凭借该片获得了“奥斯卡最佳男主角奖”。

主演。”

• • •

父亲对那部电影的观感如何，只有上帝知道，电影讲的是北大西洋捕鳕鱼的渔夫的故事。也许他还没有看到电影的任何内容就死了呢。如果他真的看了部分内容，肯定会心有不甘，因为这部片子跟他曾经见过的任何事或者认识的任何人毫无关系。他欣然接受所有的证据，即他少年时代知道并且热爱的这个星球已经完全消失了。

这是他自己对在那场大屠杀中失去的所有朋友和亲戚表达敬意的方式。

• • •

你可能会说，他在这里成了为自己所用的土耳其人，自己把自己击倒，然后朝自己身上吐唾沫。他原本可以学习英文，在圣·伊格纳西奥成为一个受人尊敬的教师，然后又开始写诗，或者把他万分钟爱的亚美尼亚诗人的作品翻译成英文。但是那样还不够屈辱。以他所受的全部教育，除了成为他父亲和祖父曾经成为的那种人，即做一个鞋匠，他什么都做不了。

他擅长那门手艺，他从小就开始学习那门手艺，而我也是从小就开始学了。可他是多么的不甘！至少他用亚美尼亚语可怜过自己，只有我和母亲能听得懂。在圣·伊格纳西奥方圆一百英里内，没有其他任何亚美尼亚人。

“我在寻找威廉·莎士比亚，你们的最伟大的诗人，”他干活儿的时候可能会这样说，“你听说过他吗？”亚美尼亚语的莎士比亚，他前前后后熟悉透了，而且经常张口就能引用。比如，“生存还是毁灭……”对他来说就是，“linel kam chlinel……”

“如果你逮住我在讲亚美尼亚语，就扯掉我的舌头。”他会说。那是土耳其人在17世纪的时候对讲任何除了土耳其语外别的语言的人设立的惩罚措施：撕烂舌头。

“那是些什么人，我在这里干什么？”在外面，看到牛仔、中国人和印第安人走过去的时候，他会这样说。

“什么时候圣·伊格纳西奥才会竖立起一座梅斯罗普·马什托茨的雕像？”他会说。梅斯罗普·马什托茨是亚美尼亚字母的发明者，这种字母跟别的任何字母都不一样，大约在基督诞生前四百年[1]的时候就发明出来了。顺便说一句，亚美尼亚人是最早把基督教作为自己民族宗教的人。

“一百万，一百万，一百万哪。”他会说。这是在我父母逃脱的那场大屠杀中，人们普遍接受的被土耳其人杀害的亚美尼亚人的数量。是土耳其三分之二的亚美尼亚人，而且是全世界大约一半的亚美尼亚人的数量。目前，我们有大约六百万人，包括我的两

1　梅斯罗普·马什托茨（Mesrob Mashtots，361/362—440），亚美尼亚神学家、语言学家。大约于公元405年发明了亚美尼亚字母，促进了基督教在亚美尼亚的传播。此处原文或有误。

个儿子，三个孙子、孙女，他们对梅斯罗普·马什托茨一无所知，也毫不关心。

“穆萨·达赫！”他会说。这是土耳其的一个地名，那里有一小群亚美尼亚平民跟土耳其军人作战，坚持了四十个昼夜后才被消灭——那个时候我父母，以及尚在母亲腹中的我已经安全抵达圣·伊格纳西奥。

• • •

“谢谢你，瓦尔丹·马米科尼扬。”他会说。这是一个伟大的亚美尼亚民族英雄的名字，他在5世纪的时候曾经领导一支败北的队伍抵抗波斯人。但是，他头脑中的瓦尔丹·马米科尼扬神父是埃及开罗的一个亚美尼亚制鞋商，大屠杀过后，我父母就逃到那个各种语言混用的大都市。就是他，更早的一场大屠杀的幸存者，劝告我那天真的父母，他们是在去开罗的一条路上相遇的，劝告说他们会在圣·伊格纳西奥找到遍地铺满黄金的大街，只要他们能够找到前往那里的门路。不过，那是我在后面要讲的故事。

“如果什么人发现了人生的真谛，”父亲会说，“那已经为时太晚。我不再感兴趣。”

“从未听到一个令人沮丧的词，天空不会整天乌云密布。”他会说。当然，这些话都出自那首美国歌曲《牧场上的家》，他曾把那首歌翻译成亚美尼亚语。他觉得那些词傻里傻气的。

“托尔斯泰就做过鞋。”他会说。当然，这是事实：那位最伟大的俄罗斯作家兼理想主义者，为了做好重要的工作，曾经做过一段时间的鞋子。也许我可以说，我也会去做鞋，如果不得不做的话。

• • •

西尔塞·伯尔曼说她会做裤子，如果不得不做的话。正如我们在海滩相遇时她告诉我的，她父亲在纽约的拉克万纳有个制裤厂，直到他破产上吊后才关闭。

• • •

如果我父亲能够在看斯宾塞·屈赛和弗雷迪·巴塞洛缪主演的《怒海余生》时幸存下来，能够活到看见我在战后画的那些画，那些画有一部分还吸引来严肃的批评关注，有一部分后来被我卖掉换了点小钱，他肯定会成为众多嘲笑和讥讽那些画的亚美尼亚人中的一员。他不单单会嘲讽我，他还会嘲讽我那些抽象表现主义画派的同伙，包括杰克逊·波洛克、马克·罗斯科和特里·基奇等等，这些画家不像我，他们如今已经被认为不仅仅是美国也是混账全世界有史以来最杰出的画家。但是，有件事现在就像我的头脑中卡了根刺，虽然我已经有好几年没有想过这事了：在嘲笑他的儿子方面，在嘲笑我方面，他从来都毫不犹豫。

所以，拜伯尔曼太太仅在两星期前跟我的那次谈话所赐，我陷入了一种青春期才有的对父亲憎恨的狂乱中，而他在五十年前就已下葬！让我赶紧走出这台地狱般的时间机器吧！

然而，很难摆脱这台地狱般的时间机器。现在我不得不想，纵然这可能是我最后一次去想，如果我有这个选择的话，当我的绘画，由于在画布涂胶和我用在画上的丙烯酸墙壁颜料以及彩色条带之间发生了无法预测的化学反应，全都自行毁坏了时，我自己的父亲会像别人一样纵声大笑。

我是说——那些花了一万五或者两万甚至三万美元买我画的人们，会发觉自己在盯着一块空白画布，他们全都要做好准备，面对一幅新画，面对卷起的彩带和脱落在地板上看上去像发霉的卜卜米的东西。

· · ·

正是一场战后的奇迹把我毁了。我得向我年轻的读者解释一下，如果我有什么读者的话，第二次世界大战有诸多显著的哈米吉多顿[1]的预兆式特征，是一场善与恶的终极决战，所以什么影响都没有，除了随后出现的种种奇迹。速溶咖啡就是一个。滴滴涕[2]算另一个。它会杀死所有的虫子，而且几乎如愿以偿。核能将会

1　哈米吉多顿（Armageddon），《圣经·启示录》中所预言的世界末日时善恶的决战场。

2　滴滴涕（DDT），一种杀虫剂，曾在全世界广泛应用。

发电，而且便宜得甚至都不必打表计量。这场战争还让另一场战争的发生变得不可想象。说到面包和鱼那更了不得！抗生素会击败所有的疾病。拉撒路[1]将不会死：这是怎么一个设想，竟会让上帝之子过时呢？

没错，还出现了很多奇妙的早餐食物，而且每个家庭很快都会有直升机。还有很多神奇的新纤维材料，可以在冷水中清洗，无须事后熨烫！说起来，这简直是一场好值得一打的战争！

那场战争期间，我们有一个词来形容极端的人为造成的混乱，那就是 fubar，是“搞得面目全非”[2]这句话首字母的缩写词。嗯——整个地球现在都被战后的奇迹搞得面目全非，但是早在 20 世纪 60 年代初期，我就成为最早一批被一种奇迹完全毁掉的人之一——那是一种丙烯酸的涂墙颜料，按照当时广告上的说法，它的颜色的生命力能够“战胜蒙娜丽莎脸上的微笑”。

那种颜料名叫奢耐缎。蒙娜丽莎还在微笑着。你们本地的颜料商贩，哪怕他在这个行当只干过片刻工夫，如果你向他打听这种颜料，他都会笑死你。

• • •

“你父亲患有那种‘幸存者综合征’，”那天西尔塞·伯尔曼在

1 拉撒路（Lazarus），《圣经·约翰福音》载，拉撒路得麻风病而亡，四天后，耶稣使其复活。

2 原文为“fucked up beyond all recognition”。

海滩上对我说，“他很羞愧没有像他所有的亲戚朋友那样死掉。”

“他也很羞愧我没有死掉。”我说。

“就当是一种走偏了的高贵情感。”她说。

“他是个令人苦恼不堪的父亲，”我说，“真让人难过，你现在让我想起了他。”

“既然我们提到他这么久了，”她说，“你何不现在原谅了他？”

“我已经原谅了一百次，”我说，“这次我要变聪明些，得拿到一张收据。”我继续说，母亲比父亲更有资格称得上患有“幸存者综合征”，因为她就身处杀戮的中心，假装死了，有人就躺在她身上，而且四处是尖叫和鲜血。她当时并不比厨子的女儿塞莱斯特大多少。

母亲躺在那里的时候，目光正对着一个老太太尸体上的脸，她嘴里没牙，近在咫尺。老太太的嘴巴张着，嘴里塞着，以及嘴下面的地上散落着好多未加工的珠宝，那是一大笔财富。

“如果不是那些珠宝，”我告诉伯尔曼太太，“我就不会成为这个伟大国家的公民，而且也不会有资格告诉你，你在擅自进入我的私人领地。我的房子就在沙丘的另一边。如果一个孤独无害的老鳏夫邀请你去喝一杯，你会觉得是冒犯吗？如果你愿意喝的话，那么能不能跟一个同样无害的我的老朋友一起共进晚餐？”我是指保罗 ·斯莱辛格。

她接受了邀请。吃过晚饭后，我听到自己说：“如果你更想住在这里而不是那个小旅馆，本人肯定十分荣幸。”我向她打了个同样对斯莱辛格打过很多次的包票：“我保证不打扰你。”

所以，还是实话实说吧。我刚才说，我不知道她是怎么过来跟我合住这座房子的。还是实话实说吧。我邀请了她。

3

她把我和这个家搞得天翻地覆！

从她最初跟我说的那些话判断，我就应该知道她的控制欲有多强："告诉我，你父母是怎么死的。"我的意思是——那些话是一个非常习惯于把人逼到她选的方向上的女人说的话，好像别人是机器上的螺丝，她是把活扳手。

如果我在海滩错过了这些警示信号，吃晚饭的时候这样的信号已经很充足了。她的举止好像自己是某个高档饭店的付费顾客，在品尝完我抿了一口并宣布可以喝的葡萄酒后，她绷起了脸。她还声称小牛肉炖得过头了，命令斯莱辛格把自己的那份跟她的那份送回厨房，还说她住这里期间将亲自规划伙食，因为保罗和我的循环系统显然已经被胆固醇堵死了，因为我们的脸色苍白如面糊，我们的举手投足无精打采。

· · ·

她太肆无忌惮了！她坐在杰克逊·波洛克的一张画对面，这张画刚刚被瑞士一个匿名收藏家出价两百万美元要收走，她说："我不会在家里放那玩意儿的。"

于是，我朝斯莱辛格的方向眨了眨眼睛，然后讥讽地问她，什么样的画更能让她高兴。

她说，在这个世界上，她不是为了高兴，而是为了受教。"我需要信息就像需要维生素和矿物质。"她说，"从你的这些画来看，你像讨厌毒药般讨厌事实。"

"我想你看《华盛顿横渡特拉华河》时会更高兴吧。"我说。

"谁又不会呢？"她说，"不过我告诉你，自从我们在海滩谈话以来，在这里什么是我真正喜欢的东西。"

"那会是——？"我说，挑起自己的眉毛，然后又朝斯莱辛格眨了眨眼睛。

"我喜欢一张底端是青草和泥土的画。"她说。

"褐色和绿色的。"我提示。

"没错，"她说，"顶端是天空。"

"蓝色的。"我说。

"也许还有云。"她说。

"很容易满足啊。"我说。

"而且在天空和大地之间——"她说。

"有一只鸭子？"我说，"一个街头手摇风琴师领着一只猴子？

一个水手和他的女朋友坐在公园的条椅上？”

“不是鸭子，不是街头风琴师，不是水手和他的女朋友，”她说，“是整个一堆尸体歪七扭八地躺在地上。离我们最近的是一个漂亮女孩的脸，大概只有十六七岁。她被压在一个男人的尸体下面，可是她还活着，在盯着一个已经死了的老太太张开的嘴巴，老太太的脸跟她的脸相隔只有几英寸。那张没牙的嘴正往外溢出钻石、绿宝石和红宝石。

沉默片刻。

然后她又说：“你可以在那样的画上建立一个全新的宗教，而且还是一个迫切需要的宗教。”她朝波洛克那张画的方向点了点头，“面对那样一张画，任何人只会把它理解成给宿醉药或者晕船丸做的一幅广告。”

• • •

斯莱辛格问伯尔曼太太是什么原因让她到汉普顿来的，因为她在这里什么人都不认识。她说希望找个和平安静的地方，这样就可以全身心地投入写丈夫——巴尔的摩那位脑外科医生的传记。

斯莱辛格得意扬扬，自以为出版了十一本长篇小说，带着某种屈尊俯就的姿态视她为业余作者。

“人人都觉得自己能当个作家什么的。”他语带高傲的讽刺意味说。

"可别跟我说试一试写作就是犯罪。"她说。

"认为写作容易那才是犯罪，"他说，"可是如果你真的严肃对待，很快就会发现这桩活儿可难了。"

"特别是如果你根本就没什么话可说的时候，尤其如此。"她说，"你不觉得这就是人们感到写作如此之难的主要原因吗？如果他们能写出完整的句子，又会使用词典的话，难道这个不是他们觉得写作难的唯一原因：他们什么都不知道或者什么都不关心？"

这时，斯莱辛格从作家杜鲁门·卡波蒂那里偷了句话，他五年前就死了，有所房子在这儿以西只有几英里远。"我想你说的是打字而不是写作。"他说。

她立刻找到他这句妙语的来源了。"杜鲁门·卡波蒂的话。"她说。

斯莱辛格巧妙地掩饰了下自己。"这谁都知道。"他说。

"如果你没有长着这么一副和善的脸，"她说，"我会怀疑你在取笑我。"

不妨再听听这些话，她今天早上吃早餐的时候只对我说的。听听这些话，然后告诉我，在两星期前的那次晚餐上，是谁在玩弄谁：伯尔曼太太不是写她已故丈夫传记的业余写手，那不过是为掩饰她真实身份和此行目的而编的故事。她要我发誓保密，然后坦承说，其实她来汉普顿是想做研究，并且写一本有关生活在某个度假社区的工人阶级的青少年的小说，夏季的时候，那里到处都是百万富翁的子女们。

而且，这也不是她的第一本小说。这将是她给年轻读者写的坦率得惊人而且广受欢迎的系列小说的第二十一部，其中好几部已经拍成电影。她写的这些小说署名为“波丽 ·麦迪逊”。

· · ·

我当然会保密，哪怕只是为了救保罗 ·斯莱辛格的老命。在摆了好多职业作家的谱之后，如果他知道了伯尔曼太太真正是何许人，他大概会干出我曾经结识的另一个好友特里 ·基奇干的那种事儿。他会自杀的。

就文学市场的商业地位而言，西尔塞 ·伯尔曼之于保罗 ·斯莱辛格，简直就像通用汽车公司跟阿尔巴尼亚的一个自行车工厂相比！

沉默是金！

· · ·

头天晚上，她说自己也收藏绘画。

我问她什么类型，她说 :“维多利亚时代打秋千的小女孩的彩色石印画。”她说自己有一百多张那样的画，各不相同，但画的全是打秋千的小姑娘。

“我想，你会觉得那很可怕吧。”她说。

“完全不觉得，”我说，“只要你把它们安全地收藏在巴尔的摩就好。”

· · ·

头天晚上，我还记得，她问我和斯莱辛格，然后又问了那个厨子和她女儿，我们是不是知道点本地相对穷的家庭的女孩子跟某个富人家的儿子结婚的真实故事。

斯莱辛格说："我想你恐怕在电影里都看不到那种故事了。"

塞莱斯特告诉她："都是有钱人跟有钱人结婚。你这辈子是在哪儿过的啊？"

· · ·

还是来说过去吧，这才是本书理应写的东西：我母亲收集起从那位死去的老太太嘴里掉出来的珠宝，但没有拿走还在嘴里的。无论何时讲起这个故事，她都会强调这点：她没有从那位老太太嘴里掏出任何东西。无论嘴里留有什么，那都绝对是老太太的私人财产。

夜幕降临后，刽子手们全都回了家，我母亲爬着离开那里。她不是我父亲那个村子的，他们是在同时穿过距离大屠杀现场大约七十英里、跟波斯接壤的边界时才相遇的，那里守备松弛。

波斯的亚美尼亚人收留了他们。后来，他们决定一起去埃及。主要是我父亲说话，因为我母亲噙着满嘴的珠宝。他们到波斯湾后，为了支付经红海开往开罗的一艘小货船的船费，母亲卖掉了那些小巧宝贝中的第一件。在开罗，他们遇到了万恶的瓦尔丹·马米科尼扬，早先一次大屠杀的幸存者。

“永远不要相信幸存者，”父亲曾告诫我，脑子里还想着瓦尔丹 · 马米科尼扬，“除非你明白他靠什么为生。”

• • •

这位马米科尼扬靠给英国和德国的军队制造军用靴子致富，很快这两方就要在第一次世界大战中互相搏杀了。他给我父母提供了那种最脏的低薪工作。他们傻得要命，居然因为他同是亚美尼亚幸存者，就告诉他有关我母亲的珠宝的事，以及他们打算结婚然后去巴黎加入那里的一个很大而且教养很高的亚美尼亚人团体。

马米科尼扬成了他们的热心顾问和保护人，急切地要在一个以遍地都是冷酷无情的窃贼而臭名昭著的城市给他们找到一个安全的地方来存放那些珠宝。不过，他们已经把那些珠宝放进一家银行了。

于是，马米科尼扬编造了一个诱人的前景，并提出以此来换取那些珠宝。他一定是在地图上找到加利福尼亚的圣 · 伊格纳西奥的，因为从来没有亚美尼亚人去过那里，因为从来没有来自那个冷清的农业小镇的什么消息传到过近东，不管以什么方式。马米科尼扬说他有个兄弟在圣 · 伊格纳西奥，他伪造了几封兄弟的书信来证明这点。而且，那些信上说，在那里，这位兄弟在很短的时间内就已经变得特别富有。那里还有许多别的亚美尼亚人，全都干得不错。他们正在给自己的孩子找一位教师，要求亚美尼亚语流利，而且还熟悉用那种语言写的伟大的文学作品。

为了吸引到这样一位老师，他们会卖给他一幢房子，二十英亩果园，只收这些东西实际价格的零头。马米科尼扬的“有钱兄弟”还附了张那幢房子的照片和一份房契。

如果马米科尼扬知道开罗有什么好教师可能感兴趣的话，这位并不存在的兄弟写道，马米科尼扬被授权可以把这份房契卖给他。这将确保这份教师的活儿落在我父亲的头上，并且让他成为如田园般悠然的圣·伊格纳西奥小镇上的一个大地产主。

4

我在艺术买卖行当、绘画买卖行当里混着，至今已经如此之久，乃至我都可以如白日做梦般幻想过去了，好像过去是一道风景，穿过一系列也许像卢浮宫那样的画廊——那个蒙娜丽莎的家，她的微笑现在已经比战后那个奇迹奢耐缎颜料多活了三十年。那些在我所谓人生最后画廊中的画是真的。如果我愿意，我可以触摸到它们，或者听从寡妇伯尔曼又名“波丽·麦迪逊”的建议，也可以把它们卖给出价最高者，或者换种方式讲，用她深思熟虑的话说：“把它们从他妈的这里扔出去。”

在远方那些想象中的画廊里，放着我自己的抽象表现主义绘画，这些画奇迹般地被那位会在审判日出现的伟大评论家修复好了，那里还放着很多欧洲人的画，这些画是我当兵时用区区几美元或者几条巧克力棒或者一些尼龙袜买来的，另外还有那些我参军前设计并配了文字说明的广告——大概就在那个时候，传来我父亲在圣·伊格纳西奥的碧珠影院死去的消息。

更远处是丹·格雷戈里的杂志插图，我从十七岁起就是他的学徒，直到他把我赶了出来。他蹬掉我的时候，我还差一个月就满二十岁。在丹·格雷戈里画廊那边，是我少年时代在圣·伊格纳西奥做的一些没有装裱加框的作品，而我则是曾在那里居住过的唯一艺术家，无论什么年龄或艺术类型。

不过，在我年迈昏聩的时候，离我最远的那个画廊，就在我1916年进入的那道门里，只虔诚地供奉着一张照片，而不是一幅绘画。照片的主要内容是一幢高贵的白房子，带一条长长的弯弯曲曲的行车道和停车门廊，据说是在圣·伊格纳西奥，就是开罗的瓦尔丹·马米科尼扬告诉我父母将用我母亲的大部分珠宝购买的那幢房子。

那张照片，加上一份伪造的房契，上面爬着歪歪扭扭的名字，还斑斑点点溅满了封蜡，在我父母的床头柜上放了很多年——在父亲修鞋铺上方一个小小公寓里。我满以为在母亲死后他早就把那些东西连同别的纪念物都扔了。但是1933年当我即将登上一列火车，在大萧条最严重期间想去纽约发大财的时候，父亲把那张照片作为礼物送给了我。“如果你正好碰到这幢房子的话，”他用亚美尼亚语对我说，“让我知道它在哪里。无论在哪里，它都属于我。”

• • •

我没有再保存那张照片。我去有五年未曾看到过的圣·伊格纳西奥参加父亲的葬礼，作为出现在葬礼上的三人之一，我出席完仪式回到纽约城后就把那张照片撕成碎片了。我那样做是因为对死去的父亲非常恼火。我得出的结论是，他欺骗了自己和我母亲，其恶劣程度远超瓦尔丹·马米科尼扬欺骗他们。不是瓦尔丹·马米科尼扬让我父母待在圣·伊格纳西奥而没有去加利福尼亚的弗雷斯诺，比如说，那里才是真正的亚美尼亚人的大本营，成员们互相支持，保留和活跃着这个民族古老的语言、风俗习惯以及宗教，同时大家又活得越来越开心。父亲原本又可以做个受人爱戴的教师！

噢，不——不是马米科尼扬要伎俩骗他去过世上所有补鞋匠中最不幸福和最孤独的生活。

• • •

亚美尼亚人来到这个国家的短短时间里，就已经表现得非常出色。我西边的邻居F.唐纳德·卡萨比亚是“大都会生活”公司的执行副总裁——因此，即使在这个排外现象很严重的东汉普顿，也就是在这片海滨，就并排住着两个亚美尼亚人。在南汉普顿以前曾是J.P.摩根的房产现在归凯沃克·霍瓦尼西安所有，他还拥有二十世纪福克斯公司，直到上星期他才卖了这家公司。

在这里，亚美尼亚人的成功不限于生意场。伟大的作家威廉·萨洛扬就是亚美尼亚人，芝加哥大学的新任校长乔治·明托奇亚博士也是，明托奇亚博士是著名的研究莎士比亚的学者，而我父亲本来也可以成为这样的学者。

西尔塞·伯尔曼刚刚走进房间，读了我打字机上的东西，那是上面的十行。看完，她又出去了。她又说，我父亲显然患有严重的幸存者综合征。

“每个活着的人都是幸存者，每个死去的人肯定都不是。”我说，“所以每个活着的人肯定有幸存者综合征。否则就是死人。我特别厌恶人们自豪地告诉我他们是幸存者！十有八九那不是个食人族就是亿万富翁！”

“你还是没有原谅你父亲不得已做出的选择，”她说，“所以你现在还大喊大叫。”

“我没有大喊大叫。”我说。

“他们在葡萄牙都能听到你的声音。”她说。正如她在书房的地球仪上指出的那样，如果你从我的私人海滩出发进入大海，然后一路向东航行就能到达那里。你会抵达葡萄牙的波尔图。

“你嫉妒你父亲的磨难。”她说。

“我有自己的磨难！”我说，“你可能没注意到，我是个独眼男人。”

“你亲口告诉我那几乎没有疼过，还说很快就痊愈了。”她说。这样说没错。我已经想不起来被击中过，只记得一辆白色德国坦克和德国士兵在逼近，他们全身白色，穿越一片白雪覆盖的卢森堡沼泽地。我被逮住成为俘虏时处于昏迷状态，又被注射了吗啡，随后一直处于昏迷状态，直到住进一家边境对面的设在教堂里的德国部队医院才醒过来。她说得没错：在那场战争中，我遭受的痛苦还不如一个平民百姓在某个牙医的椅子上经历的痛苦严重。

伤口愈合得如此之快，我很快就被带上船，送到一个营地，完全就是又一个毫不起眼的俘虏。

• • •

我仍然坚持认为，我跟父亲一样有资格患上幸存者综合征，所以伯尔曼太太问了我两个问题。第一个是："在一个几乎其他所有好人都死了的世界，你有时会认为自己仍然是一个好人吗？"

"不。"我说。

"你有时会认为自己一定很邪恶吗？因为所有的好人都死了，而且唯一能证明你清白的方式就是死掉。"

"不。"我说。

"你也许有资格患幸存者综合征，可是你没有患上，"她说，"不过你想试试得个肺结核吗？"

• • •

"你怎么这么了解幸存者综合征？"我问她。问她这个问题，算不上冒犯。因为我们最初在海滨相遇时她就告诉过我，她和丈夫尽管都是犹太人，但并不知道他们在欧洲可能有什么亲戚，这些人可能在那场大屠杀中被杀害了。他们两个人都来自已经在美国生活了好几代的家庭，并且早已跟欧洲亲戚完全失去联系了。

"我写了本这方面的书，"她说，"更确切地说——我写的都是像你这样的人：在某一场集体屠杀中幸存下来的父母的孩子。书名叫《地下世界》。”

不用说，我没读过那本书，或者说没读过任何一本波丽·麦迪逊写的书，尽管这些书像口香糖一样唾手可得，我开始四处寻找这些书了。

· · ·

我无须离开这座房子就可以找到《地下世界》或者别的波丽·麦迪逊的书，伯尔曼太太告诉我。厨子的女儿塞莱斯特每本都有。

伯尔曼太太，我这辈子认识的最凶恶的隐私的敌人，还发现，塞莱斯特尽管年方十五，却已经开始服用避孕药了。

· · ·

这位令人生畏的寡妇伯尔曼跟我讲了《地下世界》的情节：三个女孩，一个黑人、一个犹太人和一个日本人，由于无法解释的原因，感觉被什么吸引到一起，并跟班里别的同学分开了。她们成立了一个小小的俱乐部，同样由于无法解释的原因，她们管这个俱乐部叫“地下世界”。

但是最后发现，三个人都有父母或者祖父母在某场人为大灾难中幸存下来，这些长辈无意中给她们传递了这样的观念：恶人全都活得好好的，好人却都死了。

这个黑人是尼日利亚伊博人大屠杀幸存者的后代。那个日本人是长崎原子弹轰炸幸存者的后代。那个犹太人是纳粹大屠杀幸存者的后代。

• • •

“对这样一本书来说，《地下世界》这个书名可真是绝配。”我说。

“你说得对极了。”她说，“连我都对自己的书名感到十分得意。”她真以为自己很了不起，别人全都是傻瓜、傻瓜、傻瓜！

• • •

她说，画家们都应该请作家给他们的画取名字。我墙上挂的那些画的名字就有《作品九号》《蓝色和焦橘色》等等。我自己最出名的画，已经不存在了，有六十四英尺长，八英尺高，以前给位于公园大道的杰富科总部的出入门厅装点门面，名字很简单，就叫《温莎蓝十七号》，温莎蓝是奢耐缎颜料中的一个色度，直接来自颜料罐上的标号。

“那些名字的意思就是不想交流。”我说。

“那活着的意义是什么，”她说，“如果你不想交流的话？”

她仍然对我的艺术收藏没有表现出应有的敬意，尽管她目前在这里已经住了五个星期，这段时间里见识过来自远到瑞士和日本的十分可敬的人物，这些人对其中有些画作几乎奉若神明。我以一百五十万美元的价格把一幅挂在墙上的罗斯科的画卖给一个来自盖蒂博物馆的人的时候，她就在现场。

她是这样评论这件事的："好好清理掉破烂垃圾。那东西正在腐蚀你的大脑，因为它的内容毫无意义。现在把剩下的都扔掉吧！"

• • •

就在此刻，我们在谈论幸存者综合征的时候，她问我，我父亲是不是想看到土耳其人遭到惩罚，因为他们对亚美尼亚人犯下了罪行。

"我想，我大约八岁的时候，问过他同样的话，觉得如果我们想来点什么报复的话，生活也许会更加有滋有味。"我说。

"在他的那个小铺子里，父亲放下手中的工具，盯着窗外，"我继续说，"我也盯着窗外。我记得窗外有两个鲁玛印第安人。鲁玛保留地就在五英里远的地方，有时穿过镇子的人会误以为我是个鲁玛男孩。我非常喜欢那样。那个时候，我就想，做个亚美尼亚人肯定是非常失败的。

"父亲最后这样回答我的问题：'我只想从土耳其人那里得到一个承认，说他们的国家是一个更丑陋甚至更没有快乐的地方，既然我们已经离开那里了。'"

· · ·

今天吃完午饭后，我出去在自己的地界周围来了场男子汉气概十足的暴走，在我们的共同边界上碰到了住在北边的邻居，那条边界在我的土豆仓库以北大约二十英尺。他叫约翰 ·卡宾斯基，本地人。他子承父业，是个种土豆的农夫，不过他的地现在恐怕每英亩要值八万美元，因为在那些地上建的房子二楼的窗户都会有海景。在那片祖业上，卡宾斯基家三代人都在那里长大的，所以，用亚美尼亚人的一个说法，对他们来说，那可是亚拉拉特山[1]脚下一块小小的祖传圣地。

卡宾斯基是个身材魁梧的男子汉，几乎总是穿着背带工装裤，人人都叫他大约翰，大约翰跟我和保罗 ·斯莱辛格一样都是负过伤的退伍老兵，但比我们要年轻些，所以他参加的是另外一场战争。他打的是朝鲜战争。

后来，他的独生子小约翰在越南战争期间踩中地雷被炸死了。

一个主顾，一场战争。

· · ·

我的土豆仓库以及随之而来的六英亩地过去就属于大约翰的父亲，他卖给了亲爱的伊迪斯和她的第一任丈夫。

1　亚拉拉特山（Mount Ararat），又译为阿勒山、亚拉腊山。位于土耳其东部，距离亚美尼亚国界不远处，是亚美尼亚人的圣山。

大约翰对伯尔曼太太显得兴趣盎然。我向他保证，我们之间的关系是柏拉图式的，还说她差不多是不请自来，她要回巴尔的摩的话，我会很乐意。

“她说话听着像头熊，”大约翰说，“如果一头熊闯进你家，你最好还是找个汽车旅馆住，直到这头熊准备再次离开。”

以前长岛曾有大量的熊出没，但现在肯定再也没有了。他说，自己有关熊的知识全都来自父亲，他父亲六十岁的时候在黄石公园被一头灰熊追到爬上树。从那以后，约翰的父亲就遍读每本他能搞到手的有关熊的书。

“我说这话，是因为那头熊——”约翰说，“它又让老人家开始读书了。”

• • •

伯尔曼太太真他妈的太喜欢四处打听了！我是说——她走进这里就读我打字机上的东西，觉得毫无必要先征得我的同意。

“你怎么从来不用分号？”她会说。或者说：“你怎么把它全断成小节，而不是任其流畅地往下走啊走。”问些诸如此类的事情。

如果我听到她在房子里四处走动，不仅会听到她的脚步声，还会听到抽屉和柜子打开又关上的声音。她已经调查完各个犄角旮旯，包括地下室。一天，她从地下室上来说：“你知道你在那下面放了六十三加仑的奢耐缎吗？”她居然数过那些东西。

往普通垃圾堆里倾倒奢耐缎是违法的，因为那些东西过段时间会退化成致命的剧毒物质。为了合法地弄掉那些东西，我打算将其运到怀俄明州皮奇福克附近的一个专门的处理场，可我始终腾不出工夫去办。于是这么多年过去了，那些东西依然安坐在地下室。

• • •

这所大宅只有一个地方她没有探索过，那就是我的工作室，那个土豆仓库。那是个很长又很窄的建筑物，没有窗户，两端各装着滑动门和一个大腹便便的火炉，房子是为储存土豆而建的，没有其他用途。最初的想法是这样：无论什么气候条件下，一个农夫都可以用这些炉子和门在里面维持某种稳定的温度，这样他的土豆在准备上市卖掉之前就不会受冻，也不会出芽。

其实，正是这种有着不同寻常尺寸的建筑结构，加上过去房产很便宜，才致使在我年轻的时候很多画家搬到这里，特别是那些在尺幅大得离谱的画布上创作的画家，如果我不是租了那个土豆仓库，恐怕绝对没法在八块画板上创作，把《温莎蓝十七号》组合成一幅独立的画。

• • •

那个喜欢到处打听又名波丽·麦迪逊的寡妇伯尔曼，之所以无法闯进那个工作室，甚至连偷偷往里瞄一眼都不可能，是因为那个仓库没有窗户，而且两年前，就在我妻子死后不久，我亲手用六英寸长的墙头钉把一端的门从里头钉死，然后又从外面用六个大挂锁和巨大的搭扣从头到脚把另一端的门封死。

从那以后，我自己都没进去过。没错，那里面是有点儿东西。那可不是什么狗血故事。等我死了，埋葬在我亲爱的伊迪斯身旁，我的遗产执行人最终将打开那些门，他们会发现那里面可不仅仅是稀薄的空气。也不会是什么可怜的象征物，诸如折成两段的画笔，同样不会是放在原本空空荡荡且打扫得干干净净的地板上的我的紫心勋章。

那里没有什么蹩脚的荒唐玩意儿，诸如一幅关于土豆的画，好像我又把那个仓库还给了土豆，更没有一幅圣母玛利亚的画，她戴着一顶德比帽，手拿一只西瓜或者类似的东西。

也没有自画像。

也没有任何带宗教寓意的东西。

这不是故意逗弄人吗？不妨在此提示下：那是一块比面包盒大又比木星小的东西。

• • •

甚至连保罗·斯莱辛格都猜不到那里面是什么东西，他不止一次说，他不知道我们的友谊如何能继续下去，如果我感觉自己的秘密因为有他在而不安全的话。

那间仓库在艺术界变得颇有名气。我给客人们展示完那座大宅里的藏品后，他们大多会问能不能看看仓库里有什么东西。我告诉他们，你们可以看看仓库的外观，如果喜欢的话，还说那外观其实就是艺术史上一个具有重要意义的里程碑。特里·基奇第一次使用一件喷绘设备时，标靶就是一块他斜靠在仓库上的旧纤维板。

“至于仓库里面有什么，”我告诉他们，“这是一个痴傻老人毫无价值的秘密，当我去参加天上举办的那场大型艺术拍卖会的时候，世人自会发现。”

5

一家艺术刊物宣称完全清楚土豆仓库里放的是什么东西：最伟大的抽象表现主义画作，为了抬高那座大宅里不太重要的画作的价格，我故意不让这些画出现在市场上。

不是这样。

· · ·

那篇文章发表后，我在南汉普顿的亚美尼亚同胞凯沃克·霍瓦尼西安要出三百万美元的重金买下土豆仓库里所有的东西，而且不用亲眼见到实物。

“我可不想那样欺骗你，”我告诉他，“那就不是亚美尼亚人了。”

如果我拿了他的钱，无异于卖给他布鲁克林大桥[1]。

• • •

就同样那篇文章，有个人的反应就不那么好玩了。一个我不认识的男人在给那位编辑的一封信里说，他战争期间就认识我，他显然参加过那场战争。他至少熟悉我的艺术家排，对那个排的描述非常准确。当德国空军在空中被打掉、我们已经没有任何必要去玩经常玩的赫赫有名的伪装游戏后，他都知道上边交给我们的任务。那个任务犹如让孩子们在圣诞老人的工作室里放任自流：要我们对所有缴获的艺术品进行评估和编目。

此人说，他在盟军远征军最高司令部服役，我必须一次又一次地跟他打交道。正如他在这封信中说的，他坚信我偷了很多本应该归还给欧洲它们的合法主人的杰作。他说，由于害怕那些合法主人的起诉，我把它们锁在那个仓库里了。

错了。

• • •

他对仓库里东西的说法是错误的。我得说，他只说对了一点，那就是我利用了自己战时各种非同寻常的机会。我不可能偷窃任何

1　乔治·帕克（George C.Parker，1860—1936），被称为美国历史上“最伟大的骗子”，曾以五万美金成功卖出布鲁克林大桥。

东西，那些是由各部队收缴后移交的。我必须得给他们收据，而且财务部门的审计人员会过来定期查验。

不过，我们在后方四处行走确实让我们有条件跟很多深陷绝境且有艺术品要出售的人接触。我们弄到了好多出色的便宜货。

我们排的人谁都没有得到过一件早期绘画大师[1]的作品，或者任何明显出自某个教堂或博物馆或伟大私人藏家的东西。至少，我认为没有任何人得到过。这点我不能百分百确定。艺术界跟其他地方一样，机会主义者就是机会主义者，窃贼就是窃贼。

不过我本人的确从一个平民那里买到过一幅没有签名的炭笔速写，在我看来像塞尚的作品，而且后来被权威鉴定就是他的。现在这幅作品已经成为罗德岛设计学院永久藏品的一部分。我还从一个寡妇那里买过一幅我最喜欢的画家马蒂斯的画，她说那是艺术家本人送给她丈夫的。说到这个，我还在一张假高更的画上失手，真是报应。

我把自己买的作品寄给全美国我认识的唯一一个可以托付的人——吴萨姆，让他妥善保管。他是纽约城的一个中国洗衣工，曾给我以前的师父插画家丹·格雷戈里做过一段时间的厨师。

想象一下，你为一个国家战斗，而在这个国家你唯一认识的人却是一个中国洗衣工！

后来有一天，我和我的艺术家排接到命令去参加战斗，如果可能的话，去阻止德国人在第二次世界大战中的最后一次大突围。

---

1 原文为Old Master，尤指欧洲13到18世纪的绘画大师。

· · ·

可是，那些东西没有一件放在土豆仓库里，或者甚至可以说都不在我手中。战后一回到家，我就把它们全卖了，这让我有了一笔不错的小钱可以拿来投资股市。我已经放弃了少年时代做一个艺术家的梦想。我在纽约大学注册学了会计、经济学、商法和市场营销等课程。我想当个商人。

我是这样思考自己和艺术的：我能够捕捉到自己能看到的任何东西的相似性——满怀耐心，用最好的工具和材料。毕竟我以前还是个很能干的学徒，受教于本世纪最一丝不苟的插画家丹·格雷戈里。但是，他所做的以及我所能做的那些东西，相机就能做。我知道正是与此同样的想法让那些印象派、立体主义、达达主义、超现实主义等画家努力投入到创作中，非常成功地创作出那些相机和像丹·格雷戈里这样的人无法复制的好作品。

我认定自己的头脑是如此平凡，可以说空空荡荡，乃至除了做个还算不错的相机外，什么都干不了。所以，我满足于取得某种常规和普通的成就，无意在严肃艺术上有所作为，说白了就是挣到钱。对此，我并不感到沮丧。其实，我大大地获得解脱了！

可我仍然热衷于海阔天空地聊艺术，因为如果我画得没别人好的话，我可以讲啊。于是，我晚上就去纽约大学附近的酒吧晃悠，轻轻松松就跟几个画家成了朋友，这些人觉得自己在几乎任何事情上都是对的，但谁都不指望得到多大的认可。我能说得跟他们中最出色的人一样好，而且酒量也能跟他们相媲美。最重要的是，晚上结束的时候我可以买单，这得感谢我在股票市场挣的那些钱，上大学期间政府那边给的生活费，以及从一个令人感激的国家那里得到的一笔终身抚恤金，因为我为捍卫自由而献出了一只眼睛。

在那些真正的画家眼中，我好像有用不完的钱。我不仅舍得花钱买酒，而且还肯垫付租金，首付买车，花钱替一个人的女朋友做流产，给一个人的妻子做流产。你可以这样说，无论他们为什么事需要多少钱，他们都可以从戴蒙德 ·拉宝 ·卡拉贝奇亚手里拿到。

• • •

所以，那些朋友是我买来的。我的钱其实并非用之不尽。每到月末，他们已经让我倾尽所有。可是，很快，那个钱袋，一个小钱袋，又会被填满。

公平毕竟是公平。我当然很享受他们的陪伴，特别是因为他们对待我就好像我也是个画家。我是他们中的一员。这里又一个大家庭取代了我那个已经零落的艺术家排。

而且，他们对我的回报不只是陪伴。他们同时也尽其所能用没有人会要的作品来抹平债务。

• • •

我差点忘了说：那时我已经结婚，妻子也怀孕了。她将被那个无可比拟的情人拉宝 ·卡拉贝奇亚下两次种。

• • •

我现在已经从游泳池附近回到打字机旁边，在那个青少年公共运动设施附近，我请教出没其间的塞莱斯特和她的朋友们，是否知道蓝胡子是谁。我有意想在这本书里提到蓝胡子。我想知道，为了照顾那些年轻读者，我是否必须得解释下蓝胡子是何许人。

没有人知道。虽然我非常了解，我又问他们是否知道杰克逊·波洛克、马克·罗斯科、特里·基奇、杜鲁门·卡波蒂、纳尔逊·阿尔格伦、欧文·肖或者詹姆斯·琼斯这些名字，所有这些人不仅是文学艺术史上，也是汉普顿历史上的著名人物。他们全都不知道。通过文学和艺术获得不朽，也就那么回事。

所以还得解释一下：蓝胡子是一个非常古老的童话故事中的虚构人物，大概以很久以前一个嗜杀成性的贵族为原型。在这个故事中，他结了很多次婚。他无数次结婚，而且把最后那位孩童新娘带到他的城堡里。他告诉新娘可以走进任何房间，只有一个房间除外，他指给她看了那个房间的门。

蓝胡子要么是一个拙劣的心理学家，要么是一个伟大的心理学家，因为他的新婚妻子一心只想看那个房门里面会有什么东西。所以在她以为蓝胡子不在家的时候看了一眼，可他其实就在家里。

正当小新娘目瞪口呆地盯着屋子里面他所有前妻的尸体的时候，蓝胡子抓住了她，除了第一个妻子，别的全是因为往房门里面张望而被他杀害的。第一个妻子被害另有原因。

• • •

所以——所有知道我那上了锁的土豆仓库故事的人中，觉得这个不解之谜最不可忍受的人无疑是西尔塞·伯尔曼。她整天跟着我，要我告诉她那六把钥匙在哪里，我又告诉她都埋在亚拉拉特山脚下一个金色棺材里。

最近一次，大约五分钟前，她又问起，我跟她说："喂，听着：还是琢磨点别的事吧，别的任何事都可以。我是蓝胡子，对你而言，我的工作室是我的禁忌室。"

6

尽管讲到蓝胡子的故事，但我的仓库里并没有尸体。我有两任妻子，第一任叫多萝西，我们离婚后很快就又结婚了，再婚后据说很幸福。现在多萝西成了寡妇，住在佛罗里达萨拉索塔一栋海滨公寓里。她的第二任丈夫就是我们都认为战后我会成为的那种人：一个能干又讨人喜欢的保险商。我们各自拥有一段海滩。

我的第二任妻子，亲爱的伊迪斯，葬在附近的绿河公墓[1]，我也希望葬在那里——其实距离杰克逊·波洛克和特里·基奇的坟墓只有几码远。

如果说我在战争期间杀了什么人的话，那是完全有可能的，那应该是在一个不知从什么地方出来的弹壳击昏我，并且打掉我一只眼睛之前几秒钟的时间里杀的。

---

1 绿河公墓（Green River Cemetery），位于纽约长岛斯普林斯的一座公墓，自从1956年杰克逊·波洛克被葬于此地后，这里就成了后来很多艺术家和作家的墓地。

• • •

我还是个双眼齐全的男孩时，算得上圣·伊格纳西奥糟糕的公立学校系统中他们所见识过的最好的制图员，这并不能说明什么。我的几个老师对此印象非常深刻，他们向我父母建议说，也许我应该以艺术为职业。

但是，这样的建议对我父母来说好像不切实际，他们请求这些老师别往我脑子里灌输这种念头。他们认为艺术家都穷困潦倒，经常作品没有获得承认人就先死了。当然，他们大体上说的没错。在我的藏品中，生前生活最为潦倒的已故艺术家的作品价值最高。

如果一个艺术家想真正抬高自己作品的价码，我的建议也许只有这样：自杀。

• • •

但是，1927 年，我十一岁的时候，碰巧就在我正行进在成为像我父亲一样出色的补鞋匠的正道上的时候，我母亲看到一篇文章说，一个美国艺术家赚的钱跟很多电影明星和大亨们不相上下，事实上还是那些电影明星、大亨们的朋友，而且与之势均力敌，同时还拥有一艘游艇——另外，在弗吉尼亚还有一个马场，在蒙托克[1]有一座海滨别墅，离这儿不远。

1　蒙托克（Montauk），纽约长岛最东端的一个村落。

母亲后来还说，不是太久之后，因为她只有一年可活的时间了，她说如果不是因为看到这位身价不菲的艺术家站在自己游艇上的一张照片的话，她永远不会读这篇文章。这个游艇的名字是一座山的名字，那座山对亚美尼亚人来说，神圣得就像日本人心目中的富士山：亚拉拉特。

此人肯定是亚美尼亚人，她心想，而且果然就是。那本杂志上说，他在莫斯科出生时名叫丹·格里高利亚，父亲是一个驯马师，还说他曾师从俄罗斯皇家铸币局的首席雕版师。

1907 年，他以一个普通移民而不是任何大屠杀避难者的身份来到美国，把名字改成丹·格雷戈里，并成为杂志小说、广告以及青少年读物的插画作者。这篇文章的作者说，他可能是美国历史上收入最高的艺术家。

那样讲仍然可能是真实的。对丹·格雷戈里，或者像我父母称呼的“格里高利亚”来说，如果把他在 20 世纪 20 年代，特别是大萧条时期的收入换算成今天已经贬值的美元，他的收入仍然可能是最高的，无论活着还是死了。

• • •

我母亲对美国的观察眼光是非常犀利的，不像我父亲。她推断美国最流行的疾病是孤独，甚至连高端人士也会经常受此折磨，认为他们会对友善且有魅力的陌生人做出出人意料的回应。

于是母亲就对我说，当时我几乎已认不出她来，她的脸变得如此狡黠，简直像巫婆："你必须向这位格里高利亚写信。你必须告诉他，你也是亚美尼亚人。你必须告诉他，你想成为一个艺术家，哪怕只有他一半好都可以。告诉他，你认为他是有史以来最伟大的艺术家。"

· · ·

于是，我就用稚嫩的笔迹写了这样一封信，或者说写了二十多封这样的信，直到母亲满意地认为这只诱饵已经不可抵挡才罢手。我是在父亲没完没了的刻薄的讥讽中完成这项艰难任务的。

父亲不停地说什么"既然他已经改了名字，就不再是亚美尼亚人了""如果他在莫斯科长大，他就是俄罗斯人不是亚美尼亚人""你知道这样一封信在我看来意味着什么吗？'又来了个讨钱的人'"。

母亲用亚美尼亚语对他说："你看不出我们这是在钓鱼吗？如果你老这么大声嚷嚷，会把鱼给吓跑的。"

在土耳其的亚美尼亚地区，顺便说一句，或者那是别人告诉我的：打鱼的都是妇女而不是男人。

我的信招来了多么完美的咬钩啊。

我们先钩住了丹·格雷戈里的情妇，一个名叫玛丽琳·凯普的前齐格菲尔德歌舞团的女演员！

这个女人将成为我平生第一个做爱的女人——在十九岁的时候！噢，我的天哪，我是个多么守旧的老傻帽啊，想想那次性启蒙，简直跟克莱斯勒大厦一样奇妙——而我厨子十五岁的女儿已经开始服用避孕药了！

• • •

玛丽琳·凯普说她是格雷戈里先生的助手，还说她和先生被我的信深深地打动了。正如我想象的，格雷戈里先生是个大忙人，请她代为回复。这是一封四页纸的信，用一种爪爬的笔迹写就，幼稚程度几乎跟我旗鼓相当。她当时只有二十一岁——是西弗吉尼亚一个不识字的矿工的女儿。

她三十七岁的时候，将成为波尔托马焦雷伯爵夫人，在意大利的佛罗伦萨拥有一座粉红色的宫殿。她五十岁的时候，将成为欧洲最大的索尼分销商，同时又是旧大陆最伟大的美国战后现代艺术收藏家。

• • •

我父亲说她肯定是疯了，才给一个陌生人写一封如此冗长的回信，而且还是写给一个当时什么都不是的小男孩，何况又离得那么远。

母亲说她一定很孤独，这点倒说得没错。格雷戈里像对待一个宠物一样把她关在屋子里，因为她太漂亮了，还把她当模特来使用。但她肯定不是他事业上的助手。他对她在任何事情上的看法都毫无兴趣。

他也从不让她出现在自己的晚宴上，从不带她去旅行，看演出，去餐馆，或者参加别人的派对，也从不把她介绍给自己那些声名显赫的朋友。

• • •

玛丽琳·凯普在1927年到1933年间给我写过七十八封信，我仍然记得这个数量是因为我还留着这些信，现在都用一个手工做的皮革包成一册，放在书房的一个书套里。封皮和书套是亲爱的伊迪斯在我们结婚十周年纪念日时送我的礼物。伯尔曼太太已经发现了那东西，因为她发现了这里任何有情感意义的东西，除了仓库的那几把钥匙。

伯尔曼太太已经读过所有那些信件，并没有事先问我是否觉得那些东西属于个人隐私，而我肯定认为那是隐私。她对我说，而且是这么长时间以来，第一次听上去她的口吻中充满敬畏："这个女人随便一封信讲述的关于人生的美妙事物，都要比这个房子里每一张画讲述的要多。这些信是一个受尽嘲讽和虐待的女人的故事，她发现自己是一个伟大的作家，因为她就想成为一个作家。我希望你知道这点。"

"我知道。"我说。当然是这样：每封信都比前一封更深刻，更有表现力，更自信，更自尊。

"她受过多少教育？"伯尔曼太太问道。

"高中只上了一年。"我说。

伯尔曼太太惊奇地摇了摇头。“那该是多么了不起的一年。”她说。

· · ·

至于通信中我这一方：我的主要内容是我画的画，这些画我想她都会拿给丹·格雷戈里看的，我还会随画附上简短说明。

自从我告诉玛丽琳母亲在罐头厂感染破伤风死了之后，她的信就开始变得很有母爱，尽管她只比我大九岁。第一封充满母爱的信不是发自纽约城，而是来自瑞士，她在那封信中说，她去那里滑雪了。

直到战后我去她在佛罗伦萨的宫殿拜访时，她才告诉我实情：丹·格雷戈里打发她一个人去那儿的一家诊所，让她打掉她怀的胎儿。

“我应该感谢丹这样做，”她在佛罗伦萨对我说，“就是在那个时候，我开始对外语感兴趣了。”她笑了。

· · ·

伯尔曼太太刚告诉我，我的厨子不像玛丽琳·凯普那样只流过一次产，而是三次——不是在瑞士，而是在南汉普顿一个医生的办公室。这让我感到很厌烦，不过那时几乎所有关于现代世界的东西都让我厌烦。

我没有问厨子怀塞莱斯特整整九个月哪里还适合再堕几次胎。我不想知道，但伯尔曼太太却跟我交代了一个信息。“在怀塞莱斯特之前已经流过两次产，之后又流过一次。”她说。

“这是厨子告诉你的？”我问。

“塞莱斯特告诉我的，”她说，“塞莱斯特还告诉我，她母亲考虑把她的输卵管扎起来。”

“听到这话，我实在太高兴了，”我说，“以免发生意外情况。”

• • •

还是继续回头叙述过去吧，尽管现在像只狂暴的猎狐犬在咬着我的脚踝：

我母亲死时已相信，丹·格雷戈里已经成为我的保护人了，但我始终没有从他那里直接听到过这个说法。母亲生病前就预测过“格里高利亚”会送我上美术学校，还说等我年龄足够大的时候，那个“格里高利亚”会让杂志雇我做插图画家，还说那个“格里高利亚”会把我介绍给所有他有钱的朋友，那些朋友又会告诉我如何才能致富，如何把我当画家赚的钱投到股票市场。1928年，股票市场好像除了涨涨涨什么都不做，就像我们今天的股票市场！哇！

所以，她不仅错过了一年后股票市场的崩盘，而且还错过这场崩盘若干年后的恍然大悟：我甚至都没有间接接触过丹·格雷戈里，他甚至可能都不知道我还活着，还有，对我寄到纽约去接受批评的那些作品的溢美之词，不是出自美国历史上收入最高的艺术家，而是出自我父亲用亚美尼亚语说的“他的清洁女工、他的厨子、他的娼妇”之手。

7

我记得十五岁左右的时候，那天下午放学回家，父亲坐在我们家小厨房里铺着油布的桌子旁边，面前放着一叠玛丽琳的信。他又把这些信全都重读了一遍。

这算不上对我隐私的侵犯。这些信件属于家庭财产——如果你可以把仅有的两个人称为家庭的话。它们就像我们积累的债券，镀了金的证券，当这些证券到期而我也成熟了的时候，我将成为它们的受益人。这些证券一旦兑付，我也就有能力照顾父亲了，而他显然需要帮助。他的积蓄已经因为鲁玛县储蓄与贷款联合会倒闭而化为乌有。我们以及镇里的每个人都喜欢叫它“上半身银行[1]”。那时还没有联邦保险制度来保护银行存款。

说来，这幢小楼还是用上半身银行的按揭购买的，它的第一层是父亲的铺子，第二层是我们的家。父亲过去能够拥有这幢小楼，

1 原文为西班牙文：El Banco Busto。

全靠这家银行提供的这笔贷款。不过，银行倒闭后，接管者清算了它的全部资产，取消了所有拖欠的抵押贷款。想想为什么都是拖欠债款？其实，大家傻得居然把自己的存款都交给上半身银行。

所以，那天下午我发现在读玛丽琳信件的父亲已经从小楼的拥有者变成了一个纯粹的租客。至于楼下的铺子，已经空了，因为他负担不起租金。为了弄几个子儿，他把所有的器具都拍卖出去了。我们这些人太傻了，竟然把各自的积蓄都委托给了上半身银行。

多么好笑啊！

• • •

我带着自己的课本进去时，父亲从玛丽琳的那些信上抬起头，然后说："你知道这女人是什么人吗？她曾经给你许诺过一切，可是她什么都给不了。"他叫出那个在开罗骗过他和母亲的亚美尼亚反社会分子的名字。"她就是个新生的瓦尔丹·马米科尼扬。"他说。

"你这是什么意思？"我问道。

他说，口气听上去完全就像这些手写的书信就是债券或者保险单之类的东西："我刚才仔细读了这些信。"他继续说，玛丽琳最初的那两封信上随处可见"格雷戈里先生说""格雷戈里先生觉得""格雷戈里先生想让你知道"这样的话，从第三封信开始，这种惯用套话完全消失了。"这人就什么都不是，"他说，"这人以后什么都做不了，她就想通过窃取格里高利亚的名声得到什么人！”

我没有感到震惊。我内心的某个部分已经注意到这些信上表现出的类似东西。我内心的另外一部分又设法埋葬这些糟糕恶劣的暗示。

· · ·

我问父亲，是什么触发他要做这番探查。他提到我去学校不久便收到玛丽琳寄给我的十本书。他已经把那些书堆在我们的水槽的滴水板上，那个水槽里塞满了脏碟子和盘子。我查看了那些书。全都是那个年代青少年的经典读物，有《金银岛》《鲁滨孙漂流记》《瑞士人罗宾逊一家》《罗宾汉奇遇记》《丛林别墅神话》《格列佛游记》《莎士比亚戏剧故事集》等等。第二次世界大战前给青少年看的阅读内容涉及十几个领域，摒除掉意外怀孕、乱伦、低薪奴隶、残酷的中学友谊等内容，这些题材频频出现在波丽·麦迪逊的小说中。

玛丽琳给我寄来这些书是因为它们都有丹·格雷戈里画的鲜活生动的插图。这些书不仅是我们公寓里最美的工艺作品，还将是我们整个鲁玛县最美的工艺作品，这是我对它们的感觉。“她简直太好了！”我大声喊道，“你好好看看这些书吧！你会看吗？”

“我看过了。”他说。

“它们难道不漂亮吗？”我说。

“漂亮，”他说，“它们很漂亮，不过你或许可以向我解释下，为什么格里高利亚先生如此看重你，却哪怕连一本书上都没有签个自己的名字，就算胡乱写几句话鼓励下我天才的儿子也可以啊？”

这些话都是用亚美尼亚语说的，自从上半身银行倒闭后，他除了亚美尼亚语别的什么语都不说。

• • •

那时，那样的忠告和鼓励不管来自格雷戈里还是玛丽琳，对我来说都无关紧要。如果我真可以这么说自己的话，对一个孩子而言，无论如何我早就成了一个他妈的出色的艺术家了。不管有没有来自纽约城的帮助，我对自己的前程都非常自负，所以我维护玛丽琳主要也是为了让父亲振作起来。

“如果这位玛丽琳，不管她是谁，不管她是什么东西，如此看重你的画，”父亲说，“那她为什么不卖掉一些，给你寄点儿钱来？”

“她已经非常慷慨了。”我回答说——她是这样慷慨的：不仅付出自己的时间，而且还奉上这位艺术家用的上好的绘画材料，当时这样的材料可不是随便什么地方都可以买到。我对它们的价值毫不知情，她同样如此。她是未经许可从格雷戈里宅邸地下室的物品供应间取出这些东西的。若干年后，我看到那个房间，里面的东西多到足以满足像格雷戈里那样多产画家的需求，且能用好几辈子。玛丽琳并不认为格雷戈里会斤斤计较她寄给我的那些东西，她没有征得他的许可，是因为对他怕得要命。

格雷戈里经常狠狠地揍她，踢她。

可是想想那些东西的实际价值：我当时用的颜料肯定不是奢耐缎。它们是产自德国的莫西尼油画颜料和霍拉德姆水彩颜料。我的画笔来自英国的温莎牛顿。我的蜡笔、彩色铅笔和墨水来自巴黎的勒费弗尔·富瓦内。我的画布来自比利时的克莱森。落基山脉以西的其他任何画家都不会有这样无价的艺术用品！

因此，丹·格雷戈里是我所知道的唯一一个希望自己的作品能在伟大的世界艺术宝库中占有一席之地的插画家，他用的材料也许真的能够实现奢耐缎这样的颜料夸口才能实现的目标：生命力超过蒙娜丽莎的微笑。其他人的作品如果能够活过通往印刷厂的那段路程就已心满意足了。他们经常自嘲，画如此单调乏味的作品不过是为了钱，还说那些艺术作品是给对艺术一无所知的人看的——可丹·格雷戈里不是这样。

• • •

"她在利用你。"我父亲说。

"为了什么？"我说。

"这样她就可以觉得自己是个大人物。"他说。

• • •

寡妇伯尔曼也同意玛丽琳是在利用我，但不是用我父亲想的那种方式。“你是她的听众，”她说，“作家们为了争取听众会杀人的。”

“一个人的听众？”我说。

“这是她的全部需要，”她说，“这是任何人的全部需要，只消看看她的字迹如何不断改善，词汇如何不断增长就明白了。看看她找来想谈论的所有那些事情，当她意识到你在乎每个字词的时候。她肯定不会给那个混账格雷戈里去写，给家里的亲人写也没有意义。他们甚至都不识字！当她说她之所以描述自己在那个城市看到的东西，是因为你可能想把它们画出来，你相信吗？”

“当然——”我说，“我觉得我相信。”玛丽琳经常用很大的篇幅描写等待救济粮的长队，这些人因为大萧条而丢掉工作，描写那些显然曾经有钱如今却在街角卖苹果的衣冠楚楚的男子，描写坐在滑板上在中央车站卖铅笔的无腿男人，此人是“一战”退伍老兵或假装是，描写在地下酒吧之类的地方与黑帮团伙鬼混时兴奋不已的上流社会人士。

“这就是如何享受写作的快感以及如何让自己达到高水准的秘密，”伯尔曼太太说，“你不是为全世界而写，你不是为十个人或者两个人而写。你只为一个人而写。”

“谁是你为之而写的那个人？”我问。

她说：“这听着会很奇怪，因为你认为那可能是跟我的读者同龄的什么人，其实不是这样。那是我那些书的秘密配方，我想。这就是为什么那些书在年轻人看来显得如此扎实可信的原因，为什么我写得听上去不像一个傻孩子跟另一个傻孩子说话的样子。我绝不会在纸上写一句艾贝·伯尔曼觉得无趣或者不真实的东西。”

当然，艾贝·伯尔曼是她的脑外科医生丈夫，七个月前死于中风。

• • •

她又问我要仓库的钥匙。我告诉她，如果她再敢提仓库的事，我就告诉所有人，她其实就是波丽·麦迪逊——邀请当地的报纸过来采访她，或者动用诸如此类的手段。如果我真这样干了，不仅会伤害保罗·斯莱辛格，还会吸引来一批动用私刑的暴徒——宗教原教旨主义者来到我们家门口。

前天晚上，我正好看到一个电视福音传道者的布道节目，他说撒旦正在利用共产主义、毒品、摇滚，以及撒旦的妹妹——波丽·麦迪逊写的书，对美国家庭进行一场全方位的攻击。

• • •

还是回头继续说我跟玛丽琳·凯普的通信：在父亲斥责她是新生的瓦尔丹·马米科尼扬后，我给她写的短信变得冷淡下去了。我不再对她抱有任何指望。权且当作成长过程中的一段经历吧。我不想让她继续试图充当我的母亲。我正在成为一个男子汉，再也不需要母亲了，或者我认为不需要了。

事实上，没有她的任何帮助，我也已经开始当画家赚钱了，而且就在小小的破落的圣·伊格纳西奥，尽管我那么年轻。我找到当地报纸《鲁玛县号角报》，想找份放学后能干的工作，我说我画画很不错。编辑问我，可否画一张意大利独裁者贝尼托 ·墨索里尼的画像，顺便说一句，那是丹 ·格雷戈里心目中英雄里的英雄，我可能在两三分钟内就画好了，没有参照任何照片。

然后，他又让我画了一个漂亮的女天使。我也画了。

然后，他又让我画了一张墨索里尼往这个天使嘴里灌进一夸脱什么东西的画。他让我在那只瓶子上画上蓖麻油的标签，在天使身上贴上世界和平的字样。墨索里尼喜欢让人们喝一夸脱蓖麻油来惩罚他们。这听着像是用某种滑稽的方式教训什么人，但其实并非如此。受害者们经常喝完后就上吐下泻，最后死掉。幸存者则五脏六腑俱烂。

我就这样在小小年纪时成了一个拿薪水的政治漫画作者。我一星期画一幅漫画，自有编辑会告诉我具体画什么。

• • •

让我大为吃惊的是，父亲也当起艺术家来，开始绽放自我了。我的艺术天分究竟来自哪里，在所有的七猜八想中，有一点好像铁定无疑：不是来自父亲，也不是来自他那个家族方面的任何人。他还经营自己鞋铺的时候，我从来没见过他用地上的什么碎屑干过任何具有想象力的事情，也许给我做一条奇异的皮带，或者给母亲做一个钱包，他是个绝对循规蹈矩的修鞋匠，仅此而已。

可是后来，他好像中了魔法，用最简单的手工工具，开始做起完美至极的牛仔靴来，然后挨家挨户地去卖。这些靴子不仅结实舒服，而且配在男性的脚和小腿上，简直就像耀眼的珠宝，上面闪烁着金色、银色的小星星，还有雄鹰、花朵和飞跃而起的骏马，都是拿压扁的锡皮罐和瓶盖裁出来的。

但是，他生活中的这种新变化，并非如你想象的那样在我看来是好事。

事实上，这让我直起鸡皮疙瘩，因为我会直勾勾地盯着他的眼睛，而家里已经没有任何人了。

· · ·

多年后，我将看到同样的事发生在特里·基奇身上。他曾是我最亲密的朋友。突然间，他开始画画了，那些画如今让很多人说他是抽象表现主义画家中最伟大的人物——超过波洛克，也超过罗斯科。

那很好啊，我想，只可惜当我看着自己最好的朋友的眼睛时，家里已经没有任何人了。

· · ·

噢，还有我。

总之，回到1932年的圣诞节前后，玛丽琳最近的信在某个地方躺着，大多没有被拆读。我已经对做她的听众变得不耐烦了。

然后这份电报来了，是寄给我的。

我们还没打开电报，父亲就想评论，说这是我们家有史以来收到的第一封电报。

电报内容是这样 ：

做我的学徒。将支付

来这里的交通费，另外提供免费食宿、

适当津贴和几门艺术课程。

丹 · 格雷戈里。

8

对于这个绝好的机会，我第一个告诉的人就是报社的那位老编辑，我一直给他画漫画。他叫阿诺德·科茨，他跟我说：

“你真的是一个艺术家，你必须离开这里，否则就会像颗葡萄干般干瘪掉。不要担心你父亲。他是个绝对容易满足且能自给自足的大怪人，请原谅我这样说。

“纽约不过是你的一个跳板，”他继续说，“欧洲才是真正的画家待的地方，而且将永远如此。”

这点他说错了。

“我以前从不祈祷，但今晚我要祈祷，愿你永远不要因为当兵才去欧洲。我们不该再次被卷进去，为那些他们无比钟爱的加农大炮和机关枪送命。他们随时都可能发动战争。瞧瞧他们的军队，在大萧条中规模还那么庞大！

“你去欧洲后，如果那些城市还屹立着，”他说，“你可以在一家咖啡馆里坐上几个钟头，慢慢品尝着咖啡，或者葡萄酒，或者啤酒，探讨着绘画、音乐和文学，只需记住，你身边的欧洲人，你以为比美国人文雅好多的欧洲人，只期待着一件事：等待着彼此杀戮、捣毁一切变得合法的时刻到来。

“如果照我说的方式来，”他说，“美国的地理书应该这样称呼这些欧洲国家才正确：‘梅毒帝国’‘自杀共和国’‘早发性痴呆国’，当然，后者还毗邻美丽的‘妄想国’。”

“行了！”他说，“我把欧洲给你糟蹋了，而你都还没见过它呢。我同样可能在你面前败坏了艺术，不过我希望没有。我不明白，如果艺术家们那些美丽、往往又很天真的作品，出于某种原因，一直以来只是让欧洲人更不快乐、更加嗜血的话，他们怎么就该受到指责？”

• • •

那时，对一个爱国的美国人来说，这是最常见的说话方式。很难相信我们过去是多么厌恶战争。我们以前经常吹嘘我们的陆军和海军规模有多小，将军和海军司令们在华盛顿的影响力有多弱。我们经常管军火商叫“死亡商人”。

这些你能想象得来吗？

• • •

当然，说来如今我们唯一有偿付能力的行业就是这种死亡买卖，由我们的子孙后代提供支持，所以我们的主要艺术形式，包括电影、电视、政治演讲、报纸专栏，出于经济的考虑，其传递的信息只有这个：战争即地狱，没错，但是一个男孩成为一个男子汉的唯一途径就是参与到某种打打杀杀中去，最好首选，但绝不意味着必须，在某个战场上来完成。

• • •

所以，我去纽约重生了一次。

无论过去还是现在，对大多数美国人来说，去别处重新开始都是件挺容易的事。我不像自己的父母。我没有任何所谓的圣地，或者遗留下一群亲戚朋友。零这个数字在任何地方都没有在美国更具哲学价值。

“从零开始出发，碰碰运气吧。”当一个美国人从高高的跳板上跳下来时会这样说。

没错，而且当我坐在子宫般的普尔曼[1]豪华火车车厢里穿过这片辽阔的大陆时，我的头脑真的空得像一块胚胎。好像从来就不曾有过一个叫圣·伊格纳西奥的地方。没错，当从芝加哥出发的二十世纪快车[2]扎进纽约城下面一条布满各种管道和电线的隧道后，我从这个子宫里出来，走进那条出生通道。

1　普尔曼（George M. Pullman，1831—1897），美国实业家、火车卧铺车厢的发明者。

2　二十世纪快车（Twentieth Century Limited），1902年至1967年纽约中央铁路公司经营的特快旅客列车，往返于纽约和芝加哥之间。

十分钟后，我降生在中央车站，穿着我平生拥有的第一套西服，提着一个纸板小提箱，拿着一只装着我最好画作的文件夹。

谁在那里来迎接这位骗人的亚美尼亚婴儿？

没有一个人，没有一个人。

• • •

我完全可以拿来给一个有关乡巴佬的故事做一幅伟大的丹·格雷戈里式的插图，这个乡巴佬发现自己来到一个以前从未见过的大城市而倍感孤独。我的西服是从西尔斯·罗巴克公司[1]邮寄来的，没有人能够像丹·格雷戈里那样把邮购来的廉价衣服画得惟妙惟肖。我的鞋子又旧又破，但擦得锃亮，而且还自己动手装了新的橡胶后跟。我还穿上了新的鞋带，不过其中一条鞋带在堪萨斯城的什么地方就断了。一个真正善于观察的人会注意到断鞋带上的捻接非常拙劣。没有人能够像丹·格雷戈里那样通过鞋子就可以描绘出人物的经济和精神状况。

不过，当时我那张脸不适合给一篇杂志故事中的乡巴佬当插图模特。丹·格雷戈里会把我打造成一张盎格鲁-撒克逊人的脸。

1　西尔斯·罗巴克公司（Sears, Roebuck），通称西尔斯百货，是当时美国最大的零售企业。

• • •

他完全可以把我的脑袋用在一个讲印第安人的故事的插图中。我做海华沙[1]应该够格。他曾给《海华沙之歌》的豪华版画过插图，主人公的模特用的是一个希腊炸食厨师的儿子。

在当时的电影中，只要随便长个大鼻子，祖先来自地中海沿岸或者近东的什么地方，如果再会点儿表演，就可以扮演狂暴的苏人[2]什么的了。观众看了会特别满意。

• • •

现在，我多么渴望回到那列火车上！我在那里实在太快乐了！我多么喜欢那列火车！当人类把铁、水、火混合在一起制造出一列火车时，连万能的上帝本人都会欢天喜地！

当然，现在一切都可以用钚和激光的光束搞定。

• • •

丹·格雷戈里居然还画过火车！以前他经常根据从制造商那里弄到的蓝图来画，这样，一个错位的铆钉或者不管什么就不

1 海华沙（Hiawatha），美洲印第安人，奥农达加部落领袖，美国诗人朗费罗的长诗《海华沙之歌》中的主人公。

2 苏人（Sioux），北美的一支印第安人。

会破坏他画的铁路工人的画。如果在我到达的那天他画了我乘坐的二十世纪快车，外面的污迹和脏东西将会使芝加哥和纽约之间运行的那趟火车显得很地道。没有人会像丹·格雷戈里那样把污垢都给画出来。

而他这会儿在哪里呢？玛丽琳在哪里呢？为什么他们没有派个人用他那辆巨大的马蒙牌旅行车来接我呢？

· · ·

他完全知道我什么时候来。那个日子是他挑的，而且很容易记住。那天是情人节。他已经通过邮件向我表达了那么多善意，而且还不是通过玛丽琳或者什么男仆之手。一切信函均由他亲自书写，虽然很短，却慷慨得不可思议。我不仅可以给自己买一套暖和的西服，还可以用他的钱给我父亲置办一套。

他的信如此富有同情心！他不想让我在火车上害怕或者干傻事出丑，所以他告诉我如何在普尔曼车厢和餐车里表现得举止得体。还告诉我应该给服务员和行李工多少小费，什么时候给，以及如何在芝加哥换车。他对自己的儿子都不可能这么好，如果他有儿子的话。

他甚至不嫌麻烦用邮政给我汇款而不是寄来个人支票，作为开支用钱，这表明他知道圣·伊格纳西奥唯一的一家银行停业的情况。

我不知道的是，早在12月，他给我发出那封电报的时候，玛丽琳在医院里，两条腿和一只胳臂都受伤了。他在工作室里推了她一把，致使她在楼梯上向后倒下去。她撞在楼梯底时看上去就像死了，正好有两个仆人站在那里——楼梯脚下。

所以丹·格雷戈里既害怕又懊悔。他第一次去医院看玛丽琳时，面带愧色，说自己很难过，非常爱她，乃至说愿意送给她任何她想要的东西——任何东西。

他可能以为玛丽琳想要钻石或者类似的东西，但是她却想要一个人。她想要见我。

• • •

西尔塞·伯尔曼刚刚提醒我说，我是玛丽琳在瑞士从她子宫里拿掉的那个亚美尼亚婴儿的替代品。

也许是吧。

• • •

然后，玛丽琳告诉丹·格雷戈里要在电报上以及后来的信中该对我讲些什么，以及该给我寄多少钱、买什么东西等等。我到纽约的时候，玛丽琳还在医院里，但她肯定没想到格雷戈里让我在车站白等一场。

可他还真就这么干了。

他又变得刻薄了。

• • •

这还不是这个故事的全部。战后，我在佛罗伦萨拜访了玛丽琳后才知道了这个故事的全部真相。顺便说一句，那时丹·格雷戈里已经死了，而且埋在埃及已经差不多十年了。

直到战后，玛丽琳以波尔托马焦雷伯爵夫人的身份获得重生后，才告诉我早在1932年她被推下楼梯的原因。她一直向我隐瞒了这个令人惭愧的内情，因此，显然出于完全不同的动机，丹·格雷戈里也没有告诉我。

但是那天晚上，就在丹·格雷戈里差点要了她的命的那天晚上，她走进他的工作室，要格雷戈里第一次认认真真地关注一下我的画。那些年来，我一直往纽约寄画，他一张都没看过。玛丽琳心想这次可能有所不同，因为她从来没见过丹·格雷戈里如此开心。为什么？那天下午他收到一封他认为是世界上最杰出的领导人，意大利独裁者墨索里尼，那个让他的敌人喝蓖麻油的人寄来的感谢信。

墨索里尼感谢丹·格雷戈里为他画了一幅肖像画，并作为一件礼物送给他。在那张画里，墨索里尼被画成一个阿尔卑斯山地部队的司令，太阳升起之时站在一个山顶上。你可以打赌，他把每块皮子、绲边、穗带、黄铜、皱褶，以及所有的饰品都画得准确之极。没有人能像丹·格雷戈里那样善于画军装。

顺便说一句，八年后，丹·格雷戈里将在埃及被英国人击毙，当时正穿着一件意大利军装。

• • •

可问题是：玛丽琳在他工作室的一张餐桌上把我的画铺开，他知道那些东西是什么。正如她所希望的那样，他极尽和蔼之能事，慢慢走到那些画跟前。可是，就在他凑近细看的时候，顷刻间怒火中烧。

不是我的画的性质，而是我使用的绘画材料的质量激怒了他。在加利福尼亚，没有哪个少年画家能买得起如此昂贵的进口颜料、纸张和画布。显然，这些物品是玛丽琳从他的物品储藏室里拿出来的。

所以，格雷戈里就推了玛丽琳一把，然后她就向后跌下了楼梯。

• • •

在这里，我想顺便说说给父亲做的那件西服，我从西尔斯·罗巴克公司跟自己的一起定做的西服。为了做西服，我和父亲互相测量了对方的身体，这个动作本身就很奇怪，因为我想不起来我们以前还曾有过身体的触碰。

可是西服送来后，显然什么地方有人错移了个小数点，错误的地方主要是父亲的裤子。他的腿本来就很短，做出的裤子却更短。他的腰本来就那么瘦，但腰上的裤扣却扣不上。不过外套倒无可挑剔。

所以我对父亲说："这条裤子，我实在觉得抱歉，你把它退回去吧。"

他说："不用，我很喜欢。这是件非常好的葬礼服。"

我说："葬礼服，什么意思？"我眼前出现了他不穿裤子去别人葬礼上的情景——除了母亲的葬礼，据我所知，他不曾去过任何人的葬礼。

他说："你用不着穿着裤子去自己的葬礼。"

• • •

五年后，我回圣·伊格纳西奥参加他的葬礼，他至少穿着那件西服的外套平躺着，但是棺材的下半截是合着的，所以我只好问入殓师，父亲是否穿着裤子。

最后发现他穿着，而且那条裤子合适极了。看来父亲是费了番心思从西尔斯·罗巴克公司拿到了合身的裤子。

但是入殓师的回答带出了两桩意想不到的小事。顺便说一句，我母亲不是他安葬的。安葬我母亲的那位已经破产离开小镇去别处发财了。正安葬我父亲的这位是来圣·伊格纳西奥发大财的，那里大街上铺满黄金。

从这位入殓师那里，我听到的第一个惊人的消息是，我父亲在下葬时将穿着自己做的牛仔靴，他在电影院死去时就穿着那双靴子。

另一件小事是，这位殡仪馆的人满以为父亲是伊斯兰教徒。这让他特别兴奋。那是他在一个多元得有点疯狂的民主国家不加批判地虔信的最大冒险。

“你父亲是我关怀过的第一个伊斯兰教徒，”他说，“我希望迄今为止我没做错任何事。没有别的伊斯兰教徒给我建议。我不得不奔赴洛杉矶。”

我不想败坏他的好兴致，所以就告诉他，我觉得一切都很完美。“只是不要在棺材前吃肉。”我说。

“就这些了吗？”他说。

“这个——”我说，“当然你合上棺盖的时候得说‘赞美真主’。”

他还真这么执行了。

9

丹·格雷戈里把玛丽琳推下楼梯之前迅速看了眼的我的那些画有多好呢？从技术上讲，且不说精神层面，对我这般年纪的孩子而言，那些画已经画得很不错了——我给自己强加的课程中就包括一笔一笔地临摹丹·格雷戈里的插画。

显然，我天生就比大多数人画得好，正如寡妇伯尔曼和保罗·斯莱辛格显然天生就比大多数人善于讲故事一样。有些人显然天生会唱歌、跳舞，或者解释天上的星辰，或者会变魔术，或者会当大领导、运动员，等等。

我想这样的分工可以追溯到人们不得不生活在一小群亲戚中的时代，这群人也许有五十个，或者顶多一百个。为了让那些小小的家族群落延续下去，让他们振作欢乐起来，进化或者上帝，或者不管什么把万物用基因的方式安排好，这样他们就可以在夜里围着篝火，让有的人去讲故事，让有的人在洞穴的岩壁上画画，让其他人什么都不用害怕，等等。

我是这么想的。当然那套系统已经没有意义了，因为印刷机、收音机、电视和卫星等已经让单纯的普通天赋变得毫无价值。一个有着中等天赋的人，在一千年前可能会是某个社群的财富，现在却不得不自认无能，不得不去做其他工作，因为现代通信让他们每天去跟世界冠军竞争。

如今，即使在人类天赋的每个领域可能都有一打的冠军选手，整个地球仍然觉得无所谓。一个资质平凡的人得把他们的天赋封存起来，直到比如说他们在一场婚礼上喝醉了，才敢像弗雷德·阿斯泰尔或者金格尔·罗杰斯[1]那样在咖啡桌上跳起踢踏舞来。对于他们，我们有一个称呼。我们管他们叫“自我表现主义者”。

我们如何奖赏这种自我表现主义者呢？第二天早上，我们会对他们说：“喔！你昨天晚上肯定喝醉了！”

• • •

所以当我成为丹·格雷戈里的学徒时，就意味着我跟这位商业艺术的世界冠军走进了决斗场。他的插画肯定已经让不计其数的天赋卓越的年轻艺术家放弃了艺术，心想：“我的天哪，我可永远都画不了那么精彩。”

1 弗雷德·阿斯泰尔（Fred Astaire，1899—1987），美国电影男演员、舞蹈家；金格尔·罗杰斯（Ginger Rogers，1911—1995），美国电影女演员、舞蹈家。20世纪30年代，两人合作主演了一系列歌舞片，深受当时电影观众的喜欢。

我现在才意识到，我实在是个倔强孩子。最初，我开始临摹丹 ·格雷戈里的作品时，其实我就对自己说 ："如果我足够努力，老天作证，我也能做到！"

• • •

于是，我就来到中央车站，好像除了我，人人都被拥抱，被亲吻。我早就怀疑丹 ·格雷戈里不会来接我，可玛丽琳在哪儿呢？

她知道我长什么样子吗？当然知道。我给她寄过很多自画像和我母亲抓拍的照片。

顺便说一句，父亲拒绝碰相机，说它捕捉的不过是僵死的皮肤、指甲和头发，那是走了好久的人留下的东西。我想，他认为照片是一种对在那场大屠杀中遇难的所有人的可怜的替代品。

即便玛丽琳没有看到我的那些照片和画，我也很容易被认出，因为我是迄今为止在普尔曼车厢里坐过的最黑的乘客。按照惯例，在那个年代，任何比我更黑的乘客都会被排除在普尔曼车厢之外——而且几乎所有的旅馆、影院和饭店都会如此。

• • •

我有把握在车站找到玛丽琳吗？真好笑 ：没有。她那些年给我寄过九张照片，现在那些照片跟她的信捆束在一起。那些照片是丹 ·格雷戈里本人用最精致的设备拍的，他本来可以轻而易举成为一个成功的摄影师。但是丹 · 格雷戈里每次打扮她，让她摆各种姿势，都是把她当作他要画插图的某个故事中的角色来使用——比如约瑟芬皇后、F. 斯科特 · 菲茨杰拉德小说中的某个时髦女郎、一个洞穴女子、一个拓荒者的妻子、一个长着尾巴又很高挑的美人鱼等等。不论过去还是现在，都令人难以相信，这些照片上的人不是九个不同的女人。

站台上有很多美女，因为二十世纪快车是那个时代最迷人的列车。所以我的目光锁定一个又一个女人，希望她的脑壳中相认的闪光灯瞬间亮起。不过，我担心，这样做只会让每个女人深信，更黑的人种看别人时果真是色眯眯的，比更白的人种更接近大猩猩、黑猩猩。

• • •

波丽 · 麦迪逊又名西尔塞 · 伯尔曼，刚进来又走了，没有问我是否介意就读起我打字机上的东西来。我十分介意!

“我正在写一个句子呢。”我说。

“谁不是？”她说，“我刚刚还在纳闷，写这么久以前的人，会不会让你感到毛骨悚然。”

“这个我倒没注意，”我说，“我已经被好多年没想过的事情弄得心烦意乱，但事情原本就这样。毛骨悚然？不会。”

“想想看，”她说，“你知道各种可怕的事即将发生在这些人身上，包括你自己。你不想跳进一台时间机器然后回去警告他们吗，如果可以的话？”她描述起回到 1933 年发生在洛杉矶火车站的一个古怪场景。“一个亚美尼亚男孩，带着个纸板手提箱和文件袋，向他的移民爸爸告别。他就要去两千五百英里外的大城市寻找发财的机会。一位戴着一只眼罩的老人，于 1987 年乘着一台时光机到达，偷偷溜过来。这个老人会对他说些什么呢？”

“我得想想，”我说，我摇了摇头，“没什么可说的。取消这台时光机。”

“没什么可说的？”她问道。

我告诉她：“我要他尽可能长久地保持这个信念：他会成为一个伟大的画家，一个好父亲。”

• • •

仅仅过了半个小时：她又闯进来，然后走出去。“我想起一件事，说不定你在什么地方会用得着，”她说，“你早先写的东西让我想起这事来，就是你父亲开始做那些漂亮的牛仔靴后，你如何盯着他的眼睛，而家里已经没有任何人了——或者你的朋友特里·基奇开始用他的喷枪创作他最好的画的时候，你盯着他的眼睛，而家里已经没有任何人了。”

我打住不写了。我关了电动打字机。我在哪里学会不看键盘盲打的？战后，我上了个打字班，那时我想要做个商人。

我坐在椅子里往后一仰，闭上眼睛。各种冷嘲热讽的话从她脑袋上方掠过，特别是跟隐私有关的话，但我试着说了一句。“洗耳恭听。”我说。

“我从来没跟你说起过艾贝死前说的最后一句话吧？”她说。

“没说过。”我附和道。

“就是第一天——你来到那片海滩时，我当时正在想的事。”她说。

“好吧。”我说。

最后，她的脑外科医生丈夫不能再说话了，却仍然能用左手歪歪扭扭地写几句话，而他正常情况下是用右手写字的。他只剩下左手还能稍微活动一下了。

据西尔塞说，他最后的告白是：“我是个收音机修理工。”

“要么他受损的大脑相信，这是一个千真万确的事实，”她说，“要么他开始认定所有他动过手术的大脑，本质上都不过是接收发自别的某个地方的信号的接收器。你能明白这个意思吗？”

“我想能明白吧。”我说。

“只因为音乐是从一个我们叫作收音机的小匣子里发出的，”她说，这时她又走过来用指关节在我的脑袋上敲了几下，好像那是台收音机，“但这并不意味着这里面有一个交响乐团。”

“这跟我父亲和特里·基奇的情况有什么关系？”我说。

“也许，当他们突然开始干起以前从不干的事情，而且连他们的性格也变了的时候——”她说，“那有可能是因为他们开始接收从别的电台发出的信号了，那个电台对于他们该说什么和做什么有着完全不同的想法。”

• • •

从那以后，我在保罗·斯莱辛格身上试验过这种“人类不过是无线电接收者”的理论，他对这种思想时常要调侃一番。“这样说来，绿河公墓充满了各种坏掉的收音机，”他沉思道，“而被他们调试好的电波发射器还在继续不断地发射信号。”

“理论上是这样。”我说。

他说过去二十年来，他自己脑子里所接收的东西全都一成不变，听上去像用自己从来没听过的外语播报的天气预报。他还说，他跟那位女演员芭比拉·门肯的婚姻快结束时，她的行为举止“就像戴着耳机，收听着立体声的《1812 年序曲》[1]。那时，她才成为一个真正的女演员，而不仅仅是舞台上又一个人人喜欢的漂亮女孩，她甚至都不再是‘芭芭拉’了。突然间，她成了‘芭——比——拉’！”

他说，他第一次听到这个名字的变化是在走离婚程序期间，当时她的律师称她为“芭比拉”，而且给法庭速记员拼写了这个词。

事后出来走到法院的走廊上，斯莱辛格问她：“芭芭拉怎么了？”

---

1 《1812年序曲》（*1812 Overture*），柴科夫斯基于1880年创作的一部管弦乐作品。为了纪念1812年库图佐夫带领俄国人民击退拿破仑大军，赢得俄法战争的胜利。

她说，芭芭拉已经死了！

斯莱辛格就对她说："那我们花了这么多钱请律师，究竟是为了什么？"

• • •

我说，我看见过同样的事发生在特里·基奇身上，他第一次玩喷绘器，突然对着他斜靠在土豆仓库上的旧纤维板喷起红色轿车的漆来。突然间，他也像什么人通过耳机收听着一个我听不见的神奇的广播电台。

他只玩红色。我们弄了两听红色颜料，装在那个喷绘器上，那个设备是他几小时前从蒙托克一家汽车修理店买来的。"瞧瞧这个！瞧瞧这个！"每次喷完后，他总是喜欢这样说。

"在我们弄到那个喷绘器之前，他正打算放弃当画家，想跟父亲从事法务工作。"我说。

"芭比拉那时也正打算放弃当演员，想要个孩子，"斯莱辛格说，"然后她就拿到了《玻璃动物园》[1]中田纳西·威廉斯姐姐的角色。"

• • •

其实，我现在回头想：特里·基奇是在看到那个待售喷绘器的

---

1 《玻璃动物园》（*The Glass Menagerie*），美国作家田纳西·威廉斯创作的一部戏剧。

刹那间，而不是他第一次冲着那块纤维板喷洒红色颜料的时候，经历了一场剧烈的性格变化。我碰巧看到那个喷绘器，说那东西可能是战争的剩余品，因为跟我在部队里用来制造伪装的设备一模一样。

“把它给我买下来吧。”他说。

“干什么用？”我说。

“把它给我买下来吧。”他又说了遍。他非要拿到这东西不可，如果我不告诉他的话，他甚至都不知道那东西是什么。

他一直都缺钱，虽然出身于一个非常富有的古老家族，我身上唯一的一笔钱本想用来买一张带围栏的婴儿床和一张年轻人睡的床，要摆在我在斯普林斯买的那幢房子里。我正顶着违背他们意志的压力着手从城里举家搬到乡下。

“把它给我买下来吧。”他又说。

我说：“没问题，别着急，没问题，没问题。”

• • •

现在，让我们跳上那台我们值得信赖的老时光机，再次回到1933年：

被晾在中央车站，我会很生气吗？一点都不。既然我相信丹·格雷戈里是当今活着的最伟大的画家，他就不会做错什么。在我跟他的关系以及他跟我的关系结束前，我必须原谅他很多更糟糕的事，接站根本算不得什么。

• • •

是什么妨碍了他接近伟大？尽管世上已经没有比他更神奇的技师了。我曾努力想过这个问题，任何我给出的答案同时也指向了我。我显然是抽象表现主义画家中技术最好的人，但我却无足轻重，而且也不可能有什么成就——我不是说我的奢耐缎创作是完败的。在使用奢耐缎之前，我已经画了大量的画，而且在使用之后也画了不少，可是它们都一点也不好。

不过，还是暂且先不说我了，把重点放在格雷戈里的作品上吧。就物质而言，它们都是真实可信的，但在时间方面却撒了谎。他喜欢赞颂瞬间，从一个孩子跟一个百货公司的圣诞老人的第一次相遇，到马克西穆斯竞技场[1]一个角斗士的胜利，从那根表示完成一条横贯大陆的铁路修建的金道钉被打进去，到一个男人跪着向一个女人求婚，瞬间发生的一切都出现在他的笔端。但是他缺乏胆魄或者智慧，或者压根就缺乏天赋，去展示在某种程度上时间是如水般流动不居的，这一瞬间不见得比另一瞬间更重要，所有的瞬间都在飞快地逝去。

让我换种说法来讲：丹·格雷戈里是一个动物标本的剥制师。他填装，制作，装饰，防蛀，如此处理所谓的伟大时刻，最终所有那一切都变成令人沮丧的尘蒙之物，犹如某个乡村拍卖会上买的驼鹿头或者牙医候诊室墙上的旗鱼。

1　马克西穆斯竞技场（Circus Maximus），古罗马第一座也是最大的一座竞技场，可容纳十五万人。

清楚了吗?

让我再换种说法：生命本质上永不静止。它要去向哪里？从出生到死亡，一路永不停歇。甚至格子桌布上放着一碗梨，如果被一个大师用笔画在布上，那也是流动的。没错，由于某种神奇的原因，我，也包括丹·格雷戈里，作为一个画家，肯定是画不出那种感觉来的，但是，抽象表现主义画派中最好的画家却能在他们的画中表现出这种感觉，在那些具有伟大气质的绘画中，生与死永在。

生与死甚至出现在很久以前特里·基奇貌似毫无章法喷绘的那张旧纤维板上。我不知道他是如何把生与死弄到那上面去的，他自己也不知道。

我叹了口气。“唉，我啊。”老拉宝·卡拉贝奇亚说。

10

回到 1933 年：

我在中央车站告诉一个警察丹·格雷戈里家的地址。他说离这儿只有八个街区，还说我不会迷路，因为城市的这部分简单得像个棋盘。大萧条还在继续，所以车站和大街上到处都是无家可归的人，就像今天一样。报纸上充斥着工人失业、农场丧失抵押品赎回权和银行倒闭的消息，也像今天一样。在我看来，所有的变化不过是由于电视的缘故，我们可以把一场大萧条隐瞒起来。我们甚至会把一场第三次世界大战隐瞒起来。

所以，那段路走起来很轻松，我很快就发现自己站在一个尊贵的橡木大门前面，那是我的新师父在《自由》杂志圣诞节特刊的封面上用过的大门。巨大的铁链已然生锈，没有人能像丹·格雷戈里那样善于伪造锈迹和锈迹斑斑的橡木。门环的形状像戈耳戈[1]的脑袋，带着互相纠缠的角蝰，她的项链和头发就是那些蛇构成的。

如果你盯着某个戈耳戈看，据说，你就会变成石头。我今天把这种说法告诉游泳池周围的孩子们了。他们从来没有听说过戈耳戈。我认为电视上出现不到一个星期的任何东西，他们都没有听说过。

• • •

在那期《自由》杂志的封面上，就像在真实生活中一样，戈耳戈恶毒的脸上的皱纹以及扭动的角蝰之间的皱痕，都染上了铜绿。没有人能像丹·格雷戈里那样善于伪造铜绿。封面上有个冬青花环围绕在门环上，我到达那里时已经被取下了。花环上有些叶子的边缘已经发黄，或者出现了斑点。没有人能像丹·格雷戈里那样善于伪造植物的病害。

所以，我提起戈耳戈沉重的项链，然后让它自动落下去。从一个入口过厅传来轰隆的回声，那里的枝形吊灯和盘旋楼梯在我看来也是老物件。我曾在一篇故事的一幅插图中见过那些东西，故事讲的是一个极为富有的女孩爱上了她家的私人司机。我觉得那篇东西发表在《科里尔》上。

出来回应我轰隆的敲门声的那个男子，在我看来同样很面熟，

1 戈耳戈（Gorgon），古希腊神话中的蛇发女妖。

只是不知道他的名字，因为他就是丹·格雷戈里很多插图中的模特，包括那幅富家女和她司机的故事里的插图。在那个故事中，他充当那位私人司机，除了那个女孩外，人人讥讽他，说他什么都不是，不过是个私人司机而已，后来，他却拯救了女孩父亲的生意。顺便说一句，那个故事被拍成电影《你被解雇了》，这是第二部声画同步的电影。第一部是《爵士歌手》，由阿尔·乔生主演，他是丹·格雷戈里的一个朋友，直到我去那里的第一个晚上，他们在墨索里尼的问题上闹崩了后才不再是朋友。

来开门的那人长着一副挺好看的脸庞，很适合充当美国式英雄人物，事实上第一次世界大战期间他还是一个飞行员呢。他才是格雷戈里真正的助手，玛丽琳·凯普不过声称是而已，而且他还会是跟随丹·格雷戈里走完苦涩结局的唯一朋友。他也将在埃及被击毙，当时同样身穿一件意大利军装，而他在第一次世界大战都不曾牺牲，却死于第二次世界大战。

这位独眼的亚美尼亚算命师朝自己的水晶球望去时如是说。

• • •

“有什么我可以帮你的吗？”他说。他的眼睛中没有一丝认出我来的火花，尽管他知道我是谁，而且知道我随时会来这所大宅。他和格雷戈里决意要给我一个冷淡的迎接。我只能猜测自己到达之前他们的种种算计，不过可以肯定的是，他们认定我是玛丽琳带到这个家的一条寄生虫，一个已经偷了价值好几百美元的绘画材料的窃贼。

他们一定也说服自己，认为玛丽琳应该为自己从工作室楼梯上跌下去负全责，而且她对格雷戈里的指责是不公正的。我说过，我本人也将信以为真，直到战后玛丽琳告诉我这件事的真相。

所以，为了证明我站在那个门口台阶上不是走错路，我开始问起玛丽琳。

“她在医院里。”他说，仍然挡在路上。

“哦，”我说，“真不好意思。”我向他报上自己的名字。

“我已经猜到了。”他说，但仍然不想让我进去。

就在这时，从盘旋楼梯下到一半的格雷戈里问谁在门口，这位叫弗雷德·琼斯的人说：“你的学徒。”好像“学徒”是绦虫[1]的别名。

“我的什么？”格雷戈里问。

“你的学徒。”琼斯说。

这时，格雷戈里提出我本人曾经思考过的问题：在颜料、画笔等东西已经无须在画家的工作室直接制作的现代，一个画家的学徒应该干些什么活儿？

他这样说：“我需要一个学徒就跟我需要一个骑士的扈从或者行吟诗人一样。”

1　绦虫：一种肠道寄生虫。

· · ·

他的口音既不是亚美尼亚人的也不是俄罗斯人的——更不是美国人的。那是英国上流社会腔。如果他选择这样，高高地站在盘旋楼梯上，盯着弗雷德·琼斯而不是我，他的声音可能又听着像电影里的黑帮老大或者牛仔，或者一个德国、爱尔兰、意大利乃至瑞典的移民，谁知道还有别的什么？没有人比丹·格雷戈里更善于假冒各种来自舞台、银幕和收音机的形形色色的声音了。

· · ·

那不过是他们精心设计的下马威的开始。那是傍晚时分，格雷戈里没有招呼我又上楼了，弗雷德·琼斯把我带到地下室，在厨房外仆人的餐厅里，我吃了一顿冰凉的剩饭，权当晚餐。

那个房间其实挺舒适的，里面摆放着美国早期的古董，那些东西，格雷戈里在插图中使用过。他画的一张普利茅斯殖民地感恩节的画上，我记得那张长桌和放满了锡镴器皿的角柜，以及乡土气十足的壁炉，一把老式大口径短枪挂在几枚扎进壁炉腔的挂钩上。

我被安排在桌子的一端，我的银质餐具被胡乱扔在那里，没有餐巾。我还记得没有餐巾。可是在餐桌另一端，五个位置安排得整整齐齐，上面摆着亚麻布餐巾和晶亮、精致的瓷器，银质餐具摆放得干净利落，在这些东西中间有个大大的枝形烛台。仆人们打算举办一场优雅的晚宴，但我这个学徒没有在邀请之列。我没有把自己当作他们中的一员。

没有一个仆人跟我说话。我还不如当个外面街上的流浪汉。我吃饭的时候，弗雷德·琼斯站在旁边俯视着——像个闷闷不乐的监狱看守。

我正在吃饭的时候，感觉比平生任何时候都孤单，一个叫吴萨姆的中国洗衣工，手里拿着洗干净的格雷戈里的衬衣走进来。啪！一道相识的闪电从我的脑壳里掠过。我认识他！他肯定认识我！过了几天后，我才意识到自己为什么觉得认识吴萨姆，而他肯定不认识我。全身穿着丝绸长衫，又戴顶瓜皮帽，这位假惺惺微笑着、彬彬有礼的洗衣工，曾给格雷戈里做过插画模特，那是所有小说中最邪恶的人物之一，可谓黄色威胁的具体人格化身，那位犯罪大师傅满洲！

• • •

吴萨姆最终将成为丹·格雷戈里的厨子，然后又做回洗衣工。而且，此人将是那位我把战争期间在法国买的画寄过去让他收的人。

这是我们在战争期间保持的一种奇特又感人的关系。我去海外之前，正好在纽约碰到萨姆，他向我要了地址，还说，他在收音机里听到，士兵们在海外可能会很孤独，大家应该常给他们写信。他说，我是他唯一认识的士兵，所以他会给我写信。

这件事成了我们排里收信时的一个笑话。他们对我说："唐人街最近有什么消息吗？”或者问：“这个星期吴萨姆没有来信吗？没准什么人在他的炒面里下了毒呢。”诸如此类。

战后，我从他那里取走画后，就再也没有听到过他的消息。他可能压根就不是很喜欢我。对他来说，我完全是一种战时活动。

• • •

回到 1933 年：

因为晚餐太恶心了，所以即便我被送到锅炉旁边那个没有窗户的房间，并告诉我说那将是我的卧室，我也不会感到惊讶。然而，我却被领着上了三层楼梯，来到一个卡拉贝奇亚平生住过的最豪华的房间，并被告知在那里等着，直到格雷戈里有时间来看我，大约会在六个小时之后，午夜时分，弗雷德·琼斯估计。格雷戈里就在我下方的餐厅设宴招待阿尔·乔生、喜剧演员 W.C. 菲尔兹、作家布斯·塔金顿等人，格雷戈里曾为布斯的小说画过数不清的插图。我将永远不会见到他们中的任何一位，因为他们将永远不会再到这幢房子来——在与格雷戈里在贝尼托·墨索里尼的问题上发生了一场不愉快的争论之后。

琼斯带我进去的这个房间是这样的：那是丹·格雷戈里用真实的法国古董伪造出来的拿破仑的皇后约瑟芬的卧室。这是一间客房，不是格雷戈里和玛丽琳的卧室。把我囚禁在这里长达六个小时，其实就是一种高规格的精致的施虐。首先，琼斯，板着脸，明确告知这是我学徒期间住的卧室，似乎除了我这样一个出身卑微的人，任何人都觉得那是个特别普通的睡觉的地方。其次，我不敢碰任何东西。好像为了确保我不会碰，琼斯对我说："请尽量保持安静，不要碰任何东西。"

你大概会以为他们这是想赶我走。

• • •

我刚刚在网球场外对塞莱斯特和她的朋友们做了个快速测验。"请识别下列历史上的人物：W.C. 菲尔兹、约瑟芬皇后、布斯 · 塔金顿、阿尔 · 乔生。"

他们只认识 W.C. 菲尔兹。他的那些老电影还在电视上播放。

我说过，我从未见过 W.C. 菲尔兹，但是在初来乍到的第一个晚上，我踮着脚尖踏出我的金笼子，来到盘旋楼梯顶上，想听听这些到访的著名客人说些什么。当菲尔兹用这样的话向他带来的女人介绍格雷戈里时，我清楚地听到他那锯齿般的鼻音："这位，我的孩子，是丹 · 格雷戈里，列奥纳多 · 达 · 芬奇妹妹的可爱的孩子，一个矮小的阿拉巴霍人[1]。"

• • •

昨晚吃饭的时候，我向斯莱辛格和伯尔曼太太抱怨，如今这

1 阿拉巴霍人（Arapahoe），北美一支印第安人。

些年轻人好像要尽可能浑浑噩噩地度过一生，知道得越少越好。“他们甚至对越战或者约瑟芬皇后都一无所知，戈耳戈是谁也不知道。”我说。

伯尔曼太太替他们做了辩护。她说，对他们而言，想了解越战的情况有点晚了，比起研究一个生活在一百七十五年前的外国女人，他们更有兴趣去学习有关虚荣、性魅力的知识。“有关戈耳戈，一个人只要知道没有这种东西就行了。”

斯莱辛格仍以为她就是个半文盲，于是以极尽高雅的屈尊俯就的姿态说：“正如哲学家乔治·桑塔亚纳所说，那些忘记过去的人会受到重蹈覆辙的惩罚。”

“事实如此吗？”伯尔曼太太说，“好吧——我有话要对桑塔亚纳先生说：我们注定要重蹈覆辙，无论如何。活着就是这样。等十岁了还闹不清这个道理的孩子肯定是个大傻子。”

“桑塔亚纳是哈佛大学一个著名哲学家，”斯莱辛格说，“一个哈佛人。”

伯尔曼太太说：“大多数孩子都上不起哈佛，不会被误导。”

• • •

前几天，我碰巧在《纽约时报》上看到一张法兰西帝国时代写字台的照片，那张写字台被一个科威特人以七十五万美元拍走，我几乎可以肯定，早在1933年，这张写字台就摆在丹·格雷戈里的客房里。

那个房间有两幅与年代不配的画，都是格雷戈里的作品。在壁炉上方，有幅他给《鲁滨孙漂流记》画的插图，画的是那位漂流到岸上的叙述者看到岛上的海滩有人类脚印的刹那，他满以为这个岛上只有他一个居民。在那张写字台上方挂着他的另外一幅插图，画的是罗宾汉和小约翰，两个陌生人，即将成为朋友，在一根横在小溪的圆木上相遇的刹那，他们各自配备着一根铁头木棒，谁也不想后退，以便让另一位去他特别想去的地方。

当然，最后罗宾汉落入水中。

11

我在那个房间的地板上睡着了。我肯定不会弄乱那张床，或者动任何东西。我梦见自己又回到火车上，火车发出咔嗒咔嗒的声音，叮叮叮，呼哧呼哧地响着。当然那叮叮叮声不是火车发出的，而是交叉道口的信号，在那里任何不给我们通行权的人都会被撕成碎片。他们罪有应得！他们什么都不是，我们才是至高无上的一切。

很多农民和他们的家人不得不停住为我们让路，否则就会被撞死，他们带着胡乱捆住的全部家当，坐在破卡车上。风暴或者银行夺走了他们的农场，就像美国骑兵队同样夺走了他们的祖父时代印第安人的土地。那些被风刮走的农场如今在哪里？在墨西哥湾的海底培养鱼食呢。

交叉道口上那些被打败的白色印第安人在我看来毫不新鲜。我看到过他们很多人从圣·伊格纳西奥穿过去，问我或者我父亲这样的人，甚至问一个木讷的鲁玛印第安人，是否知道有什么人有什么活儿需要干。

午夜时分，我的铁路梦被弗雷德唤醒，他说，格雷戈里先生现在要见你，他发现我睡在地板上毫不奇怪，我睁开眼睛时，他的鞋尖离我鼻子只有几英寸。

在高贵的卡拉贝奇亚家的历史中，鞋子曾经扮演过十分重要的角色。

• • •

弗雷德领我来到玛丽琳曾经摔下来的楼梯脚下，那条楼梯将把我送上圣地的一端，那间工作室。上面显得黑乎乎的。我得独自爬上楼梯。这很容易让人觉得，上面有一台绞刑架，一条绞索从一个通气门上方垂下来。

我就这样上去了。我在楼梯口站住，有种不可思议的感觉：面前出现了六个独立的烟囱和壁炉，每个炉膛里都有一团煤火在闪耀着。

让我从建筑的角度解释下这究竟是怎么回事。你看到了，格雷戈里买了三幢典型的纽约褐砂石楼房[1]，每幢房开间都有三个窗户，四层楼高，五十英尺深，每层有两个壁炉。我原以为他只有这幢带橡木大门和染满铜绿的戈耳戈门环的褐砂石房。所以，我完全没有料到顶层的景致，这样不断的延伸，似乎有违一切时空定律。在下面较低的楼层，包括地下室，他用门和拱廊连接起这三幢楼房，但

1　褐砂石楼房（brownstone），一种用褐砂石做外墙的楼房，一般为富有阶层居住。

是在顶层，从这头到那头，从这边到那边，他扒掉了所有的隔墙，只留下六个独立的壁炉。

• • •

第一天晚上，仅有的亮光来自那六堆煤火，来自天花板上淡淡的斑马条纹。那些条纹是楼下一盏街灯照上来的光——被可以俯瞰东四十八大街的九扇窗户切割成一条条带子。

丹·格雷戈里在哪儿呢？我起先没看见。他纹丝不动，默不作声——穿着一件肥宽的黑色土耳其长袍，无形无状，脊背对着我，低着头，坐在屋子中间一个壁炉前的一副驼鞍上，微微曲着身子，离我大约有二十英尺。我没弄清他在哪里之前，就先认出了他上方炉台上放的东西，它们是这个洞穴里最白的东西。那是八个人的头盖骨，依照大小排列成一个八度音阶，一端是一个小孩的头盖骨，另一端是一个曾祖父的头盖骨——像是一个食人族用的马林巴琴。

上方传来音乐般的声音，像一支献给摆在一扇漏水的天窗下面的坛坛罐罐的单调的赋格曲，那些东西就在丹·格雷戈里的右边。天窗上覆盖着一层正在融化的雪。

• • •

“咔——噗啦。”沉默。“乒乒——乓乓。”沉默。“啪嗒。”沉默。当我的目光在探寻丹·格雷戈里无可置疑的杰作，那间工作室——他的一部惊心动魄的原创作品时，我听到那扇天窗发出这样的歌唱声。

这部杰作中，陈列着武器、工具、偶像、圣像、帽子、头盔、船模、航模以及包括一条鳄鱼和一头直立的北极熊在内的动物标本，这份简单的物品清单已经足够令人惊叹了。不妨想想：还有五十二面各种可以想象的时期和形状的镜子，很多都以匪夷所思的角度挂在出人意料的地方，甚至让这位迷茫的观看者的数量增至无穷大。在楼梯顶上，我看不见丹·格雷戈里，而我自己却无处不在!

我知道这里有五十二面镜子，是因为第二天我数过。有些镜子要求我每星期都要擦拭。另外一些镜子，按我师父所说，我死都不得擦掉上面的灰尘。没有人能像丹·格雷戈里那样善于伪造沾满灰尘的镜子中的图像。

这时他发话了，微微转了转肩膀，这样我才看清他在哪里。他说："我也在任何地方都不受欢迎。"他又改用英国口音了，那是他以前唯一使用的口音，除了开玩笑的时候。他接着说："对我来说，如此不受自己师父的欢迎和赏识简直太好了，因为瞧瞧我已经变成什么样子了。"

• • •

他说，他父亲，那位驯马师，在他还是个婴儿的时候，差点要了他的命，因为他父亲实在不堪忍受他的哭声。“如果我开始哭，他会想方设法立刻制止我，”他说，“他自己都还是个孩子，那是很容易忘记父亲身份的。你多大了？”

我对他说了第一句话 :“十七。”

• • •

“我出生的时候，我父亲只比你大一岁。”丹 · 格戈雷里说，“如果你马上开始交媾，等你十八岁的时候，也会有个号哭不止的婴儿，在这样一个大城市——而且离家很遥远。你认为你能够以画家的身份令这个城市兴奋不已吗？嗯——我父亲以为他可以以驯马师的身份令莫斯科兴奋不已，但很快他就发现，那里马的世界由波兰佬控制，他能升到的最高职位，任凭他多么出色，不过是个最低级的小马倌。他拐走了我母亲，从别人那里，从所有她认识的人那里，当时她只有十六岁，他向她承诺，他们在莫斯科很快会有钱有名。”

格雷戈里站着面对我。我在楼梯顶上还没动一动呢。我给自己破鞋上装的崭新的橡胶后跟，越过最上面的楼梯台阶边缘时，在虚空中像悬臂般往外伸出去。所以我非常不情愿朝这个复杂得令人惊慌失措并且全是镜子的环境中再走一步。

格雷戈里本人现在仅有一颗脑袋和两只手，因为他的土耳其长袍是黑色的。那颗脑袋对我说 :“我像耶稣基督一样出生在一个马厩里，我就这样哭个不停。”

从他的喉咙里发出一种一个惨遭遗弃、除了哭啊哭什么都不会的婴儿令人痛苦不堪的伪造的号叫声。

我的头发都竖了起来。

12

丹·格雷戈里，或者在旧世界被称为格里高利亚的人，五岁时被一个叫贝斯库德尼科夫的艺术家的妻子从他父母手中救了下来，这位艺术家是帝国债券和纸钞雕版师。这个女人并不爱他。格雷戈里完全就像那个城市四处流浪、肮脏污秽的动物，她见不得他遭受虐待。所以，她对待格雷戈里就像她带回家的几只流浪猫和狗——把他交给仆人去清洗和喂养。

“她的仆人对待我的态度就像我的仆人对待你的态度，”格雷戈里对我说，“我要干不止一件活儿，比如倒炉灰，擦灯台，或者掸地毯。”

他说，他研究了那几只猫和狗为了混下去所采取的手段，然后他也如法炮制。“那几只动物长时间待在贝斯库德尼科夫的作坊里，作坊就在他家后面。”他说，“学徒和熟练工都很宠它们，给它们吃的，所以我也那样干，我还能做些别的动物做不了的事情。我学会了他们在作坊里讲的所有语言。贝斯库德尼科夫本人在英国和法国学习过，他喜欢给自己的帮手用这些语言中的一两种语言下达指令，他认为这些语言他们都应该懂。很快，我就以翻译的身份登场了，告诉他们师父究竟说了些什么。我已经懂波兰语和俄语，是仆人们教的。”

• • •

“还有亚美尼亚语。”我提示。

“不，”格雷戈里说，“我从醉醺醺的父母那里学到的只有如何像头公驴般嘶吼，或者像只猴子般乱叫——或者像匹狼般咆哮。”

格雷戈里说，他还掌握了作坊里用的每样手艺，而且，像我一样，有种本领，能在一张速写中捕捉到几乎任何人或者任何东西的某种转瞬即逝的相似性。“十岁的时候，我自己已经成为一个学徒。”他说。

“十五岁的时候，”他继续说，“人人都已经看得清清楚楚，我是个天才。贝斯库德尼科夫本人都感受到了威胁，所以他给我派了件人人都认为不可能完成的任务。他说他会把我提拔为熟练工，只要我能用手画一张正反面的一卢布的纸钞，好到足以骗过市场里眼睛最尖的商人。”

他冲我咧嘴笑着。“那个时代，对伪造货币的惩罚，”他说，“是当众绞死在那家市场。”

• • •

年轻的丹·格里高利亚花了六个月的时间完成了一张他以及所有工友都一致认为完美无缺的纸钞。贝斯库德尼科夫管这番辛苦叫幼稚，然后把那张纸币撕成碎片。

格里高利亚又做了一张更好的纸币，又花了六个月的时间才完成。贝斯库德尼科夫宣称这一张比前一张更差劲，然后把它扔进火里。

格里高利亚又做了一张更好的，这次花了整整一年的时间，当然，自始至终，他仍然干着店里和家里的常规零活儿。但是，当他完成了自己做的第三张伪币后，他把它放进自己的口袋。他给贝斯库德尼科夫展示了他一直用来临摹的真币。

如他所料，老人同样冲着那张纸币嘲笑了一番。但是，不等贝斯库德尼科夫撕毁它，年轻的格里高利亚一把夺过，跑进市场。他用真币买了一盒雪茄，并且告诉那位烟草商，这张纸币绝对是真的，因为它出自贝斯库德尼科夫，给帝国纸币做模板的雕刻师之手。

当这孩子拿着雪茄回来时，贝斯库德尼科夫惊恐不已。他从来没有想过让他真的去市场花掉伪币。他把流通性仅仅当作自己追求卓越的标准。他那鼓起来的眼睛、汗渍渍的额头和喘气声都在证明他是一个诚实的人，他的判断被嫉妒蒙蔽了。因为他出类拔萃的学徒已经把那张卢布，他自己的作品，给了他，顺便说一句，在他看来，那张其实看着倒像假的。

现在老人该怎么办呢？那位烟草商一定会认出那张纸币是假的，而且也知道它是从哪儿来的。然后呢，法律毕竟是法律。这位皇家雕版师和他的学徒将肩并肩被吊死在那个市场。

“为了他永恒的信誉，”丹·格雷戈里对我说，“他决心亲自收回他认为会要命的那片纸。他向我索要我用来临摹的那张卢布，我当然向他交出了我完美无缺的伪作。”

· · ·

贝斯库德尼科夫给烟草商讲了个荒谬绝伦的故事，说他的学徒买雪茄的那张卢布如何有着巨大的情感价值。烟草商对这种事漠不关心，他拿真币跟雕版师的假币换了。

老人笑眯眯地回到作坊，但一走进作坊，就对格里高利亚声称要揍死他。此前，格里高利亚向来都像优秀学徒应该做的那样定定站着等着挨揍。

这回，这男孩却跑开一段距离，然后转身嘲笑起师父来。

“这个时候，你居然还敢如此嘲笑？”贝斯库德尼科夫喊道。

“我不仅现在敢嘲笑你，我后半辈子也敢嘲笑你。”学徒回答道。他跟师父说了自己怎么处理真假卢布的过程。“你再也教不了我了。我现在已经远远超过你了，”他说，“我真是个天才，竟然骗了皇家纸币的雕版师，让一张假卢布流进市场了。我在这个世上最后的话将是对你的坦白，如果我们发现自己在市场肩并肩站在一起，套索套在我们的脖子上。我会说：‘最后还是你说得对。我没有我想的那么有天赋。再见了，残酷的世界，再见了。’”

13

趾高气扬的丹·格里高利亚当天就离开了贝斯库德尼科夫，轻而易举地在另一个雕版师傅和丝网印刷艺术家手下做了一名熟练工，这个人主要做剧院的张贴画和童书插图。他的伪币始终不曾被识破，或者至少没有追踪到他或者贝斯库德尼科夫头上。

“贝斯库德尼科夫肯定不会告诉任何人真实情况，”格雷戈里对我说，“有关他和自己最有前途的学徒如何分道扬镳的故事。”

• • •

格雷戈里说，到目前为止，他让我感觉不受欢迎其实是在帮我的忙。“因为你的年纪比我超越贝斯库德尼科夫时大多了，”他接着说，“我们不应该浪费时间安排你干差不多相当于手工临摹一张卢布这样的活儿。”他看上去考虑了很多可能的方案，但我坚信他在我到达之前就已经想好了，让我干那件完全可以想象得来的残忍之极的活儿。

“啊哈！”他说，“有了！我想让你支个画架，大概就在你站的那地方，然后画一张这个房间的画——跟一张照片分毫不差的画。这听上去公平吗？我希望这不公平。”

我强忍住。“不公平，先生，”我说，“这确实不公平。”

他说：“太棒了！”

• • •

这是我两年来第一次去纽约城。我去纽约城还是西尔塞·伯尔曼的主意，而且她建议我一个人去——目的是为了证明我还是一个非常健康的男人，丝毫不需要别人帮助，也绝不是一个残废。现在是8月中旬。她在这里已经待了两个多月，这意味着我写这本书也已经有两个月了！

她发誓，只要我能重访当初第一次从加利福尼亚到纽约时走过的部分足迹，纽约城对我来说可能就像一眼青春之泉。“你的肌肉会告诉你，它们几乎跟过去一样有弹性，”她说，“如果你愿意的话，”她说，“你的大脑将向你展示，它可以完全像当年一样自负和兴奋。”

听上去不错。但猜猜那是怎么回事？她是在布置一个陷阱。

• • •

她的承诺一度成真，不是说她在乎这个承诺是不是很空洞。她只想让我离开这里一段时间，这样她就可以对这座宅子为所欲为了。

至少，她没有闯进那个土豆仓库，她本来是可以独自办得到的，如果给她足够多的时间——以及一根撬棍和一把斧头。她只能去那个马车房找撬棍和斧头。

• • •

当我重访自己最初从中央车站到曾是丹·格雷戈里豪宅的那三幢褐砂房的那段足迹时，我真的又感觉到那种步履轻捷和洋洋得意了。曾经的豪宅又变成三幢独立的房子了，这个我早就知道。大概在我父亲死的时候，这几幢房子就又各自独立了，那是美国参战前三年。哪场战争？当然是伯罗奔尼撒战争了。难道除了我已经没有人记得那场伯罗奔尼撒战争？

• • •

我又开始写：

丹·格雷戈里、玛丽琳以及弗雷德·琼斯离开美国去意大利参加墨索里尼伟大的社会实验后不久，他的豪宅就又成为三幢独立的褐砂房了。虽然他和弗雷德那时都已经五十好几了，他们还会恳求并从墨索里尼那里得到首肯，想穿上意大利步兵团军官的制服，但上面不戴任何军衔或者部队的徽章，并想创作表现行动中的意大利军队的绘画。

他们将几乎正好在美国参战——顺便说一句，跟意大利，跟德国、日本以及其他国家作战——前一年被打死。他们大概是在 1940 年 12 月 7 日在埃及的西迪 · 巴拉尼被击毙的，那里只有三万英国人，却击败了八万意大利人，我是从《大英百科全书》上知道的，俘虏了四万意大利人，缴获了四百支枪。

《大英百科全书》在谈及缴获的枪支时，说那些并不是指步枪和手枪，而是指名副其实的大炮。

是的，由于格雷戈里和他的跟班琼斯就是这类武器的痴迷者，不妨这样说，是玛蒂尔达坦克、斯登冲锋枪、布伦式轻机枪，以及带固定刺刀的恩菲尔德步枪干掉他们的。

• • •

为什么玛丽琳会跟着格雷戈里和琼斯去意大利呢？她爱格雷戈里，他也爱她。

怎么可能这么简单？

• • •

那三幢房子中最东边的那幢过去属于格雷戈里，直到最近这次纽约之行我才发现，现在已经是萨利巴联合埃米尔国代表的办公室和住所。我是第一次听说萨利巴埃米尔，我遍寻《大英百科全书》都找不到这个国家。我只找到一个沙漠小镇以此为名，人口 1.1 万，大约相当于圣 · 伊格纳西奥的人口。西尔塞 · 伯尔曼说，我该买本新的百科全书了，也该买几条新的领带了。

那个大橡木门和巨大的铰链都没变，只是戈耳戈门环已经没了。格雷戈里把它带到意大利去了，战后，我又在玛丽琳位于佛罗伦萨的宫殿的大门上看到它。

也许现在那东西已经移到别处，因为意大利的那位我亲爱的波尔托马焦雷伯爵夫人就在我亲爱的伊迪斯去世的同一个星期在睡眠中无疾而终。

对老拉宝 · 卡拉贝奇亚来说，那是怎样的一个星期啊！

• • •

中间那幢褐砂房已经被分成五套公寓，每层一套，包括那个地下室，我是从门厅里的邮箱和门铃上得知的。

不过，千万别跟我提门厅！稍后再说！别急。

• • •

中间那幢房子里过去有间客房，我刚来的时候就被关在那里，正下方是格雷戈里的豪华餐厅，再下面是他的研究室，地下室里有他的画材储藏室。不过，我最感到好奇的是顶层，那里曾是格雷戈里工作室的一部分，有那扇漏水的大天窗。我想知道，上面那扇天窗是否依然存在，如果存在的话，是否有什么人找到办法解决了漏水的问题，或者每当下雨或下雪的时候，坛坛罐罐在它下面是否还发出约翰·凯奇[1]的音乐声。

但是已经没有人可以打听了，因此我永远也搞不清了。所以，对你来说，亲爱的读者，我这个故事讲得很失败。我永远都搞不清了。

另外，还有一幢房子，在中间那幢房子的西面，根据邮箱和门铃判断，底部明显是一套三层公寓，顶上则是一套两层公寓。格雷戈里住宅的这三分之一是居家仆人住的地方，我也住在那里，分配给我的是一间窄小但很舒适的卧室。顺便说一句，弗雷德·琼斯的卧室就在格雷戈里和玛丽琳的房间后面，后者如今已是萨利巴埃米尔代表的办公室。

• • •

一个女人从有着两层和三层复式公寓的那幢褐砂房里走出

1 约翰·凯奇（John Cage，1912—1992），美国著名的实验音乐作曲家。

来。她年岁已大，颤颤巍巍，但身姿还不错，不难看出当年很漂亮。我把目光锁定她，一道相识的火花从我的脑壳里蹿出。我认识她，但她不认识我。我们从未见过面。我意识到我在电影里见过她，那时她还挺年轻。一秒钟后，我想起她的名字。她就是芭比拉 · 门肯，保罗 · 斯莱辛格的前妻。保罗很多年前就跟她不联系了，也不知道她住在哪里。她已经很久没有拍过电影或者演过戏剧了，但她就住在这里。葛丽塔 · 嘉宝和凯瑟琳 · 赫本也住在同一片社区。

我没跟她搭腔。我该跟她搭腔吗？我该跟她说些什么呢？“保罗挺好，代他问个好？”或者索性这样说怎么样：“告诉我，你父母是怎么死的？”

• • •

我在世纪俱乐部吃了晚饭，我加入这个俱乐部很多年了。来了个新领班，我问他老领班罗伯托怎么了，他说罗伯托在一条单行道上被一个走错路的自行车送信员撞死了，就在俱乐部门前。

我说真是太糟糕了，他也由衷地附和我。

我没有见到我认识的任何人。这也没什么可奇怪的，因为我认识的每个人都死了。但我在酒吧跟一个小我很多的人成了朋友，他是个写青少年题材的作家，像西尔塞 · 伯尔曼一样。我问他是否听说过波丽 · 麦迪逊的书，他问我是否听说过大西洋。

于是，我们就共进晚餐。他说，他妻子出城做演讲去了，她是一个著名的性学家。

我尽量委婉地问他，跟一个性爱技巧如此老练的女人做爱，不管咋说是否都是个非同寻常的负担。他冲天花板转动着眼珠回答道，我绝对是一针见血。“我得安慰她，说我真的几乎一直爱着她。”他说。

• • •

在阿尔冈琴酒店房间，我看着色情电视节目打发掉一个无所事事的夜晚。我在看着同时又几乎没有看。

我计划第二天下午搭火车回去，但吃早饭的时候却遇到一个东汉普顿人，弗洛伊德·波梅兰茨。他当天晚些时候也要回家，提出用自己那辆加长版凯迪拉克轿车顺便捎我回去。我立刻接受了。

事实证明，这是一种多么令人舒适的交通工具！那辆凯迪拉克要比子宫般的火车好多了。我说过，二十世纪快车真的就像子宫一样，始终不停地运动，外面发出各种无法解释的撞击和相碰的声音。但凯迪拉克像棺材。进到里面，波梅兰茨和我就像去赴死。这婴儿用品般的玩意儿。简直太舒适了，我们两个人，待在一个独立、宽敞、黑帮风格的棺材里。只要条件允许，每个人都应当跟别人埋葬在一起，差不多跟别的任何人都可以。

• • •

波梅兰茨谈到，想捡起自己的生活片段，然后打算再把它们归拢到一起。他跟西尔塞·伯尔曼同龄，四十三岁。三个月前，他说，别人给了他一千一百万美元，让他辞去一家大型电视网的总裁一职。“我前面还有大把的日子。”他说。

“是的，”我说，“我想是这样。”

“你觉得我还有时间成为一个画家吗？”他说。

“永远都不晚。”我说。

• • •

我知道，早些时候他曾问过保罗·斯莱辛格，自己还有没有时间成为作家。他觉得人们可能会对他在那家电视网经历的事感兴趣。

斯莱辛格后来说，应该找个法子奉劝波梅兰茨这种人，汉普顿地区到处都是波梅兰茨这种人，告诉这种人，他们从经济体系中榨取的财富已经够多了。他提议我们在这里建一个“金钱名人堂”，在壁龛中放上套利商人、恶意收购者、风险资本家、投资银行家、黄金握手者[1]，以及白金跳伞者[2]的胸像，把跟他们有关的统计数据刻在石头上——他们如何在短短的时间内合

1 黄金握手者（golden handshaker），指那些从公司获得巨额遣散费的企业高管。

2 白金跳伞者（platinum parachutist），指那些在公司被收购或兼并时获得一笔巨额补偿费而实现平稳过渡的企业高管。

法窃取了多少个百万。

我问斯莱辛格，我是否有资格进入“金钱名人堂”，他认真地想了想，最后说我属于某种名人堂，但我所有的金钱都是意外得来，而不是贪婪攫取。

“你应该属于‘狗屎运名人堂’。”斯莱辛格说。他认为，也许这个名人堂应该建在拉斯维加斯或者大西洋城，但随之又改变了主意。“还是建在克朗代克[1]吧，”他说，“人们应该坐着狗拉的雪橇或者穿着雪地靴去参观，如果他们想去看“狗屎运名人堂”里拉宝·卡拉贝奇亚的半身胸像的话。”

他无法忍受的是，我继承了辛辛那提孟加拉虎队的股份，却不当回事。他是一个狂热的橄榄球迷。

1　克朗代克（Klondike），1896年在加拿大育空地区克朗代克河流域发现金矿，引起了历史上著名的“克朗代克淘金热”。

14

就这样，弗洛伊德 · 波梅兰茨的司机把我送到我家门口人行道的第一块石板前。我像德拉库拉伯爵般从我们那奇妙的棺材里爬出来，眼睛被西落的太阳弄得一时看不见东西。我摸索着朝自己家大门走去，然后走进家门。

我来跟你讲讲那个我绝对理应看到什么的门厅。它的墙壁应该是牡蛎白的，除了地下室和用人宿舍，整座房子里面每寸墙面都是那种颜色。特里 · 基奇的画《秘密之窗》应该像上帝之城那样赫然呈现在我面前。我左边应该是一幅马蒂斯的画，一个女人怀抱一只黑猫，站在一面覆满黄玫瑰的砖墙前，那是在我们结婚五周年纪念日的时候，亲爱的伊迪斯正大光明从一家画廊买来作为礼物送给我的。在我右边，应该是汉斯 · 霍夫曼[1]的一张画，那是特里 · 基奇从菲利普 · 加斯顿[2]那里用他自己的一张画换来的，

1　汉斯 · 霍夫曼（Hans Hofmann，1880—1966），美国抽象表现主义绘画的先驱。

2　菲利普 · 加斯顿（Philip Guston，1913—1980），美国抽象表现主义画家。

我给他那辆婴儿屎黄色别克路霸敞篷车买了一个新变速器后，他就把那张画送给我了。

• • •

谁要想了解这个门厅更多情况的话，只要找出 1981 年 2 月号《建筑与装饰》杂志看看即可。这个门厅就在封面上，那张照片是通过敞开的大门，从石板路上拍摄的，那时路两边都栽着蜀葵。封面文章讲的就是整个屋子，是从重新装饰一个维多利亚时代的房子来收藏现代艺术品杰作的角度介绍的。关于门厅本身，这篇文章说："卡拉贝奇亚家的入口过厅一处，就藏有也许可以充当一个小型博物馆现代艺术的永久收藏的核心作品，这本身就已足够了不起，但事实上，在那有着高高天花板的纯白房间里等待着的不可思议的艺术珍品盛宴前，这不过是一道开胃小菜。"

而我，伟大的拉宝·卡拉贝奇亚，是这种新与旧幸福联姻背后的策划者吗？不，亲爱的伊迪斯才是。把我的藏品从储藏室里拿出来，全是她的主意。毕竟，这座房子是塔夫脱家族的祖屋，不仅充满了伊迪斯在这里度过夏日时光的金色童年的回忆，也充满了她第一次美好婚姻的回忆。我从土豆仓库搬进这里时，她问我住在这种老式环境中舒服不舒服，我发自内心真诚地回答说，我喜欢它本来的样子，还说她不该为我改变任何东西。

所以，上帝作证，如果不是伊迪斯叫来承包商，让他们把所有的墙纸都揭掉露出光秃秃的石灰，把枝形吊灯取下来，装上投射灯——而且把橡木护壁板、饰条、门窗以及墙壁全都涂成清一色的牡蛎白，就没有目前这一切！

干完这些工作后，她看上去年轻了二十岁。她说差点没意识到自己还有改造和装饰的天赋就进坟墓了。然后她又说："给'甜蜜之家搬家和储藏公司'打电话。"我已经在它的库房里把自己的藏品存了好多好多年。"等他们把这些画取出来重见天日的时候，让他们对你那些辉煌的画作说：'你们要回家了！'"

• • •

但是，我去了趟纽约城后走进自己家门厅时，一个令人震惊的场面摆在我面前，我用人格担保，我觉得那里发生了一场斧头屠杀事件。我不是开玩笑！我觉得我像在盯着斑斑血迹！我可能花了长达一分钟的时间才意识到自己究竟看到了什么东西：墙纸上满是红玫瑰，大得像白菜，背景是一片由黑乎乎的、婴儿屎黄色的护壁板，饰条和门构成的田野，还有六幅画着打秋千的小女孩的彩色石印画，配着紫色的天鹅绒衬垫、镀金的边框，这边框有送我到这个灾难现场的豪华轿车那么重。

我吼叫了吗？他们说我吼叫了。我吼叫什么了？他们事后才告诉我吼叫了什么。他们听到了吼叫声，我没有听到。率先到达的厨子和她女儿跑过来时，她们说，我正在一遍又一遍地吼叫："我走错房子了！我走错房子了！"

想想看：我回家成为他们盼望了整整一天的一场惊喜聚会。现在，她们所能做的就是，对我的极度痛苦别大声笑出来，尽管我对她们向来十分慷慨！

这是什么样的世界啊！

· · ·

我对厨子说，而且现在我总算能听得到自己的声音了 ：“这是谁干的？”

“伯尔曼太太。”厨子说。她那样子好像无法想象这是什么样的麻烦事。

“你怎么能允许这种事情发生？”我说。

“我就是个厨子。”她说。

“我也希望你是我的朋友。”我说。

“那是你那么想。”她说。她倒是讲了真话，我们从来没有亲近过。“我喜欢这个样子。”她说。

“你竟然这样讲！”我说。

“比以前那样好看多了。”她说。

于是，我又转向她女儿。“你认为比原来好看吗？”

“是的。”她说。

“噢——”我说，“这岂不是太奇妙了！我一出门，伯尔曼太太就叫来油漆工和裱糊匠，是吗？”

她们摇了摇头。她们说，是伯尔曼太太亲手干完全部活儿的，还说，她就是在办公室糊墙纸的时候遇见自己的医生丈夫的。她过去是个职业裱糊匠！你能斗得过吗？

“糊完办公室墙纸后，”塞莱斯特说，“医生又让她去家里糊。”

“他可真幸运，她没有把他本人给糊了。”我说。

塞莱斯特说：“你知道你的眼罩掉了吗？”

“我的什么？”我说。

“你的眼罩，”她说，“掉在地板上了，你一直踩着呢。”

果然！某个时候，我可能愤怒至极，可能在撕扯自己头发的时候，从头上扯掉了眼罩。所以，现在她们正看着那块伤疤，那东西我甚至都没有给伊迪斯看过。我的第一任妻子当然经常看，不过她是我在本杰明·哈里森堡陆军医院的护士，战后，那里一位整形外科医生想把那团混乱的东西清理一下。要想在那个位置装个玻璃眼睛，他需要做大量的外科手术，所以我就选择用一只眼罩代替。

那只眼罩居然掉到了地板上！

• • •

我最不可示人的破相之处竟然被厨子和她女儿一目了然！这时保罗·斯莱辛格走进门厅，正好也看到了。

他们对目击到的东西全都显得非常冷静，没有惊恐地退缩或者厌恶地尖叫，好像我戴或者不戴眼罩看着都差不多一个样。

我捡起眼罩戴回原位，然后对斯莱辛格说：“这件事发生的时候，你在这儿吗？”

“在啊，”他说，“我无论如何不会错过这种事。”

“你知道那会让我有什么感觉吗？”我说。

“这就是我无论如何不想错过的原因啊。”他说。

“我实在不理解，”我说，“忽然间，听上去你们好像全都成了我的敌人。”

“我不知道这两位是什么情况，”斯莱辛格说，“但我肯定是你的敌人。你为什么不告诉我她就是波丽·麦迪逊呢？”

“你是怎么发现的？”我说

“她告诉我的，”斯莱辛格说，“我看到她正在这里做什么，我求她不要这样——因为我想那可能会要了你的命。她说，那会让你年轻十岁。”

“我想这种情况可能真的事关生死，”他继续说，“我想我最好还是采取什么直接的身体行动吧。”顺便说一句，此人曾得过一枚银星勋章，因为在冲绳岛上为保护战友而躺在一枚吱吱响的日本人的手榴弹上。

“所以，我就竭尽所能，尽量把那一卷卷墙纸都收起来，”他说，“然后跑进厨房，把它们藏在那个冷冻柜里。这已经够朋友了吧？”

“上帝保佑你！”我大声喊道。

“是的，妈的，”他说，“她跟在我后面走进来，想知道我要拿墙纸做什么。我说她是个疯巫婆。她说我是个吃白食的寄生虫，是‘美国文学中沾满口水、不值钱的小哨子’。‘你在跟谁谈文学？’我问她，然后她就告诉我了。”

她这样跟斯莱辛格说："光去年，我的小说在美国就卖出了七百万本，我们站在这里的时候，就有两部正在拍大片，有一部拍的电影去年获得奥斯卡最佳摄影奖、最佳女配角奖和最佳配乐奖。老伙计，跟波丽·麦迪逊，世界文学的中量级冠军握个手吧，然后把墙纸还给我，否则我就折断你的胳臂！"

• • •

"你怎么可以让我这么长时间丢人现眼，拉宝——"他说，"给了她这场写作游戏那么多内情密报？"

"我一直在等适当的时机。"我说。

"你早错过了，你个混账东西。"他说。

"反正她跟你又不是一个级别的。"我说。

"没错，"他说，"她更富有，更出色。"

"不见得更出色。"我说。

"这女人就是个恶魔，"他说，"可她的作品却很精彩！她就是新生的理查德·瓦格纳，有史以来最可怕的人之一。"

"你怎么知道她的作品的？"我说。

"塞莱斯特有她的全部作品，所以我读了，"他说，"这难道不是一个讽刺吗？整个夏天我都在这里读她的书，简直佩服死了，同时却又视她为傻子，不知道她是何许人。"

看来，这就是他今年夏天干的事儿了：读完波丽·麦迪逊所有的书！

• • •

“等我发现她是谁后，”斯莱辛格说，“知道你这样瞒我，在重新装饰门厅这件事上，我就变得比她还有热情。我说，如果她真的想让你开心，就该把木器全都漆成婴儿屎黄色。”

他知道我至少有过两次跟这种颜色有关的不愉快经历，几乎人人都把这种颜色叫“婴儿屎黄色”，甚至在圣·伊格纳西奥，我还是个小男孩的时候，人们就管这种颜色叫“婴儿屎黄色”。

一次经历发生在很多年以前布鲁克斯兄弟商场外面，我在那里买了一件夏天穿的西服，我觉得挺漂亮，而且还为我做了改动，我决定穿着回家。当时我跟多萝西结了婚，我们还住在城里，都还在筹划我做商人的事。我刚一走到外面，两个警察就抓住我严厉审问。后来，他们道了歉放我走了，解释说刚才有个男的抢了银行从街上过去，头上套着条女士尼龙长袜。“所有人能告诉我们的有关他的全部信息，”其中一个警察对我说，“就是他穿着一件婴儿屎黄色的西服。”

另一次跟那种颜色有关的不快遭遇跟特里·基奇有关。为了那些廉价房子和土豆仓库，我和特里以及我们那伙人中的另外几个搬来这里住之后，特里经常下午去酒吧喝酒，那种地方其实都是给本地工人去的私人俱乐部。顺便说一句，他毕业于耶鲁法学院，曾做过最高法院法官约翰·哈兰的书记员，当过第八十二空降师的少校。我不仅在大的方面支持他，而且每次喝得酩酊大醉时，他就从某个酒吧打电话或者叫别人打电话给我，让我开车送他回家。

这就是基奇，可能是汉普顿有史以来除了温斯洛·霍默[1]以外最重要的画家，至今，在当地酒吧，有那么几个还记得他的人仍然这样称呼他："那个坐在那辆婴儿屎黄色敞篷车里的家伙。"

1 温斯洛·霍默（Winslow Homer，1836—1910），美国著名的风景画画家和版画家。

15

“伯尔曼太太这会儿在哪里？”我想知道。

“楼上——正打扮着想出去赶赴一个重要约会呢，”塞莱斯特说，“她看上去漂亮极了。你等着瞧吧。”

“约会？”我问道，自从她住这里后已经很长时间没约会过了，“她要跟谁约会？”

“她在海滨遇上一个精神病医生。”厨子说。

“那人开一辆法拉利，”厨子的女儿说，“她挂墙纸的时候，那人就给她扶梯子。他打算带她去南汉普顿参加一场为杰奎琳·肯尼迪举办的大型晚宴派对，然后他们再到萨格港去跳舞。”

恰在此时，伯尔曼太太出现在门厅，像有史以来建造的那艘最漂亮的内燃机轮船——那艘法国客轮诺曼底号般优雅文静，高贵大气。

· · ·

战前，我还是一家广告公司一个平庸的画家时，曾画过一张那艘诺曼底客轮的旅游海报画。1942 年 2 月 9 日，当我就要作为一个军人乘船前往北非，要给吴萨姆给我写信的地址时，纽约港的天空浓烟弥漫。

为什么？

正把一艘远洋客轮改造成战舰的工人们，在那艘迄今为止建造的最漂亮的内燃机轮船的腹舱里引发了一场无法控制的大火。她的名字又叫诺曼底，愿她的灵魂安息。

· · ·

“这是一场赤裸裸的暴行。”我对伯尔曼太太说。

她笑了笑。“我看上去怎么样？”她说。伯尔曼太太性感迷人，令人难以抵挡——她穿着金色高跟舞鞋摇摇摆摆走来时，丰满肉感的身材更是这样那样地被放大和突出。紧身晚礼服前面的开口很低，毫无廉耻地展示着她淫荡的肉球。她是个多么诱人的性感尤物啊。

“谁他妈的在乎你看上去怎么样？”我说。

“有人会。”她说。

“你对门厅究竟干了什么？”我说，“这才是我想跟你讨论的问题，见鬼去吧，你的衣服！”

"快点，"她说，"我约会的对象马上要到了。"

"好吧，"我说，"你在这儿干出的这种事，不仅是对艺术史不可饶恕的侮辱，而且是在朝我妻子的坟上吐唾沫！你明明知道这个门厅是她而不是我布置的。我可以继续讲，跟精神错乱相比，精神健全是怎么回事；跟故意破坏相比，优雅得体是怎么回事；跟狂犬病相比，友谊是怎么回事。可是你，伯尔曼太太，你竟要求我的自我表达方式既要说得快又要明白，就因为你那好色的精神病医生将开着法拉利随时过来，不妨这样吧：从这里滚开，永远不要回来了！"

"胡说八道。"她说。

"胡说八道？"我反唇相讥，"我想，这就是一个人能够从波丽·麦迪逊作品的作者那里指望得到的最高水平的智性交谈。"

"这不会妨碍你去读一本，"她说，"那些东西都是写当下生活的，"她指了指斯莱辛格，"你和你这位前伙伴始终没有从大萧条和第二次世界大战中走出来。"

她戴着一块壳上镶满钻石和红宝石的金色手表，我以前从未见过，那块表掉在了地上。

厨子的女儿放声大笑起来，我傲慢地问她，觉得有什么可笑的。

她说："今天人人都掉东西。"

于是，西尔塞·伯尔曼捡起手表，问还有谁掉了东西，塞莱斯特跟她说了我眼罩的事。

斯莱辛格趁机嘲笑眼罩底下的东西。"噢，你应该看看那块伤疤，”他说，“那是一块恐怖至极的伤疤！我从来没见过这么恶心的破相。”

我无法忍受任何人那样说，但我能忍受他那样说。他身上有一块很大的伤疤，看着像一张密西西比河谷的地图，那道伤疤从他的胸骨一直延伸到耻骨，正是那枚手榴弹炸开的部位。

· · ·

他只剩下一个乳头，有一次他让我猜个谜语：“什么东西有三只眼，三个乳头和两个屁眼？”

“我答不上。”我说。

“保罗 · 斯莱辛格和拉宝 · 卡拉贝奇亚啊。”他说。

· · ·

在门厅里，他对我说：“直到你把眼罩掉了，我才知道你有多虚荣。那东西下面不过是个完全可以接受的小圆片。”

“既然你知道了，”我说，“我希望你和波丽 · 麦迪逊两个都他妈的赶紧离开这儿，永远不要再回来。你们两个简直是在利用我的好客之心！”

“我付了自己那份钱。”伯尔曼太太说。这倒说得没错。从一开始，她就坚持要付饭食和酒水钱。

“除了钱，你欠我的东西实在太多了，”她继续说，“你就是一百万年也给我还不上，等我走了，你就会明白光这个门厅，我给你帮了多大的忙。”

“帮忙？你是说帮忙？”我讥讽道，“对任何一个对艺术有一星半点感觉的人来说，你知道这些画意味着什么吗？它们是对艺术的否定！它们连平庸都算不上。它们是黑洞，任何智力或者技巧都无法从中逃出来。更糟糕的是，只要有谁不幸到不得不看它们一眼，它们就会吸走那些人的尊严和自尊。”

“听上去就这几张画好像本事还挺大。”她说，同时又毫无希望地试图再次把手表戴回手腕。

“这表还走吗？”我说。

“已经好几年不走了。”她说。

“那你干吗还戴着？”我说。

“为了尽可能显得好看，”她说，“但这下表扣坏了。”她把手表递给我，委婉提到我母亲在那场大屠杀中捡了珠宝致富的故事。“给你！拿着，给自己买一张去某个你会更快活的地方的车票——比如大萧条或者第二次世界大战。”

我摆了摆手，拒绝了这件礼物。

“干吗不买一张回到我来这里之前你待的地方的车票？”她说，“除非你不需要车票。只要我一搬出去，你很快就会回到那里。”

“6月的时候，我过得很惬意，”我说，“然后你就出现了。”

“没错，”她说，“而且你那时轻十五磅，苍白十度，倦怠一千倍，你这么不讲个人卫生，我几乎都不来吃晚饭了，我担心会得上麻风病。”

“你心地太好了。”我说。

“我让你重新复活，”她说，“你就是我的拉撒路。耶稣为他所做的一切就是让他复活。我不仅让你复活——我还让你写自传。”

“我认为，这又是一个天大的笑话。”我说。

“什么天大的笑话？”她问道。

“比如这个门厅。”我说。

“这些画比你的画严肃两倍，如果你给它们一半展示机会的话。”她说。

• • •

“你是让人从巴尔的摩寄来那些东西的吗？”我说。

“不是，”她说，“我上星期在布里奇汉普顿的一场古董展上碰到另一个收藏家，她卖给我的。我起先不知道拿它们该怎么办，所以就把它们藏在地下室——放在那些奢耐缎颜料后面。”

“我希望这种婴儿屎黄色不是用奢耐缎颜料画的。”我说。

“不是，”她说，“只有傻瓜才用奢耐缎。想让我告诉你这些画有多了不起吗？”

“不想。”我说。

“我已经尽了最大努力去理解并尊重你的那些画，”她说，“你为什么不以同样的态度对待我的画？”

“你知道刻奇[1]这个词的意思吗？”我说。

“我写的一本书名字就叫《刻奇》。”她说。

“我读过，”塞莱斯特说，“讲的是一个女孩，她男朋友试图让她觉得自己品位低俗，而她的确如此——但也没那么严重。”

“你不会管这些画着打秋千的小姑娘的画叫严肃艺术吧？”伯尔曼太太讥讽道，“试想一下维多利亚时代的人看到它们时会怎么想，会想，这么多幸福、纯真的小女孩很快就会遭遇怎样的病苦或不幸啊——白喉、肺炎、天花、流产、凶暴的丈夫、贫穷、丧夫、卖淫，然后死亡，埋在窑户的田[2]里。”

沙砾车道上传来轮胎的嘶嘶声。“该走了，”她说，“也许你受不了真正严肃的艺术。从现在开始你不妨好好利用下那个后门吧。”

然后她就走了！

1　刻奇（德语kitsch），指庸俗的艺术。

2　窑户的田（potter's field），指埋葬穷人、无名者和罪犯的墓地。典出《圣经·马太福音》：“他们商议，就用那银钱买了窑户的一块田，为要埋葬外乡人。”

16

那位精神病医生的法拉利轿车的咆哮和奔腾声还没消失在夕阳中，厨子就说她和女儿也想走了。“这算是你要的提前两个星期的通知。”她说。

这是多么大的打击啊！“你为什么突然决定要走呢？”我问。

“这事没什么突然的，”她说，“伯尔曼太太来之前，我和塞莱斯特就想走了。过去这里死气沉沉的。她来后什么都活泛起来了，所以我们就待了下来。可我们俩经常互相说：‘等她走了，我们也走。’”

“我真的很需要你们，”我说，“我怎么样才能说服你们留下来呢？”我的意思其实是：天哪——她们已经住上海景房，塞莱斯特的那些年轻朋友在这座房子里随便玩耍，免费的点心和饮料没完没了。厨子只要愿意随时可以用车，我给她的报酬像个电影明星。

“你可以学习下我的名字。”她说。

“怎么回事？干什么？”我说。

“无论什么时候，我听见你说到我，你都管我叫‘那个厨子’，我有名字，叫‘艾莉森·怀特’。”她说。

“天哪！”我带着惊恐的欢快腔调反驳道，“我非常清楚这个。我每星期给你填的支票都要用这个名字。我拼错了还是怎么了——或者弄错你的社保了？”

“你也就那个时候才想起我，”她说，“你一旦填完支票——我认为你就不会再想到我。伯尔曼太太来之前，塞莱斯特在学校的时候，这屋子只有我们俩，我们一晚接一晚睡在同一屋檐下，你吃我做的饭——”

她说到这里打住了。她希望自己说得够多了，我猜。我现在才意识到，这对她来说太难了。

“是吗——？”我说。

“这太傻了。”她说。

“我说不上是不是这样。”我说。

然后她脱口而出：“我可不想嫁给你！”

天哪！“谁愿意？”我说。

“我只想做个正常的人，而不是一个无名者、一个不值一提的东西，如果我要跟一个男人——任何男人——共同生活在一个屋檐下的话。”她说。她又立刻改了那个词：“任何人。”她说。

令人沮丧的是，这很像我的第一个妻子多萝西对我说过的话：我经常对待她就好像我连她叫什么名字都不在乎，好像她真的不存在似的。厨子说的下一句话，我也从多萝西那里听到过。

“我觉得你对女人怕得要死。”她说。

“我也这么认为。”塞莱斯特说。

• • •

“塞莱斯特——”我说，“咱俩还是挺亲近的，对吧？”

“那是因为你觉得我很蠢。”塞莱斯特说。

“而且她现在还很年轻，构不成威胁。”她母亲说。

“这么看来现在人人都要走了，”我说，“保罗·斯莱辛格在哪里呢？”

“出门了。”塞莱斯特说。

• • •

我做了什么竟然到了这步田地？我不过就是去纽约城待了一个晚上，让寡妇伯尔曼有足够的时间重新装饰了下门厅！现在，当我站在她已经毁掉的生活当中时，她却去南汉普顿跟杰奎琳·肯尼迪把酒言欢去了！

“噢，我的天哪，”我终于说，“我知道你也讨厌我那些著名的艺术藏品。”

她们稍微开朗了些，因为，我以为，我开启了一个要比男女关系更好讨论的话题。

“我不讨厌它们。”厨子说——艾莉森·怀特，艾莉森·怀特，艾莉森·怀特说！这是一个绝对拿得出手的女人，有着舒服匀称的五官，苗条的身材，漂亮的褐发。问题在我身上，我不是一个拿得出手的男人。

“这些画对我来说没有任何意义，”她接着说，“我完全可以肯定，那是因为我没受过什么教育。如果我上过大学，也许最终会意识到它们有多妙。我唯一真正喜欢的一张，你给卖了。”

“是哪张？”我说。我自己稍微振作起精神，希望至少从这场噩梦中能够挽回点什么：这是出自两个并非训练有素的人的说法，在谈论我已经卖掉的哪张画，如此有魅力，连她们都曾喜欢过。

“有两个黑人小男孩和两个白人小男孩的那张。”她说。

我开始在脑子里搜索这座房子里有可能被一个颇有想象力又纯朴简单的人以那种方式误读的每一张画。哪张画上有两个黑人小男孩和两个白人小男孩呢？又想：听着很像罗斯科的某张画。

但是接着我又想到，她是在说一张我从未当作自己藏品一部分的画，不过是一个纪念品而已。那只能是丹·格雷戈里的画！那是给布斯·塔金顿的一篇小说画的杂志插图，讲的是发生在中西部一个小镇偏僻巷子里的一次偶遇，不是这个世纪而是上个世纪发生的事，两个白人小男孩和两个黑人小男孩的偶遇——他们大约十岁的样子。

在那张画里，他们显然在琢磨彼此能不能成为玩伴，或者各走各路是不是更好。

在那篇小说中，两个黑人男孩有着很喜庆的名字：赫尔曼和韦尔曼。我经常听人说，没有人能像丹·格雷戈里那样善于画黑人，但他完全是参考照片画的。他最早对我讲过的一句话就是，他的家里永远不会有一个黑人。

我想，那太了不起了。我想，他说的每句话一度都很了不起。我也要成为他那样的人，而令人可悲的是，在很多方面我还真成了他那样的人。

· · ·

我把那张画着两个黑人男孩和两个白人男孩的画卖给了得克萨斯州拉伯克市一个做地产和保险生意的百万富翁，他告诉我，他收藏着世界上最完整的丹·格雷戈里的绘画。据我所知，他只有这一种藏品，还为此建了一座巨大的私人博物馆。

不知怎么，他发现我曾经是格雷戈里的学徒，然后打电话问我还有没有师父的作品愿意出手。我只有那一幅，已经很多年没有看过了，因为它挂在众多客房中某一间的浴室里，而这些房间我没有缘由进去。

“你卖掉了唯一真正有点意思的画，”艾莉森·怀特说，“我过去经常看它，试着猜想它未来会怎么样。”

· · ·

噢，艾莉森·怀特和塞莱斯特上楼去她们那有着无敌海景的宿舍时，对我说了最后一句话。“我们现在不会挡你道了，”她说，“就算我们永远不知道土豆仓库里放着什么也无所谓。”

• • •

于是，楼下就只剩下孤零零的我了。我害怕上楼。我根本就不想待在这座房子里，开始认真考虑再次宅居，像亲爱的伊迪斯在第一个丈夫去世后看到的我那样：土豆仓库里一只半驯服的老浣熊。

所以，我出去在海滩上走了几个小时——一路走到萨加波纳克，然后又返回，重温了遍我脑子空空荡荡、经常做深呼吸的隐居时日。

厨房餐桌上留了一张条子，是厨子，是艾莉森·怀特留的，说我的晚饭放在烤箱里。我就吃了。我的胃口向来不错。我喝了几杯，听了会儿音乐。作为一个职业军人，我八年间学会一件本事，最后证明过平民生活时非常管用：无论身处何地，无论传来的消息多么糟糕，几乎都能倒头就睡。

凌晨两点，有人轻轻挠着我的颈背，把我弄醒了。是西尔塞·伯尔曼。

“大家都走了，”我说，“厨子已经下了通知，不出两个星期，她要和塞莱斯特离去。”

“不不，”她说，“我已经告诉她们，她们会继续留下来。”

“谢天谢地！”我说，“你对她们说什么了？她们可是挺讨厌这儿的。”

“我答应她们，我不会走，”她说，“所以她们也会继续待着。你干吗现在不去床上睡呢，如果彻夜在下面躺着，早上你会冻僵的。”

“好吧。”我昏昏沉沉地说。

“妈妈出去跳舞了，可她又回家了，”她说，“到床上去吧，卡拉贝奇亚先生。这世界一切都安好。”

“我恐怕再也见不到斯莱辛格了。”我说。

“你在乎什么？”她说，“他从来就不喜欢你，你也不喜欢他。你难道不知道这个？”

17

那天晚上我们定了个协约什么的。好像对协约的条款我们已经商量了很长时间：她想要这样，我想要那样。

出于她自己最清楚的原因，寡妇伯尔曼想继续住在这里写东西，而不想回巴尔的摩。同样出于我很清楚的原因，我害怕，我希望有个像她这样生机勃勃的人能让我活下去。

她做的最大让步是什么？她再也不提土豆仓库的事了。

• • •

再回头说说过去：

我们第一次见面，丹·格雷戈里命令我画一张他的工作室的超级真实的图画后，他说有句重要的话要我牢记在心。这句话就是：“皇帝没有穿衣服。”

“我要听你讲出来，”他说，“重复好几遍。”

于是，我照着讲了。“皇帝没有穿衣服，皇帝没有穿衣服。”

“那才是真正精彩的表演，”他说，“真是顶级，真是一流。”他欣赏地拍着手。

对此我该做何反应？我感觉就像《爱丽丝漫游仙境》。

“我要你大声并且用那种坚信不疑的口吻讲出来，”他说，“任何时候，任何人都对所谓的现代艺术说好话。”

“好的。”我说。

“那都是骗子、疯子和颓废者的作品，”他说，“很多人现在对它很当回事，在我看来这说明，这个世界疯了。我希望你同意我这样讲。”

“我同意，我同意。”我说。在我听来这没错。

“墨索里尼也是这么认为的，”他说，“你像我一样钦佩墨索里尼吗？”

“是的，先生。”我说。

“你知道吗？如果墨索里尼接管了这个国家，他将首先做两件事。”他说。

“不知道，先生。”我说。

“他将烧毁现代艺术博物馆，并且取缔民主这个词，然后他将创造一个适合我们真实现状的词，让我们勇于正视我们的真实现状，以及向来所处的状况，然后努力追求效率。好好干，不然就得喝蓖麻油！”

大约一年后，我有机会问他，他认为什么才是真正的美国人，他说：“就像被惯坏的孩子，他们正在恳求一个令人可怕但又公正的爸爸告诉他们究竟应该做什么。”

• • •

“事无巨细地画出它真实的样子。”他吩咐道。

“是的，先生。”我说。

他指着黑乎乎的远处一个炉台上的一只快速帆船模型。“那个，我的孩子，就是*海上君王号*，”他说，“除了风力，它不用任何动力，速度比今天绝大多数货船都要快！想想它吧！”

“好的，先生。”我说。

“当你把它放进你即将画的这个工作室的精彩画作中时，咱俩可要用一副放大镜去仔细检查你对它的艺术呈现。这个索具的任何线条，我都要指出来：我希望你能跟我说出它的名字和功能。”

“好的，先生。”我说。

“巴勃罗·毕加索绝不会这样做。”他说。

“不会，先生。”我说。

他从枪架上取下一支斯普林菲尔德 1906 年产的步枪，当时那种枪是给美国步兵团配备的基本武器。那里还放着一支恩菲尔德步枪，是英国步兵团配备的基本武器，可能就是那种枪杀了他。“当你把这种完美的杀人机器收进自己画中的时候，”他谈到斯普林菲尔德时说，“我只想它能逼真到我可以子弹上膛，用它射杀窃贼。”他指着靠近枪嘴的一个小结钮，然后问我那是什么。

“我不知道，先生。”我说。

“刺刀栓。”他说。他向我保证会两倍或者四倍地扩大我的词汇量，就从这支步枪的零件开始，每个零件都有一个专用名。我们将从那个简单的训练开始，他说，每个新兵都要求这样，直到掌握人体中所有骨头、肌腱、器官、管道和脉络的术语，那是医学院的学生必须要掌握的。这也是他在莫斯科当学徒期间别人要他掌握的，他说。

格雷戈里声称，对我来说，先从简单的步枪开始研究，然后再研究复杂得令人困惑的人体，那将是一堂心灵课，因为步枪就是用来摧毁人体的。

“哪个代表着善，哪个代表着恶——”他问我，“步枪还是橡胶般柔韧、微微颤抖、咯咯作响的骨头袋，即我们称为身体的东西？”

我说步枪代表着恶，身体代表着善。

“可是，你难道不知道美国人设计出这支步枪是用来保卫家园和荣誉、对抗邪恶敌人的吗？”他说。

于是我又说，这很大程度上取决于我们现在谈论的是谁的身体，谁的步枪，它们任何一方既可以为善，也可以作恶。

“在这件事上谁做最终的裁决？”他问道。

“上帝？”我说。

“我是说在地球上。”他说。

“我不知道。”我说。

“画家——和讲故事的人，包括诗人、剧作家和历史学家，”他说，“他们是最高善恶法庭的法官，我现在就是其中的一员，有一天你也可能会加入其中！”

那是对道德高尚何其夸张的妄想啊！

是的，现在我是这样认为的：说到抽象表现主义画派的画家，也许最值得钦佩的就是，他们拒绝在这样的法庭任职，因为如此众多毫无意义的流血事件就是由荒谬的历史教训引发的。

• • •

丹·格雷戈里尽其所能，留了我大约三年时间，因为我恭顺听话，他又需要人陪伴，由于他在政治辩论中缺乏幽默感，脾气暴躁，大多数名人朋友已经疏远了他。我对格雷戈里说，我来的当天晚上，从盘旋楼梯顶端听到了 W.C. 菲尔兹著名的声音，他回答说，这个家将不再欢迎菲尔兹了，阿尔·乔生或者那天晚上喝了他家酒、吃了他家饭的任何其他人，都将不受欢迎。

“不仅现在，将来他们也不会理解！”他说。

“不会理解的，先生。”我说。

格雷戈里把话题转到玛丽琳身上。他说她开始时就笨手笨脚，而且还喝醉了，然后从楼梯上跌下去。我想他那时真诚地相信这点。他可以轻而易举地指出她是从哪段楼梯跌下去的，因为我就正好站在楼梯顶。但他没有指出来。他感觉让我知道她曾从楼梯的某个地方跌下去就够了。具体在哪里有什么重要？

他继续谈论玛丽琳时，就再也不提她的名字了。她完全变成“女人们”。“女人们永远不会为任何事情认错，”他说，“无论给自己带来什么样的麻烦，她们都不会消停，直到找到要为此事负责的某个男人，对吗？”

“对，先生。”我说。

“她们处理任何事情的方式只有一种，那就是使小性子，”他说，“你甚至没有在谈论她们，甚至不知道她们在房间，但她们还会把你说的不管什么话视为好像都是针对她们的。注意到过这点吗？”

“是的，先生。”我说。好像我真的曾经注意到这点似的，既然他提到了这点。

“她们的头脑中经常有这样的念头，认为她们对你正在做的事情要比你自己理解得还深透，”他说，“你只想过去把她们给扔出去，否则她们会把每件事都搞砸！她们有她们的活儿，我们有我们的活儿。我们永远不会去挤对她们，可她们逮住机会就挤对我们。你还想听什么金玉良言吗？”

“是的，先生。”我说。

“永远不要跟女人一起做任何事，特别是一个像男人的女人，”他说，“那就意味着她永远不会做一个女人应该做的事——这会让你同时卡在一个男人应该做和一个女人应该做的事情上出不来。你明白我说的意思吗？”

“是的，先生，我明白。”我说。

他说，在艺术、科学、政治和工业方面，没有女人能取得成功，因为她的基本工作就是养育子女，鼓舞男人，操持家务。他请我验证这个说法，让我列举十个在任何领域，除了家政，取得高位的女人的名字。

我想我现在可以列举出十个，但当时能想到的只有圣女贞德。

“圣女贞德，”他说，“是个两性人！”

18

我不知道这个插曲放在我的故事的什么地方合适，也许完全就不合适。想象得到，这个插曲肯定是抽象表现主义绘画史上最微不足道的脚注，但还是把它放在这里：

在纽约城满腹牢骚给我吃第一顿晚餐的那个厨子，她老是问："接下来干什么，接下来干什么？"我到那里后两个星期，她就死了。最终接下来发生的事情是：她将死在"龟湾药房"，两个街区外的一家药店。

但事情却是：殡仪馆工作人员发现她不完全是女的，也不完全是男的。在某种程度上，她二者兼备。她是个双性人。

甚至还有更琐碎的脚注：那位洗衣工吴萨姆将很快取代她，成为丹·格雷戈里的厨师。

• • •

我到达两天后，玛丽琳坐着一把轮椅从医院回到家里。丹·格雷戈里没有下楼去迎接她，我想即便这个家着火了，他也不会停下手中的活儿。他就像我父亲做牛仔靴，或者像特里·基奇用喷枪画画，或者像杰克逊·波洛克在地板的画布上滴油彩：他在进行艺术创作时，世上别的一切都好像消失了。

战后，我也会这样，而且还会毁掉我的第一次婚姻以及我要做个好父亲的决心。战后，我在适应平民生活方面经历了一段非常艰难的时期，后来我发现了某种东西可以像海洛因一般上瘾，令人沉迷，不负责任：只要我开始把某种色彩的颜料涂在一张巨大的画布上，我就能让整个世界消失。

• • •

格雷戈里把全部注意力都集中在创作上，一天花十二小时或者更多，那意味着我作为他的学徒，其实也找了一份轻松的工作。他没有什么让我干的，也不想浪费时间去给我找活儿。他曾告诉我画一幅他工作室的画，可一旦他回到自己的工作上，我想他就把这事忘得一干二净了。

• • •

我是否画了一幅他工作室的画，而且几乎与照片毫无二致？是的，我画了，是的，我画了。

但我是唯一在乎我是否尝试去创造这样一个奇迹的人。我根本就不值得他关注，远非一个天才，远非他的贝斯库德尼科夫眼中的格里高利亚，更不是一个威胁或者儿子，或者别的什么，所以我可能就像他的厨子，只要告知这个厨子准备什么晚餐就可以了。

随便什么！随便什么！烤牛排！画一幅这个工作室的画！谁在乎？花椰菜！

好吧，我会展示给他看。

我还真给他看了。

• • •

一切全靠他真正的助手，弗雷德·琼斯，第一次世界大战的飞行员，替我想出需要做什么。弗雷德让我当一个信使，这对他一直使用的信使服务来说，肯定是一个可怕的打击。当弗雷德给了我一大把地铁代币和一张纽约城地图的时候，某个急需一份工作，不管什么工作的人，他的工作肯定是丢了。

弗雷德还给我派了个任务，就是给格雷戈里工作室所有值钱的物品编目录。

“如果在他工作的时候干，难道不会打搅到格雷戈里先生吗？”我说。

他说：“你就是一边唱着《星条旗》，一边拦腰锯了他，他都不会注意到。只要避开他的眼睛和双手就可以了。”

• • •

于是，我就来到他的工作室，跟丹·格雷戈里相距只有几英尺，在一个账本上记录下他那些形形色色的刺刀藏品，就在这时玛丽琳回家了。我还记得装在步枪前端的那些枪尖好像充满邪恶的魔力。其中一个像削尖的窗帘杆。另一个横截面呈三角形，这样它制造的伤口就不会合拢，会一直让鲜血和内脏不停地涌出。还有一个上面带着锯齿——我想这样它就可以直穿骨头。我还记得，想到战争如此可怕，乃至——最终，谢天谢地——没有人会被浪漫的图画、小说和历史故事愚弄得再次奔赴战争。

当然，如今，你都可以在最近的玩具店给你的小孩买个带塑料刺刀的机关枪。

• • •

玛丽琳回家的声音从楼下飘上来。我自己，尽管欠她的那么多，却没有匆忙下楼去迎接她。我想厨子和我的第一个妻子说得对：我对女人猜疑心很重——也许是因为，像西尔塞·伯尔曼今天早餐时提示的那样，我认为母亲没有信仰，因为她起来后死在我身上。

也许是吧。

总之：玛丽琳只好打发人来叫我，而我举止十分拘谨。我不知道因为她寄给我的那些绘画材料，格雷戈里差点要了她的命。如果我早知道这个，我可能还是会很拘谨。其实，让我不够活泼的一个原因是，我觉得自己相貌寻常，毫无能力，而且还是个童男。我不值得她关心。因为她美丽得就像玛德琳·卡洛[1]，所有电影明星中最漂亮的那位。

我得说，她跟我在一起也显得冷淡生分，也许是以拘谨应对拘谨。可能也有这种因素：她想向我，向弗雷德，向格雷戈里，向那位双性厨子，向每个人澄清，她并不是为了调情才把我一路从西海岸带过来的。

如果我能乘一台时光机回去，我如果能够这样对她说，那将多么幸运：

"第二次世界大战后，你和我在意大利的佛罗伦萨再次重逢的时候，你会像现在一样美丽，但是会更加更加聪明。你将遭遇一场什么样的战争啊！

"你和弗雷德、格雷戈里将搬到意大利去，弗雷德和格雷戈里将在埃及的西迪·巴拉尼战斗中被打死。你将赢得墨索里尼的文化部长布鲁诺的心，那位在牛津受过教育的波尔托马焦雷伯爵，意大利最大的地主之一，整个战争期间，他还将成为英国在意大利的间谍组织的头目。"

1 玛德琳·卡洛（Madeleine Carroll，1906—1987），英裔美籍女演员，活跃时期为20世纪三四十年代，代表作是希区柯克导演的《三十九级台阶》。

• • •

战后，我去她的宫殿拜访，顺便说一句，她给我看了一张佛罗伦萨市长送给她的画。这张画描绘了她已故的丈夫在战争快结束时被法西斯行刑队处死的情景。

这张画属于丹 · 格雷戈里经常画的那种商业庸俗之作，这种东西我过去能画得出来，现在仍然能画得出来。

• • •

1933 年，当时大萧条还在继续，在我们之间那场有关亨利克 · 易卜生《玩偶之家》的谈话中，我想，她对自己在这个世界所处位置的感觉，就已经不由自主地表现出来了。那部戏的最新读者版刚刚出版，里面有丹 · 格雷戈里的插图，所以我们都读过，后来还讨论过。

格雷戈里最精彩的插图出现在这部戏的末尾，主人公娜拉从自己那个舒适的家的大门走出来，撇下她的中产阶级丈夫、孩子和仆人，声称要在成为一个坚强的母亲和妻子之前，找到自己在这个真实世界的身份。

• • •

这部戏的结尾是这样：娜拉再也不想让自己因为像个孩子般无知和无助而获得庇佑。

玛丽琳对我说："以我之见，这部戏其实是从这里才开始的。我们不知道她怎么生存。那个时候，一个女人能找到什么工作呢？娜拉没有任何技能，也没有受过教育。她甚至都没有钱买食物，找到容身之处。"

• • •

当然，那也正是玛丽琳的处境。不管格雷戈里待她如何刻薄，一旦走出他无比舒适的大宅，等待她的除了饥饿和侮辱，没有任何别的东西。

几天后，她告诉我她已经解决了这个问题。"那个结尾是假的！"她说，自己感觉很得意，"那只是易卜生为了让观众可以高高兴兴回家而附加上去的。他没有勇气讲出真正发生了什么，整部戏后面不得不发生什么。"

"不得不发生什么呢？"我问。

"她不得不自杀，"玛丽琳说，"而且我的意思是会立刻——幕布落下之前，就在一辆街车或者什么东西前面。那部戏就是那样的。从来没有人看过这个情节，但那部戏肯定就是那样的！"

• • •

我已经有好多朋友自杀了，但是却看不出玛丽琳从易卜生戏剧中看出来的这种戏剧上的自杀的必要性。我看不出那种必要性，也许这是我作为一个严肃艺术生活的参与者肤浅的又一标志。

这些自杀者只是我的画家朋友，他们全都已经取得了或者很快将取得巨大的艺术成就：

1948年，阿希尔·戈尔基上吊死了。1956年，杰克逊·波洛克在一条荒无人烟的路上醉酒驾车撞到一棵树上。那正是我第一个妻子和孩子们即将抛弃我之前。三个星期后，特里·基奇用一把手枪顶着口腔上颚射杀了自己。

早年我们全部生活在纽约城的时候，我、波洛克和基奇全都酗酒，在雪松酒馆被称为“三个火枪手”。

问个微不足道的问题：三个火枪手今天还有几个活着？回答：我一个。

没错，还有马克·罗斯科，药柜中藏着足以杀死一头大象的安眠药，1970年用一把刀砍死自己。

我从这种对极度不满令人毛骨悚然的表达中能够得出什么结论呢？只有这个：有些人要比另一些人更难满足，我和玛丽琳就是另外那些人的典型代表。

玛丽琳这样说《玩偶之家》里的娜拉：“她应该在家好好待着，随遇而安。”

19

相信几乎是这个世界的一切，无论是否建立在真理之上。我那时就相信，精子，如果不是射出来，就会经过再加工生成让健康男性强壮、快乐、勇敢和富有创造力的物质。丹·格雷戈里也相信这点，我父亲也相信这点，美国军人和童子军以及欧内斯特·海明威也相信这点。所以，我不断地沉浸在跟玛丽琳做爱的各种色情幻想中，有时表现得好像我们在恋爱，但目的只是为了产生更多可以转化成有益的化学物质的精子。

我经常在地毯上拖着脚慢腾腾走很长时间，然后趁玛丽琳不备，用指尖给她闪电般一击，要么在她的后脖颈，要么在她的脸蛋上，要么在一只手上。这怎么能算得上色情？

我还悄悄带她溜出去，干了些让丹·格雷戈里知道后会气得要命的事，那就是去参观现代艺术博物馆。

但是，她肯定不想跟我发展出性爱关系，只想让我当讨厌鬼和玩伴。她不仅爱着格雷戈里，而且他还让我们两个很轻松地度过大萧条。这比什么都重要。

不过，与此同时，我们天真地把自己暴露给一个诱惑大师，对这个大师甜言蜜语的哄骗，我们毫无招架之力。等我们意识到我们让自己陷入其中有多深时，想再返身已经太晚了。

想猜猜那是谁或者什么东西吗?

那就是现代艺术博物馆。

• • •

有关精子的那个理论，即如果没有消耗就会转化成无穷无尽的维生素，似乎被我自己的表现所验证。为格雷戈里跑腿，我变得像一只下水道的耗子般机灵，知道曼哈顿岛上任何两地之间走哪条路最快。我的词汇量扩大了五倍，学习了各种有机体和人工制品主要部件的名称和功能。但是，我最惊人的成就是：我完成了一张细节精确的格雷戈里工作室的图画，只花了六个月的时间！骨头是骨头，皮子是皮子，头发是头发，灰尘是灰尘，煤烟是煤烟，羊毛是羊毛，棉花是棉花，核桃是核桃，橡木是橡木，马革是马革，牛皮是牛皮，铁是铁，钢是钢，老的是老的，新的是新的。

是的，从天窗滴下的水，在我的画中不仅是你见过的最湿漉漉的，而且，如果你通过放大镜看，每滴水中都映照着整个该死的工作室！不赖！不赖！

· · ·

我刚刚不知从哪里冒出一个想法，很有意思：精子可以通过新陈代谢化作高贵的行为，这个古老而几乎普遍的信仰，也许启发了爱因斯坦那个理念非常类似的公式：$E=MC^2$？

· · ·

“不赖，不赖。”格雷戈里评价我的画时说，我想象他的感觉就像鲁滨孙·克鲁索顿悟的时刻，明白自己不会再完全拥有属于自己的小岛了。现在得面对我了。

但接着他又说：“然而，不赖是令人失望或者更糟的另一个说法，你说呢？”

我还没想好怎么回答，他已经把那张画投到壁炉里火光闪耀的煤块上了，壁炉架上放着那些头盖骨。六个月的苦心之作瞬间在烟道里飞走了。我完全惊呆了，有些哽咽地问他：“它怎么了？”

“没有灵魂。”他得意地说。

就这样，我开始受这位新生的皇家雕版师贝斯库德尼科夫奴役了！

· · ·

我知道他对什么不满，这种不满出自他并不可笑。他自己的画里因为充满自己的爱、恨与中立的情感而显得生机勃勃，那种画和那类情感一样在今天似乎有点过时了。如果我能参观得克萨斯州拉伯克市那家私人博物馆就好了，他的很多作品常年在那里展示，那些画将为我创造出丹·格雷戈里的某种全息图。我可以让自己的手穿过它，但在三维空间中的丹·格雷戈里将始终不变。他永远活着！

另一方面，如果我死了，上帝保佑，但愿不要发生，如果有什么魔法师能把我的每张画都复活，从格雷戈里销毁的那张到我将要画的最后一张，如果那些画都被挂在一个巨大的带有穹顶的圆形大厅里，好让每张画的灵魂都集中在同样的焦点上，如果我母亲和那些发誓爱我的女人，也就是玛丽琳、多萝西和伊迪斯，连同我结识的最要好的朋友特里·基奇，在那个焦点上站好几个小时，他们中将没有一个人会找到任何理由去想我，除非不经意间想起。在这个焦点上将不会有他们已经离去的亲爱的拉宝的一丝痕迹，也不会有任何形式的精神能量的痕迹！

好一个实验啊！

• • •

噢，我知道：以前我嘴坏，贬低丹·格雷戈里的作品，说他是个标本剥制师，说他的画总是描绘某个瞬间，而不是流动的生命，等等。但他肯定是一个比我期望的要更好的画家。可以说，没有人比丹·格雷戈里更善于把某个瞬间的兴奋放进一只动物标本的眼睛里。

• • •

西尔塞 · 伯尔曼刚刚问我，怎么分辨一幅好画和坏画。

我说，我听到过的关于这个问题最好的回答，虽然并不完美，来自一个名叫西德 · 所罗门的画家，他和我年龄差不多，经常来离这儿不远的地方消暑。在也许是十五年前的一次鸡尾酒会上，我无意中听到他对一个非常漂亮的女孩说出这个答案。女孩的眼睛睁得大大的，踮着脚尖！她肯定想从这位画家那里学到有关艺术的一切奥妙。

“你怎么分辨一幅好画和坏画？”他说。这是一个匈牙利驯马师的儿子，留着一部辉煌的八字胡。

“你需要做的就是，亲爱的，”他说，“看一百万幅画，然后就永远不会有错了。”

说得对！说得对！

• • •

再说现在：

我必须得讲讲昨天下午，自从门厅，用这位装潢设计师的术语说，“被重做了”后，我接待第一批来参观藏品的访客时这里发生了什么。一个来自国务院的年轻人陪着三个苏联作家，一个来自爱沙尼亚的塔林，伯尔曼太太的先祖就是那里的，当然是在出了伊甸园后，另外两个来自莫斯科，那是丹 · 格雷戈里的老家。世界真小。他们不讲英语，但导游是个很能干的翻译。

他们进来时没有对门厅做任何评论，他们对抽象表现主义画派心怀敬意，熟悉又欣赏，与来自苏联的其他参观者形成强烈对比。不过，要离开时他们忍不住问我，为什么我在门厅放了这种垃圾画。

我给他们讲了伯尔曼太太关于恐怖的未来在等待着那些孩子们的说辞，说得他们都快要掉眼泪了。他们极为尴尬，为不懂这些彩色石印画的真正含义而真诚地道歉，还说，听了我的解释，他们一致认为这些画是这座房子里最重要的作品。然后，他们就一张接一张地看过去，悲叹每个女孩即将经历的痛苦。这些话大多没有被翻译出来，但我认为他们是预先看到了癌症和战争等等。

我很受欢迎，被一次又一次地拥抱。

以前，从来没有访客跟我如此热情地道别过！通常他们几乎想不起该说什么。

他们在车道那儿还对我喊着什么，动情地咧开嘴，摇晃着脑袋。于是，我问国务院的那位年轻人他们在说什么，他翻译道："不要再有战争，不要再有战争。"

20

再回到过去：

丹·格雷戈里烧了我的画后，为什么我没有对他干出他对贝斯库德尼科夫干的那些事呢？为什么我没有嘲笑他，走出去找个更好的工作呢？因为，我那时对商业艺术界已经有了很多了解，知道像我这样的画家不值几个钱，而且都会饿死。

想想我必然会失去的一切：一个属于自己的房间，一日三餐，全城跑腿这个好玩的差事，以及很多跟漂亮的玛丽琳游玩的机会。

我要让自尊妨碍了自己的幸福，那我可就成一个大傻瓜了！

· · ·

顺便说一句，那个两性人厨师死了后，洗衣工吴萨姆想接手这份工作，后来也得到了。他是个非常棒的厨师，正宗美国菜和中国佳肴都做得好，格雷戈里一直把他当邪恶的犯罪大师傅满洲的模特使用。

· · ·

回到现在：

今天吃午饭的时候西尔塞·伯尔曼对我说，我应该试着再次拿起画笔，因为画画曾给我带来那么多的快乐。

我亲爱的妻子伊迪斯曾对我提过同样的建议，我对伯尔曼太太讲了我对妻子说过的话："我已经受够了不把自己当回事。"

她问我是个全职画家的时候，我对自己的职业生涯感到最愉快的事情是什么——办一场个人画展，一张画赚到很多钱，跟同行画家的同志情谊，受到一个评论家的赞赏，还是什么？

"过去那个年代，我们就经常谈论这个话题，"我说，"大家一致认为，如果带着我们的绘画材料把我们放进单独的太空舱，然后发射到外太空的各个不同地方，我们将仍然拥有我们所热爱的有关绘画的一切，那就是涂抹颜料的机会。"

我反过来问她，什么是作家的高光时刻——获得精彩评论，收到一笔可观的预付金，一部小说卖给电影公司，看到有人在读你写的书，还是别的什么？

她说，她也可以从外太空的太空舱里找到快乐，条件是里面得有一份写完后的作品的校对稿，连同出版社的什么人。

"我不明白。"我说。

"对我来说，最兴奋的时刻就是把自己的手稿交给出版商，然后说：'给你！我写完了，我再也不想看它了。'"她说。

• • •

再说过去：

像《玩偶之家》中愤而离家之前的娜拉那样身陷困境的不是只有玛丽琳·凯普一个人。我算一个。后来我明白：弗雷德·琼斯也算一个。他相貌堂堂，高贵，自尊，不管哪方面都是那位伟大艺术家丹·格雷戈里的助手——但他同样是个娜拉。

第一次世界大战开始以来，当他发现了自己有操纵相当于机关枪平台的嘎吱嘎吱作响的破旧飞机的天赋后，他的人生就一直很顺利。他第一次把手放在一架飞机的操纵杆上时，一定有种特里·基奇握住一把喷枪的感觉。当他在远方空旷的蓝天里用机关枪扫射，看到自己前方一架飞机拖着烟雾和火焰的螺旋线——消失在遥远的下方云隙间耀眼的阳光中的时候，他一定再次体验到了基奇的感觉。

多美啊！如此出乎意料，如此干净利落！完成得如此轻松！

有一次，弗雷德·琼斯告诉我，这种坠落的飞机和观察气球带的烟雾痕迹是他期望见到的最美的东西。现在，我把他对空中的各种弧线、螺旋线以及斑点所产生的那种洋洋快感，与杰克逊·波洛克在自己画室里观察湿漉漉的油彩滴到地板上的一块画布后的走向时产生的感觉相提并论。

同样是某种幸福！

只是波洛克的所作所为缺乏集体快感中最伟大的快感，即人的牺牲。

• • •

我对弗雷德·琼斯的看法却是：他已经在空军找到了一个家，就像我将在工程兵团找到一个家。

后来他被踢了出来，原因跟我如出一辙：也在什么地方失去了一只眼睛。

所以，如果我能坐一台时光机回到大萧条时代，我可能就会对年轻时的自己说一些令人吃惊的话："呸——你，这个倔强的亚美尼亚小子。是的，说的就是你。你以为弗雷德既好笑又可悲吗？有朝一日，你也会变成那样：一个独眼老兵，害怕女人，没有过平民生活的本事。"

那时我经常想，如果只有一只而不是两只眼睛，会是什么感觉，并且用一只手盖住一只眼睛来试验。我用仅有的一只眼睛观看的时候，这个世界似乎没有变得那么小。今天我也不觉得仅有一只眼睛是一种多么严重的残疾。

西尔塞·伯尔曼在我们互相认识还不到一个钟头时就问过我一只眼睛是什么感觉。她会在任何时候向任何人问任何问题。

"无伤大雅。"我说。

• • •

我现在还记得丹·格雷戈里，他真的如W.C. 菲尔兹说的那样，像"一个矮小的阿拉巴霍人"，想起玛丽琳和弗雷德·琼斯任由他使唤。我想，在丹·格雷戈里的一幅小说插图中，他们是多么了不起的模特，那篇小说写的是一个罗马皇帝和紧随其后的两个金发碧眼的日耳曼玩物的故事。

奇怪的是，是弗雷德而不是玛丽琳，才是丹·格雷戈里在大庭广众之下炫耀的玩物。他喜欢带着弗雷德参加各种聚会，去弗吉尼亚打狐狸，到那艘叫亚拉拉特的游艇上游玩。

我不打算解释这个，只想斩钉截铁地宣告，丹·格雷戈里和弗雷德都是男人中的男人。他们不是同性恋。

无论怎么解释都可以，格雷戈里毫不在乎我和玛丽琳在曼哈顿四处散步，为了能看她第二眼，第三眼，第四眼，街上很多脑袋会突然回过来。人们不禁会纳闷，像我这样的人，明显不是亲戚，怎么能够有一个如此漂亮的女人相伴。

"人们以为我们在恋爱。"一天散步时，我对她说。

她说："大家说得对。"

"你知道我的意思。"我说。

"那你认为爱究竟意味着什么？"她说。

"我想我不知道。"我说。

"你应该知道最美好的部分——"她说，"就像这样四处散步，感觉一切都很美好。如果你错过了剩余的部分，我绝不会为你悲泣的。"

于是，我们就经常去现代艺术博物馆，可能去了五十次。那时我已经在格雷戈里那里待了三年，不过是个不满二十岁的影子而已。我也不再是一个新蕾初绽的画家。我是一个画家的雇工，很幸运有一份差事可干，还有多得可怕的人在忍受着各种工作的折磨，在等待大萧条的结束，这样就可以继续过真正的生活了。但是在真正的生活尚未开始之前，我们还得经历一场世界大战。

你不喜欢它吗？这就是我们现在正在体验的真正的生活。

• • •

但是，我来告诉你，1936 年，当丹 · 格雷戈里看到我和玛丽琳从现代艺术博物馆出来的时候，生活好像真实得如同地狱。

21

丹 · 格雷戈里看到我和玛丽琳从现代艺术博物馆出来的时候，正赶上圣 · 帕特里克日巡游活动在半个街区远的第五大道锣鼓喧天地向北行进。巡游活动导致格雷戈里的轿车，一辆柯德牌敞篷车，有史以来最漂亮的美国交通工具，正好堵在现代艺术博物馆的前面。这是一辆双座敞篷车，弗雷德 · 琼斯，这位第一次世界大战的老飞行员掌握着方向盘。

我始终闹不清弗雷德一直在拿他的精子派什么用场。如果非要我猜，我想说，他像我一样储存着。坐在那辆豪华轿车的方向盘前面，他就带着那种表情，见鬼去吧，弗雷德。很长一段时间，他的生活都会很不错，直到在埃及被击毙——而我即将进入这个真实世界，不管是否准备好，都要试着用自己的双脚站起来！

人人都穿着绿了吧唧的衣服！当时像现在一样，甚至连黑人、东方人、哈西德教派的犹太人都穿着绿里绿气的衣服，就是为了不跟罗马天主教徒爱尔兰人起争端。玛丽琳、丹·格雷戈里、我，以及弗雷德都穿着绿衣服。在格雷戈里的后厨，吴萨姆也穿着绿衣服。

格雷戈里伸出一根手指指着我们。他气得浑身直发抖。“终于逮住你们了！”他大声喊道，“站在那里别动！我有话要对你们讲！”

他爬过车门，推开人群挤过来，在我们面前站定，两只脚大大地分开，双手握成拳头。他经常揍玛丽琳，但没有打过我。很奇怪，以前从来没有人打过我。现在也从来没有人打过我。

令我们兴奋的原因是性：青春对老年，财富、权力对肉体的吸引力、偷情的禁忌之乐，等等——但格雷戈里只讲感恩、忠诚与现代艺术。

至于博物馆里的绘画，算得上是真正的现代画：大多数是在第一次世界大战之前，在我和玛丽琳还没出生之前画的！当时的世界接受绘画风格变化的速度还很迟缓。当然，如今件件新作会立刻被颂扬为杰作！

• • •

“你们这些寄生虫！你们这些忘恩负义的家伙！你们这些坏透顶的小孩！”这样的话源源不断地从丹·格雷戈里的嘴里翻腾出来。“你们可爱的爸爸只要求你们做到一件事，算是你们忠诚的表现：永远不要走进现代艺术博物馆。”

我怀疑很多听到他说话的人甚至都不知道我们站在一个博物馆前。人们可能以为我们刚从一家旅馆或者公寓——那种设有情人床的地方——走出来，被他逮住了。如果人们听到他管自己叫“爸爸”，按照字面理解真把他当成爸爸的话，会以为他是我的爸爸，不是玛丽琳的爸爸，因为我们看上去如此相像。

“那是个象征性的要求！”他说，“你们不明白吗？这是证明你们是站在我这边而不是别人那边的一种方式。我并不害怕你们去看里面的垃圾。你们是我帮派里的人，要为此感到自豪。”这时他已经气得说不出话来，不断地摇着脑袋，“这就是我要提这个非常简单、非常低调、非常容易遵守的要求的原因：远离现代艺术博物馆。”

• • •

我和玛丽琳被这场正面遭遇惊呆了，我们甚至还一直手拉着手。我们蹦蹦跳跳走出来，像少男少女那样手拉着手。我们可能继续手拉着手——像少男少女那样。

直到现在，我才意识到我们是在说好那天下午去做爱的刹那被丹·格雷戈里逮住的。现在，我想那时我们已经失控了，不管是否碰到他都会去做爱。以前每次讲到这个故事，我都会特意指出，如果没有那场遭遇，我们是不会做爱的。

不是这样。

• • •

“我才不在乎你们看什么画呢，”他说，“我只要求你们不要向这样一个机构献上你们的敬意。这个机构把那些疯子、颓废者、江湖骗子的胡涂瞎抹、凌乱污渍、斑斑脏物、点点泼墨和呕吐物视作我们应该钦佩欣赏的了不起的财富。”

重温他很久以前说给我们的这段话，我很感动，因为他和几乎所有勃然大怒的男性们一样，曾经是多么小心翼翼，即便身处一群鱼龙混杂的人中，都避免使用可能冒犯女人和孩子的言辞，比如狗屎和操之类的。

西尔塞 · 伯尔曼争辩说，日常谈话中对措辞有所禁忌是件好事，因为现在女人和孩子可以无拘无束地谈论他们的身体，不会感觉难为情，而且这样还可以更理智地关照自己。

我对她说：“也许吧。但你不觉得这种坦率又会引起优雅话语的崩溃吗？”我提醒她注意那个厨子的女儿的称呼习惯，不管出于什么原因，她对任何不喜欢的人都称作“屁眼”。我说：“我从来没听到塞莱斯特给过一次深思熟虑的解释：一个人究竟做了什么事，令其荣获那个肛门的绰号。”

• • •

“在所有伤害我的方式中，”格雷戈里继续用他的英国腔说，“你们选择的没有比这更残忍的方式了。我待你像儿子，”他对我说，“待你像女儿，”他又对玛丽琳说，“可我得到的却是这种答谢。你们去那种地方还算不上是最大的侮辱。不，还算不上。最大的侮辱是你们出来时欢乐快活的样子！那种欢快劲儿是对我以及每个曾经努力控制每一笔触的人的嘲讽，此外还能是什么？”

他说，他正要让弗雷德开车送他去锡蒂岛[1]，他那艘叫亚拉拉特的游艇放在那里的旱坞里，他打算在游艇上住段时间，直到弗雷德向他保证，我们搬出四十八大街上他的那幢房子，不得留下我们以前的任何痕迹。

“你快走吧！”他说，“赶紧摆脱垃圾！”这位现实主义大师要做的是一件多么超现实的事！他打算宅居在旱码头上一艘八十英尺长的游艇里！他将不得不借助梯子进进出出，不得不使用船坞卫生间和电话！

想想他的工作室是一个多么荒唐怪异的创造，不过是付出巨大的代价和辛苦创造出的一种幻象！

他最终的安排将使自己和唯一的朋友惨遭杀害，其时还穿着意大利的军服！

有关丹·格雷戈里的一切，除了他的绘画，跟现实和常识的联系，比最激进的现代艺术都还要少！

1　锡蒂岛（City Island），位于纽约布朗克斯区的一个小岛。

• • •

当前简报：西尔塞·伯尔曼在严密盘问过我之后，刚刚发现，我其实从未读完过我以前最好的朋友保罗的一整本书。

最后看来，她从搬进来后就开始读那些书了。我有保罗所有的书。在书房里，那些书独享一个小书架的荣耀，而且每本书的致谢词下面都有作者亲笔签名，表明保罗和我这么多年来有多亲密。我读过有关这些书的大多数评论，对它们的行情十分了解。

我认为保罗知道我的这个情况，尽管我们从未公开讨论过。对我来说，在知道现实生活中他有多粗心马虎的情况下，是不可能严肃地把他的那些东西当回事的，我怎么可能怀着某种崇高感去研究他发表的有关爱、恨、上帝、人，以及目标是否可以证明方式的正当性等等观点呢？权当是一个交换条件：我什么都不欠他。对作为一个画家或者收藏家的我，他从来都不恭敬，他也不该这样。

那么我们之间的纽带是什么呢？

孤独以及“二战”造成的创伤，那是很严重的。

• • •

关于那个锁着的土豆仓库的不解之谜，西尔塞·伯尔曼打破了沉默。她在书房里发现一本大画册，书脊已经开裂，内页不仅卷边，还被沾满油彩的指印涂得斑斑点点，尽管书出版才三年。这本画册逼真地描绘了“二战”期间所有各种正规兵，或水兵，或空军战士穿过的军装。她直截了当地问我这本书跟那间仓库里的东西有没有关系。

“也许有，也许没有。”我说。

但我会告诉你们一个秘密：有关系，有关系。

• • •

于是，我和玛丽琳垂头丧气地从现代艺术博物馆走回家，就像两个挨了一顿抽的孩子。我们有时大笑，就那么相拥在一起，然后笑个不停。就这样，我们一路上彼此感觉良好，相互喜欢得不得了。

我们站住看了会儿两个白人男子在第三大道上一个酒吧前打架。谁也没穿绿衣服。两个人用听不懂的语言叫骂着。他们可能是马其顿人，或者巴斯克人，或者来自弗里斯兰群岛[1]，或者诸如此类地方的人。

玛丽琳微微有些腿瘸，向左倾斜，那是她被一个亚美尼亚人推下楼梯留下的永久后遗症。但是，另一个亚美尼亚人正在抚摸她，用鼻子蹭她的头发，而且已经开始勃起，你都可以用那种劲儿捣开椰子壳。我喜欢想象我们是丈夫和妻子。生活本身可以很神圣。当时的设想是我们将一起离开伊甸园，在荒野中历经艰险，彼此依偎。

1　弗里斯兰群岛（Frisian Islands），丹麦、德国、荷兰海岸外的一个呈链条状的群岛。

我不知道我们为什么会笑得那么厉害。

再说说我们的年龄：我快二十岁了，她二十九岁。那位即将被我们戴绿帽或者不管什么的男人五十三岁，只有七年多的活头了，回想起来还只是一个小伙子。想象一下，总共还有七年多的活头！

• • •

我和玛丽琳笑得那么厉害，也许是因为我们马上就要做一件既非吃喝又非睡觉，但我们的身体说我们在世间一定要做的事情。这里没有报复，没有挑衅，没有亵渎的意思。我们没有在她和格雷戈里共用的那张床上，没有在隔壁弗雷德·琼斯的床上，也没有在一尘不染的法兰西帝国的客房或者那间工作室里做——甚至也没有在我自己的床上做，尽管我们可以在除了地下室以外的任何地方做，因为那个时刻整个房子里只有傅满洲一个人。我们那不过脑子的云雨之欢，在某种程度上是抽象表现主义的先声，因为它绝对无所追求，完全就是它本身。

是的，我现在想起画家吉姆·布鲁克斯对我讲过的话，说他画画时如何操作，以及所有抽象表现主义画家是如何操作的："我先抹上第一笔色彩，然后，画布上至少得完成一半工作。"如果事情进展顺利，第一笔过后，画布将会开始提示，甚至要求他这样或者那样画。就我和玛丽琳的情况而言，第一笔是一次接吻，就在大门里面，一个湿漉漉、热辣辣、黏糊得令人兴奋的大大的吻。

这才叫画画！

· · ·

可以说，玛丽琳和我的画布需要更多更加湿漉漉的吻，然后是一段碰碰摸摸、怕痒痒又心醉神迷地登上盘旋楼梯的探戈，接着穿过那间巨大的餐厅。我们撞翻了一把椅子，然后又把它扶正。那块做了所有这一切而又不是只完成了一半工作的画布，打发我们穿过男管家的餐具室，走进一间大约有八平方英尺的闲置的储藏室。里面唯一的东西是一张破旧的沙发，一定是之前的主人留下的。有一扇朝北的小窗户，望出去可以看得见后花园里叶子脱落的树梢。

如果我们想完成一件杰作的话，无须从画布得到要做什么的进一步指示。我们做就是了。

· · ·

我也无须从这位有经验的年长女人那里得到该做什么的指点。

直击靶心，直击靶心，再次直击靶心！

它的追溯力如此强大！这样的事情我做了一辈子！它又如此具有前瞻性！在我的下半辈子，我还会做很多这样的事情！

我这样做了。只是再也没有那么美好。

可以说，生活的画布将再也不会帮我和一位搭档创造出一件性爱杰作。

当时，拉宝，作为一个情人至少创造了一件杰作，这件作品必然只能私下创造，然后又迅速从地球上消失，甚至比让我在艺术史上成为一个微不足道的脚注的那些画消失得还要快。难道我没有做过任何生命力比我长久的事情吗，除了收获我第一任妻子、儿子和孙子的轻蔑？

我在乎吗？

不是每个人都这样吗？

可怜的我。几乎每个人都很可怜，身后可长久留存的东西如此之少！

· · ·

战后，当我告诉特里·基奇我跟玛丽琳理想的三个小时做爱的细节，以及那三个小时如何让我感到像在宇宙间惬意地飘浮时，他说："你体验到了一种非神显的感觉。"

"一种什么？"我问。

"我自创的一个概念。"他说。这是很久以前的事，他当时还是个空谈家，不是画家，那是我给他买那个喷绘设备之前很久。那么久远之前，我什么都不是，不过是个空谈家和画家的崇拜者。我还打算做一个商人。

"上帝的麻烦不在于他很少把自己显露给我们，"他继续说，"上帝的麻烦完全是反的：他其实始终不停地抓着你我以及其他人的脖子。"

他说，他在大都会艺术博物馆待了一个下午刚回来，那里有很多画是有关上帝给亚当和夏娃、圣母玛利亚以及各种处于痛苦中的圣人等等指点开示的内容。“这样的时刻是非常罕见的，如果你相信那些画家这样说的话——但谁曾糊涂到相信一个画家的地步呢？”他说，然后又点了两杯苏格兰威士忌，我敢肯定，这两杯也将由我来付钱。“这样的时刻往往被称为‘神显’，我在这儿告诉你，这样的时刻像家蝇一样寻常。”他说。

“我明白。”我说。我想波洛克正在那里听着这一切，不过当时他、基奇和我还没有被称为“三个火枪手”。他是一个真正的画家，所以几乎什么都不说。特里·基奇在成为一个真正的画家之后，也几乎什么都不说。

“‘在宇宙间惬意地飘浮’，你感觉是这样吗？”基奇对我说，“那是一种对非神显状态的完美描述，那样的时刻极为罕见，那时万能的上帝会松开紧抓你脖子的手，让你做一会儿人。这种感觉持续了多长时间？”

“噢——也许半个小时。”我说。

他在椅子里往后一靠，带着深深的满足说：“你有过了。”

• • •

可能就在同一天下午，我在联合广场一座楼的顶层的一个阁楼里为我们俩租了个画室空间，那地方原本属于一个摄影师。曼哈顿的画室空间，那时又脏又便宜。一个画家居然能够负担得起住在纽约城里！你能想象吗？

我们租了那个画室空间后，我对他说：“我妻子会杀了我，如果她听到这事。”

“只要一个星期给她七次神显就可以了，”特里说，“她会感激不尽，让你带上任何东西离家出走。”

“说起来容易，做起来难。”我说。

· · ·

同样一拨人，他们认为西尔塞·伯尔曼写的波丽·麦迪逊系列书正在破坏美国社会的结构，告诉少女们如果不当心就会怀孕之类的话，同时又会坚信特里·基奇非神显的概念是渎神的。但我想不出还有别的任何人为了寻找替上帝跑腿的有价值的差事做得比他更加努力。他原本可以在法律、商业、金融或者政治领域开拓出灿烂的职业前程。他是一个伟大的钢琴师，也是一个了不起的运动员。他本来可以留在军队，很快就可以成为一个将军，也许可以做到参谋长联席会议主席。

不过，我遇到他时，为了想做一个画家，他已经放弃了这一切，虽然他连烂苹果都不会画，一辈子没有上过一堂艺术课！“一定有值得做的事情！”他说，“而绘画是我为数不多没有尝试过的几件事之一。”

· · ·

我知道，很多人认为特里·基奇可以画得很写实，如果他愿意这样做的话。但是他们唯一的证据是一张以前挂在我门厅里的画中出现的一块小补片。他没有给这幅画起过名字，但现在通常都叫《神奇的窗户》。

除了一块小补片，可以说那幅画是一张典型的基奇的喷绘风景画，画的是从一个轨道卫星，或者不管你想怎么称呼它都可以的东西上看到的一个色彩明亮的风暴系统视图。但是那个小补片，如果你仔细审视，发现原来是约翰·辛格·萨金特[1]的全幅《某夫人的肖像》的倒置版，可以看到她那著名的奶白色肩膀和光滑直挺的鼻子等等。

诸位，很抱歉：那个怪怪的插图，那个神奇的窗户，并不是特里的作品，也不可能是特里的作品。那是在特里一个劲儿的坚持下，由一个有着不可思议的名字拉宝·卡拉贝奇亚的平庸的插画作者所作。

• • •

特里·基奇说，当上帝放了他的时候，他唯一体验过的几度非神显的时刻，就是后来的性爱和两次吸食海洛因。

1 约翰·辛格·萨金特（John Singer Sargent，1856—1925），美国画家，以肖像画著称。

22

当前简报：保罗 ·斯莱辛格去波兰了，要去好多地方。据今天早上的《纽约时报》说，他被一个叫“国际笔会”的国际作家组织派去那里访问一个星期——作为一个代表团的成员去调查那里处于水深火热中的同行的困境。

也许波兰人还会回访，反过来调查他的困境。一个被警察限制和堵住嘴巴的作家跟生活在绝对自由中却没有什么可说的作家，谁更值得同情？

• • •

当前简报：把挪开的家具送到甜蜜之家搬家和储藏公司后，寡妇伯尔曼在我的起居室里装了张老式台球桌。这张桌子可是一头真正的大象，非常沉，得用千斤顶立柱撑在地下室，以免它上下活动，波及下面装着奢耐缎的那些罐子。

自从离开部队后，我就没有玩过这种游戏，而且向来都玩得不好。不过你真该看看伯尔曼太太清空球桌的样子，无论这些球在哪里！

“你在哪儿学的这手打桌球的技艺的？”我问她。

她说，自从她父亲自杀后，她就从高中辍学了，她没有去胡乱性交，也没有在拉克万纳成为酒鬼，而是每天花十个小时来打桌球。

我不必非得跟她玩。没有人非得跟她玩，而且我认为在拉克万纳也没人非得跟她玩。不过，很快将发生一件好玩的事。她将忽然失去致命的准确性，而且会一阵一阵打哈欠，还忍不住抓挠自己，好像一阵阵发痒。然后她会上床睡觉，有时睡到第二天中午。

她是我认识的最喜怒无常的人。

• • •

关于土豆仓库里的秘密，我给出什么明显的暗示了吗？难道她不会从这份手稿中读出这些暗示，然后轻易地猜出其余部分吗？不会。

她信守承诺，我开始写的时候，她向我保证，一旦我写到一百五十页的时候，如果我能写到一百五十页的话，她会奖赏我，还我在这间书房里的绝对隐私。

她还说，等我写到这么多的时候，如果我能写这么多的话，这本书和我的关系就会变得非常亲密，那样对她来说，贸然闯进来会显得很不体面。那挺好，我想，通过艰苦的工作，赢得某种特权和尊重，只是我不得不这样自问："她是谁，要来奖赏或惩罚我，而且这里究竟是什么鬼地方：一所幼儿园还是战俘集中营？"我没有问她这个问题，因为那样她可能会收走我所有的特权。

• • •

昨天下午，两个来自法兰克福、模样像花花公子的年轻德国商人来看我那些奇妙的藏品。他们是典型的后纳粹时代的成功企业家，对他们来说，历史就是一块干干净净的石板。他们太新了，太新了。像丹·格雷戈里一样，他们讲英语时带着英国上流社会的腔调，但提前问过我和西尔塞懂不懂德语。显然，他们想知道，他们彼此之间能不能坦率地用德语交流而不会被别人听懂。我和西尔塞说，我们不懂，尽管她能说流利的意第绪语，而且能听懂很多德语，我也是，因为作为一个战俘，我听了太多这种语言。

我们能够破解他们的密码到这种程度：他们只是假装对我的画感兴趣。他们其实是盯上我的地产了。他们过来是想一探究竟，我的健康是否恶化或者智力是否出现衰退，我的家庭或者财务是否出现问题，如果那样的话，他们或许就能轻而易举地哄骗我让出我那片无价的海滩，他们很想在那里建几栋公寓。

他们没得到多少宝贵的满足。当他们坐着梅赛德斯轿车走了后，西尔塞，一个犹太裤子制造商的孩子，对我，一个亚美尼亚鞋匠的孩子说："我们现在都成印第安人了。"

• • •

我说过，他们是西德人，但可以轻而易举地成为我的海滨同胞。我现在琢磨，是不是这里有很多人，不管是不是公民，他们态度中有一个隐秘的意识：这里仍然是一块处女地，其他每个人都是印第安人，这些人并不理解它的价值，或者至少是太无能而且又无知，无法保护好自己？

• • •

我担心，这个国家最黑暗的秘密是，太多的公民想象他们属于别的某个地方的更高级的文明。那个更高级的文明不一定非得是另一个国家。相反，它可以是过去——就像美国没有被移民和黑人解放运动破坏之前的时代。

这种心态让我们中很多人去撒谎，去欺骗，去偷我们中另外那部分人的东西，还卖给我们垃圾、致瘾的毒品和伤风败俗的娱乐。毕竟，除了是次等人土著，我们中另外那部分人还能是什么呢？

• • •

这种心态也能解释很多美国人的丧葬习俗。如果你仔细想想，这里很多葬礼的公告是这样的：死者已经洗劫过这个异邦，现在正带着埃尔多拉多[1]的金子返回他们真正的家。

• • •

但还是再次回到 1936 年吧！瞧：

玛丽琳和我的非神显时刻很快就结束了。我们利用得非常妙。我们紧紧抓着彼此的上臂，触摸着那里可以触摸的东西，我想，从一开始就开启了一场探索我们可能是什么装置的探险活动。某种连杆上还套着热乎乎的橡胶般柔韧的东西。

但接着，我们听到楼下大门开了又关上。像特里·基奇说到自己一次性交后的体验那样："神显又回来了，不管谁都得穿上自己的衣服，然后像被砍了头的小鸡般四处奔走。"

• • •

我和玛丽琳穿衣服的时候，我轻声对她说，我全心全意地爱她。还有别的什么话可说呢?

1　埃尔多拉多（El Dorado），早期西班牙探险家想象中的在南美洲的黄金国。

“你不要这样。你不能这样。”她说，对待我就像一个陌生人。

“我会成为一个像他那样伟大的插画家。”我说。

“去爱别的女人吧，”她说，“别爱我。”我们在这里做了爱，可她表现得好像我就是一个试图在某个公共场所带走她的无名小卒。

“我做错什么了吗？”我说。

“你既没做错也没做对任何事，”她说，“我也没有。”她停下来不穿衣服了，直直地望着我的眼睛。我当时还有两只眼睛。“这是绝对不可能的。”她又重新开始打扮起来。

“感觉好吗？”她说。

我告诉她当然很好。

“我也是，”她说，“但不会持续太久。”

这才叫现实主义！

我以为我们已经订立了一个永远相伴的盟约！过去很多人对性交就是这样想的。我还想，玛丽琳现在可能怀上我的孩子了。我不知道，在本以为无菌的瑞士医院的一次流产中，她因为一场感染导致不孕。有关她，我所知甚少。这个我花了十四年才知道！

“你认为我们接下来该去哪里？”我说。

“我认为接下来谁该去哪里？”她说。

“我们。”我说。

“你的意思是说，等我们勇敢地微笑着手拉手永远离开这座温暖的房子后吗？”她说，“会有一场伤透你心的歌剧等着你。”

“歌剧？”我说。

“一个年龄比她大一倍的伟大画家的既漂亮又世故的情妇，诱惑了他年轻得几乎可以做她儿子的学徒，”玛丽琳说，“他们被发现了。他们被赶出去，流落社会。她以为她的爱和忠告也会让这个男孩成为一个伟大的画家，后来他们却冻死了。”

这就是可能会发生的情况。

• • •

“你必须得走，但我得留下来，”她说，“我攒了点钱——足以让你维持一两个星期。你也该离开这里了。你待得太舒服了。”

“我们刚做了这事之后，怎么能分开啊？”我说。

“我们做的时候钟表都停了，”她说，“现在它们又开始走动了。那不算数，所以忘了吧。”

“我怎么能忘得了啊？”我说。

“我已经忘了，”她说，“你还是个小男孩。我需要一个男人照顾。格雷戈里是个男人。”

于是，我就偷偷摸摸回到自己房间，迷惑不解又深感屈辱。我收拾好自己的东西。她没有送我出去。我不知道她去了哪个房间，或者她可能在那里做什么。没有任何人送我出去。

1936 年，圣·帕特里克日，太阳西落时，我永远离开了那座房子，没有回头看一眼丹·格雷戈里大门上的那只戈耳戈门环。

• • •

我在只有一个街区远的范德比尔特基督教青年联合会独自度过了离开后的第一个晚上，但是直到十四年后才会再次看到或者听到她的消息。在我看来，好像她这是在刺激我，让我在财富上取得巨大的成功，然后回来把她从丹 · 格雷戈里身边带走。我可能这样接连幻想了一两个月，觉得真的可能发生。这种事在交给丹 · 格雷戈里画插图的小说里经常发生。

她不会再见到我，除非我配得上她。丹 · 格雷戈里赶我走的时候，正在画《亚瑟王和他的骑士们的传说》的新版插图。玛丽琳曾扮作格温娜维尔[1]。我会把那只圣杯带给她。

• • •

但是大萧条很快让我明白，我成就不了任何事情。我一文不值，甚至连体面的食品和一张床都给自己提供不了，而且还经常混迹于给无家可归者提供的流动厨房和庇护所，与一众流浪汉互相杂处。我经常去图书馆一边取暖，一边通过学习来提升自己，我阅读据说非常伟大的历史、小说和诗歌——以及百科全书、各类词典，还读各种最新出版的励志图书，关于如何在美国出人头地，如何从失败中学习，如何让陌生人立刻喜欢并

1　格温娜维尔（Guinevere），传说中亚瑟王的王后，圆桌骑士兰斯洛特的情妇。

信任你，如何开始自己创业，如何向别人推销东西，如何把自己交到上帝手中，不再浪费时间和宝贵的精力去担忧什么，以及如何正确地吃东西。

当我努力提高自己的词汇量，熟悉有史以来伟大的问题、事件和人物，水平相当于那些伟大大学的毕业生时，我绝对是丹·格雷戈里的孩子，也是时代的孩子。而且我的口音像丹·格雷戈里一样是合成的，顺便说一下，玛丽琳的口音也这样。玛丽琳和我，一个矿工的女儿，一个亚美尼亚鞋匠的儿子，还足够理智，记得没有假装是英国上流社会的人。我们用声调和变音抹掉了卑微的出身，当时，差不多以我记得的而言，还没有名称管那种口音叫什么，但现在人们称之为“跨大西洋”——文雅有教养，听起来悦耳舒服，既不是英国也不是美国的口音。说到这方面，玛丽琳和我算是姐弟俩：我们的口音听上去一样。

• • •

可是，我在纽约城流浪的时候，虽然懂得很多而且话又能讲得这么漂亮，但却如此孤单，经常饥寒交迫。我听到一个笑话，讲美国人自我提升的核心是：在那些伟大的大学，知识的垃圾太多了，需要以这样或者那样的方式加工处理。伟大的大学提供的真正财富是，成为一个受人敬重的人造大家庭中的一个终身成员。

• • •

我的父母出生在各自的亲生家庭，而且还都是很大的家庭，深受土耳其亚美尼亚人的尊重。我出生在美国，除了父母，远离别的任何亚美尼亚人，最终成为两个人造大家庭的成员，这两个大家庭受到人们应有的尊重，尽管跟哈佛或者耶鲁的社会地位肯定不可同日而语，这两个大家庭是：

1. 战时美国陆军士官团。

2. 战后抽象表现主义画派。

23

我不可能在任何早就知道我是丹·格雷戈里的送信小子的公司找到工作。他跟这些公司的人说过，我想，不过我没有证据，说我自私、不忠诚、没什么才华等等。说得没错。工作又是那么稀缺，所以，人家为什么要把活儿提供给一个跟他们不一样的亚美尼亚人呢？让亚美尼亚人照顾他们自己的失业者吧。

事实上，还真有个亚美尼亚人来拯救我，当时我正在中央公园给那些愿意坐下来画像的人画漫画——只要一杯咖啡多一点的价格。他既不是土耳其也不是俄罗斯的亚美尼亚人，而是一个比利时的亚美尼亚人，还在襁褓中的时候，父母就带他去了法国巴黎。他和父母成了那个城市活跃又兴旺的亚美尼亚社区的成员，当时巴黎可是世界艺术之都。我说过，我自己的父母和我本来可以成为巴黎人的，如果我们不是被那个犯罪分子瓦尔丹·马米科尼扬给弄得改道去了加利福尼亚的圣·伊格纳西奥的话。我的这位救星原名叫马尔蒂奇·库留昂捷，随后名字法语化后就变成马

克 · 库洛姆。

当时，库洛姆家跟现在一样，是旅游业的巨头，旅行社遍及全世界，策划旅游团去几乎任何地方。他在中央公园跟我搭腔时，马克 · 库洛姆只有二十五岁，从巴黎被派来寻找一家广告公司，想让自己家族的业务在美国更具知名度。他很欣赏我熟练使用绘画材料的那种流利劲，还说，如果我真想当一个画家，就应该去巴黎。

当然，在遥远的未来，有一种讽刺在静静地等着：我最终将成为那个画家小团伙的一员，那个小团伙将使纽约城而不是巴黎成为世界艺术之都。

我想，一个亚美尼亚人关心另一个亚美尼亚人，纯属建立在种族偏见上，库洛姆给我买了一套西服、一件衬衣、一条领带、一双新袜子，带我去了他最喜欢的那家广告公司，即莱德维尔德和摩尔公司。他告诉他们，如果想雇佣我做画师的话，薪资可以算在库洛姆家的账上。他们后来就雇了我。

我后来再没见过他，也没他的消息。不过，你猜怎么着？就在今天早上，半个世纪后我第一次不停地格外想着马克 · 库洛姆的时候，《纽约时报》发了篇他的讣告。他们说，他是法国抵抗运动的英雄，死的时候是库洛姆兄弟公司董事会主席，这是世界上旅游业务分布最广的公司。

实在太巧了！可事情就是这样。人们一定不会把这种事太当真。

• • •

当前简报：西尔塞·伯尔曼为了跳舞简直疯了。她不管抓住什么人，不论年纪或者身份，都让陪她去参加任何公开的舞会，只要她听说这里方圆三十英里内有这样的舞会的消息，很多这样的舞会是给志愿消防队募集资金的。前几天，她经常凌晨三点才回家，头上戴顶消防帽。

她缠着我去上在东夸格[1]的埃尔克斯·洛奇举办的交谊舞课。

我对她说："我不想在忒耳普西科瑞[2]的祭坛上牺牲仅剩的一丝尊严。"

• • •

在莱德维尔德和摩尔公司，我过得还算不错。在那里，我画了世界上最漂亮的远洋客轮诺曼底号。前景是世界上最漂亮的轿车，柯德牌轿车。背景是世界上最漂亮的摩天大楼，克莱斯勒大楼。从柯德牌轿车里走出世界上最漂亮的女演员玛德琳·卡洛。多么有生气的一个时代！

饮食质量的提高和睡觉环境的改善反而给我带来危害，让我一天晚上胳臂底下夹着个文件夹去了趟艺术学生联合会。我想上些如何成为严肃画家的课程，同时也想给一个叫纳尔逊·鲍尔贝克的老

---

1 东夸格（East Quogue），位于纽约长岛的一个村落，东距东汉普顿三十余公里。

2 忒耳普西科瑞（Terpsichore），希腊神话中的九位缪斯之一，主司舞蹈。

师展示下我本人以及自己的作品，他是一个具象派画家，那个时候几乎所有画家都是具象派。他主要以肖像画闻名于世。他的作品至少在一个我知道的地方还能看到——纽约大学，我的母校。在我上那所大学之前，他给那所学校的两位校长画过肖像。他让那两位成为不朽，这只有绘画才能办得到。

• • •

教室里差不多有十二个学生，都在画架前忙碌着，都给同一个裸体模特作画。我渴望加入其中。他们好像一个幸福的家庭，我需要一个家庭。我不属于莱德维尔德和摩尔那个家庭。那地方对我如何得到这份工作心怀憎恨。

鲍尔贝克年纪大了，已经不适合教画画了——我猜，大约六十五岁。那家广告公司艺术部的头儿曾在他手下学习过，我因此得知，他是俄亥俄州辛辛那提人，但成年后像很多美国画家那样大部分时间都生活在欧洲。他年龄那么大，都曾跟詹姆斯·惠斯勒、亨利·詹姆斯、埃米尔·左拉和保罗·塞尚聊过天，且不管聊得有多短暂！他声称在维也纳还跟希特勒是朋友，当时，第一次世界大战前，希特勒还是一个饥肠辘辘的画家。

我遇到他的时候，老鲍尔贝克本人大概也是个饥肠辘辘的画家。否则，他不会那么高龄还在艺术学生联合会教画画。我永远闹不清他最后的结局。现在你也许还能见到他，也许见不到了。

我们没有成为朋友。他一边翻着我的文件夹，一边说着诸如此类的话，很平静，感谢上帝，所以他的学生们也听不见："噢，亲爱的，亲爱的，亲爱的""我可怜的孩子"以及"谁这样对待你了——莫非这是你自己弄的？"

我问他究竟哪里有问题，他就说："我拿不准能不能用语言表达出来。"他真的得费劲去想，"这听上去会很奇怪——"他终于说，"但从技术上讲，没有任何你不能画的。你能明白我在说什么吗？"

"不明白。"我说。

"我也拿不准我是否明白，"他说，他皱起眉头，"我认为——我认为——在某种意义上，对一个优秀的画家来说，他在画布上与所有他不会做的事物和平相处，那是很有用的，甚至可能是基本的。正是这种东西吸引我们走向严肃绘画，我想：那就是不足，我们可能会称之为'个性'甚或'痛苦'。"

"我明白了。"我说。

他立刻放松了。"我想我也明白了，"他说，"这种东西我以前从来没有讲清楚过。太有意思了。"

"我搞不清你已经收我为学生了没有。"我说。

"没有，我拒绝你了，"他说，"如果我收了你，对我们俩都不公平。"

我很生气。"你拒绝我是基于某种纯属你杜撰的虚无缥缈的理论。"我抗议道。

"噢，不不不，"他说，"我是在想到这个理论之前拒绝你的。"

“基于什么？”我质问道。

“基于你文件夹中的第一张画，”他说，“这张画告诉我，‘这是一个没有激情的男人’，我心里问了自己我现在问你的这句话：‘既然他好像丝毫没有强烈地想表达的东西，我为什么要教他绘画的语言？’”

• • •

时世艰难啊！

于是，我又报名上了门创意写作课——每周在城市学院上三个晚上，由一个名叫马丁·肖普的著名短篇小说作家授课。他的小说写的都是黑人的事，尽管他自己是白人。丹·格雷戈里至少画过他写的两篇小说的插图——怀着对那些他认为是猩猩的人惯常的喜悦和同情心。

肖普在谈到我的写作时，认为我不会走得很远，除非我对描写事物的外表——特别是人脸——变得更热衷。他知道我会画画，所以觉得很奇怪我为什么不想在描写事物外表的路子上继续走下去。

“对任何能画画的人而言，”我说，“把任何事物的外表变成语言的想法就像用滚珠和碎玻璃做一顿感恩节晚餐。”

“那么你也许最好退了这门课。”他说。我就退了。

我也不知道马丁·肖普最后的结局。也许他在战争中死掉了。西尔塞·伯尔曼从来没有听说过他。也许现在还能看到他，也许看不到了。

• • •

当前简报：保罗 · 斯莱辛格本人就不时地教创意写作课，现在已经高调地回到我们的生活中了！显然一切皆可原谅。他此刻就在楼上一间卧室里酣睡。他醒来后，我们自会看到我们将看到的东西。

昨天午夜左右，斯普林斯志愿消防局的救援队把他带到这里。他求助的喊叫声从自己家的各个窗户——也许在他完蛋之前自己拥有的每扇窗户——传出来，吵醒了左邻右舍。救援队想把他送到位于河头[1]的退伍军人管理局的医院，大家都知道他是个退伍老兵，大家知道我也是个退伍老兵。

但是他平静了下来，答应救援人员，如果把他带到我这里来就不会有事。于是，他们就按了我的门铃，我在挂着小女孩打秋千的画的门厅里接待了他们。在这些富有同情心的志愿者中间，支撑并固定着一件约束衣，里面盛着斯莱辛格那狂暴的肉体。如果我同意了，他们就会权且尝试一次，给他松开。

这时西尔塞 · 伯尔曼已经下来了。我们都穿着睡衣。突然面对一个精神失控的人，人们经常会做出一些奇奇怪怪的事情。西尔塞认真地看了斯莱辛格好一会儿后，转身背对着我们大家，开始整理

1　河头（Riverhead），纽约长岛的一个小镇。

起打秋千的女孩的画来。这个看似无所畏惧的女人在害怕某种东西。她被这种精神错乱吓呆了。

在她眼中，精神错乱的人显然就像戈耳戈。如果她看到了一个这样的人，自己就会化作顽石。这其中必有故事。

24

他们解开约束衣时，斯莱辛格看着就像一只羔羊。“快把我放到床上去。”他说。斯莱辛格说出了具体要把他放进哪个房间，那个房间在二楼，里面壁炉上方挂着阿道夫·戈特利布[1]的《凝固的声音七号》，有一扇面对海湾的窗户，隔着沙丘可以看到对面的大海。他只要那个房间，不要别的，似乎感觉睡在那里名正言顺。所以，他肯定详细地幻想了至少几个小时要搬进来跟我一起住，甚至可能想了几十年。我是他的保险计划。迟早，他索性会放弃幻想，一瘸一拐走过去，把自己送进一个极其富有的亚美尼亚人的海滨别墅。

顺便说一句，他出身于一个非常古老的美国家族。这个大陆上第一代斯莱辛格是一个黑森[2]掷弹兵，以雇佣兵的身份为约翰·伯戈

---

1 阿道夫·戈特利布（Adolph Gottlieb，1903—1974），美国抽象表现主义画家。

2 黑森（Hessen），位于德国的中部，现为联邦州，首府是威斯巴登。

因[1]将军服务，那位英国将军，两百年前，在奥尔巴尼北边进行的第二次弗里曼农场战役中被部分由叛军将军本尼迪克特·阿诺德指挥的部队击败，阿诺德将军后来逃亡到英国。斯莱辛格的祖先在这次战役中被俘虏，此后就再也没有回到德国威斯巴登的家乡，他是那里一个——你猜什么人的儿子？

鞋匠。

• • •

“上帝的孩子都有鞋穿。”

——古老的黑人灵歌

• • •

我得说，斯莱辛格穿着约束衣过来的那天晚上，寡妇伯尔曼比斯莱辛格还可怕得多。救援队的人在门厅给他松开后，他还是那个老斯莱辛格。可是西尔塞几乎如石头般凝固不动了，成了我从来没见过的西尔塞。

于是在没有协助的情况下，我把斯莱辛格放到床上。我没有给他解开衣服。其实，他也没有穿多少衣服——只有一条乔基牌短裤，一件T恤衫，上面印着“停止肖勒姆项目”。肖勒姆是一家核

1　约翰·伯戈因（John Burgoyne，1722—1792），美国独立战争时期的英国将军。

能发电厂，离这儿不远。如果这家发电厂不按设想的那样运转，可能会让几十万人丢掉性命，会让长岛几个世纪都没法居住。很多人都反对这个发电厂，也有很多人支持这个发电厂。我自己则尽量不去想它。

尽管我只在照片上看到过它，但是我还会这么说。我从来没有想过什么建筑，它会直截了当地对所有人说："我来自另一个星球。我没办法关心你们是什么，你们想要什么或者想做什么。伙计，你们已经被殖民了。"

• • •

这本书一个不错的副标题也许是：一个大器晚成或者总是最后一个知道情况的亚美尼亚人的自白。听着：我从来没有怀疑过寡妇伯尔曼是个药迷，直到那天晚上斯莱辛格搬进来。

我把他放到床上后，拉过比利时产的亚麻被单，盖到他那黑森人的大鼻子的鼻孔前。我想，也许给他吃一片安眠药是个不错的主意。我没有这种药，不过，我想也许伯尔曼太太会有些。我听到她慢腾腾地上了楼，走进自己的卧室了。

她的房门敞开着，所以我就直接过去拜访了。她正坐在床边，眼睛直勾勾地盯着前面。我问她有没有安眠药，她告诉我自己到卫生间去找。自从她占了那个房间后，我就再也没进去过。事实上，我觉得自己已经有好多好多年没有进去过了。很有可能我以前从来都没有走进过那个卫生间。

可是，我的上帝——我多希望你能看到她的那些药！那些药显然是药商的样品，是她的已故医生丈夫积攒了几十年的药！那个药柜都开始装不下了！洗脸盆周围的那个大理石台面差不多有五英尺长，两英尺宽，我估计，那上面排列着一个兵团的小瓶子。我恍然大悟！忽然间，很多东西——我们第一次在海滩见面时奇怪的招呼方式，对门厅冲动的重新装饰，永远打不败的桌球游戏，对跳舞的疯魔，等等，都可以解释了。

在这死寂的黑夜里，现在哪个病人最需要我呢？

噢——我能为一个嗜药狂魔做点什么呢？连她自己都不知道对自己咋办好。所以，我空手回到斯莱辛格那里，我们谈了会儿他的波兰之行。为什么不呢？风暴来临时，躲在哪个港湾都可以。

· · ·

对于解决美国的药瘾问题，几年前我们的总统夫人就提议：“说不就行了。”

· · ·

也许伯尔曼太太可以对她的药丸说不，但是可怜的保罗·斯莱辛格却无法控制自己身体制造的、渗进自己血液循环中的危险物质。他没有选择，只有去想各种疯狂的事情。我听着他胡言乱语地说了一阵，说如果他能够躲在波兰或者被关在那儿的监狱里，就可以写得有多好，还说波丽·麦迪逊的作品是《堂吉诃德》以来最伟大的文学作品。

他讲了句关于伯尔曼太太的非常妙的俏皮话，但我觉得那不是刻意要抖机灵，因为他说的时候如痴如醉。他管她叫“泡泡糖人群中的荷马”。

让我们还是来立刻扫清谈论波丽·麦迪逊作品的优缺点的障碍。为了在我自己的头脑中解决掉这个问题，又不用真的去读那些书，我刚通过电话征求了东汉普顿一个书商和一个图书管理员，以及几个老抽象表现主义画派团伙成员遗孀的意见，她们都已经有十几岁的孙子了。

他们的说法大同小异，归结起来就是："务实、坦率、机智，但是作为文学作品，连匠人之作都算不上。"

那就这样。如果保罗·斯莱辛格想远离疯人院，如果他说刚刚过去的这个夏天读了波丽·麦迪逊所有的书，这肯定对他的病情没有帮助。

• • •

同样对他的病情没有多大帮助的是，当他还是个小年轻的时候，把自己的脸贴在一颗日本人的手榴弹上，从那以后他就经常出入哈哈学院[1]。他好像生来就有语言天赋，而且还带着让人特别不舒

1　哈哈学院（laughing academies），指疯人院。

服的生物钟，弄得他每三年左右就发一次疯。当心自带各种天赋的神灵！

有天晚上，睡觉之前，他说他对自己的表现，无论好歹，都无可奈何，还说自己“有点像分子”。

“在那个‘巨大的原子粉碎机’开始来找我之前，拉宝，”他说，“我不得不做那种分子。”

• • •

“什么是文学，拉宝，”他说，“不过是一份跟分子有关的事务的内部简报，对这个宇宙中的任何东西来说都不重要，除了若干有着被称为‘思想’的疾病的分子。”

• • •

“现在，对我来说一切已经很清楚了，”他说，“什么我都明白了。”

“你上次就这么说的。”我提醒他。

“没错——我又一次清楚了，”他说，“我被放到地球上只肩负两个使命：让波丽的作品获得承认，这些作品称得上是伟大的文学，还有就是发表我的革命理论。”

“好啊。”我说。

“听上去有点疯狂吗？”他说。

"是的。"我说。

"好吧，"他说，"我必须建立两座纪念碑！一座给她，一座给我。从现在开始到一千年后，她的书还会有人读，而且还会有人探讨斯莱辛格的革命理论。"

"想来多好啊。"我说。

他开始变得狐疑起来。"我没有跟你说起过我的理论，是吧？"他说。

"没有。"我说。

他用指尖敲着太阳穴。"那是因为这些年我一直秘而不宣，把它锁在这个土豆仓库里，"他说，"拉宝，你不是唯一把最好的东西留到最后的老人。"

"你知道土豆仓库里有什么吗？"我说。

"一无所知——用个体面的词：一无所知。但是为什么一个老头子要把什么东西锁得这么紧，这么紧，不就是为了把最好的东西保留到最后，还能为什么？"他说，"要了解一个分子就得拿到一个分子。"

"我的土豆仓库里存放的东西既不是最好的，也不是最差的，尽管我做过的最好的不见得就很好，但最坏的却是非常可怕的，"我说，"你想知道里面有什么吗？"

"当然了，如果你愿意告诉我的话。"他说。

"那是所有人类话语中最空洞又最充实的话。"我说。

"是哪句话？"他问道。

"'再见'。"我说。

• • •

别墅聚会!

可是谁来给我那些越来越迷人的客人们准备吃食、床铺呢?

不可或缺的艾莉森·怀特啊!感谢上帝,伯尔曼太太说服她留下来!

尽管伯尔曼太太说自己最新的那部史诗级作品已经完成了十之八九,可以预期在不远的将来会回巴尔的摩,但艾莉森·怀特不会就此甩手撇下我。因为,首先,两周前股票市场的崩盘已经导致家务帮工需求逐渐减少。另外,她又怀孕了,而且决定把胎儿怀到足月生下来。所以,她恳求允许她和塞莱斯特一起至少待到今年冬天,我已经告诉她:"待的时间越长越好。"

• • •

也许我应该沿着这本书采取的叙述路线零零散散树立若干里程碑,比如说"现在是7月4日""他们说今年8月是有记录以来最冷的8月,可能与北极的臭氧消失有关"等等。但是,我不知道这本书将既是一部日记又是一部自传。

那就让我现在说吧,劳工节[1]是两星期前的事了,就像股票市场的崩盘一样。棒极了!繁荣即将过去!棒极了!又一个夏日时光

1 劳工节(Labor Day),美国劳工节在9月第一个星期一。

即将过去!

• • •

塞莱斯特和她的朋友们都回学校了。今天早上她问我对宇宙有何了解。她需要写个有关宇宙的主题文章。

“为什么问我？”我说。

“你每天都看《纽约时报》啊。”她说。

于是我告诉她，三万亿年前，宇宙开始时就像一个十一磅的草莓，午夜刚过七分钟就爆炸了。

“我是认真的！”她说。

“我能告诉你的都是我从《纽约时报》上读到的。”我说。

• • •

保罗·斯莱辛格把他所有的衣服和写作材料都带来了。他在写自己的第一本非虚构作品，他取了这样一个书名：《在人类活动的任何领域取得一场成功革命的唯一途径》。

值得一提的是：斯莱辛格宣称他从历史中学到，大多数人面对新思想都打不开思维，除非一个有着特殊成员构成的思维开放团队去给他们做工作。否则，生活会一如既往，无论多么痛苦、不切实际、不公正、荒谬，或者愚蠢。

这个团队必须由三种专家组成，他说，否则，这场革命，不管是在政治、艺术、科学，或者其他任何领域，注定要失败。

他说，这些专家中最为稀罕的，是一个真正的天才——一个有能力提出看似不错的想法却不被广泛传播的人。“一个单打独斗的天才，”他说，“无一例外都被当作疯子而惨遭忽视。”

第二种专家很容易找到：一个高度聪明理智的公民，在其所在的社区又颇有名望，理解并且欣赏天才的新奇观点，他能证明天才远非疯狂。“一个那样单打独斗的人，”斯莱辛格说，“只会强烈地渴望各种变化，但是说不出这些变化应该是什么样形式。”

第三种专家是那种对任何东西都能解释的人，无论事情多么复杂，都能令大多数人感到满意，无论那些人多么愚蠢或者顽固。“为了显得有意思，让人兴奋起来，他几乎什么都会讲。”斯莱辛格说，“单打独斗，完全依靠自己肤浅的想法，他会被当成一只满嘴喷粪的圣诞节火鸡。”

• • •

斯莱辛格，得意得像只高飞的风筝，声称任何成功的革命，包括我曾参与其中的抽象表现主义，都有顶尖人才构成的演员团队——在我们这个团伙中，波洛克就是那位天才，列宁就是俄罗斯的天才，基督就是基督教的天才。

他说，如果你没法去组建那样的演员团队，就别想高调地改变任何事物。

· · ·

不妨想想！这座海滨房子，几个月前还那么空空荡荡和死气沉沉，现在却即将诞生一本关于如何成功革命的书，一本关于穷人家的女孩们对有钱人家的男孩有何感觉的书，以及一本画家的回忆录，而他的画全从画布上脱落了。

我们还有望生出一个孩子来！

· · ·

我望着窗外，看到一个模样朴实的人坐在一辆拖着一组疯狂地嘎嘎作响的割草机的拖拉机上，从我的草坪上开过去。我对他所知甚少，就知道他叫富兰克林·库利，开一辆婴儿屎黄色的凯迪拉克帝威双门老爷车，有六个孩子。我甚至都不知道库利先生能否读写。按照今天早上《纽约时报》的说法，至少有四千万美国人不会读写。这是全部亚美尼亚后裔文盲人数的六倍！他们的数量如此之多，我们的数量如此之少！

那个富兰克林·库利，那个可怜、傻里傻气、有着六个孩子的蠢货，耳朵里充满了割草机撞击的乱七八糟的声音，难道他丝毫不怀疑这里正在进行着地动山摇的工作吗？

• • •

是的，猜猜今天早上《纽约时报》还说了什么？基因学家握有不可辩驳的证据，表明男人和女人曾是各自独立的种族，男人是在亚洲进化的，女人是在非洲进化的。他们相遇交合纯属巧合。

报纸上的这篇文章继续猜想说，阴蒂是一个由相对柔弱，但不见得更加愚笨的类人猿构成的被征服，被奴役，被轻视，最终被阉割的种族留下的受精器官的最后痕迹！

取消我的订阅！

25

回到大萧条年代！

长话短说：德国人入侵了奥地利，然后捷克斯洛伐克，然后波兰，然后法国，而我成了遥远的纽约城一个微不足道的受害者。库洛姆兄弟公司停业了，我也丢了广告公司的工作——在我父亲的穆斯林葬礼过后不久。所以，我参加了当时还是和平时期的美国军队，而且在他们的分类测试中得分很高。大萧条依然令人沮丧，在这个国家，军队还是个微不足道的家庭，所以我幸运地被接受了。我记得，时代广场上的征兵中士曾经说如果我把自己的名字合法地改为更美国化的名字的话，我未来可望是个更有吸引力的亲戚。

我甚至记得他提的那个很有帮助的建议，我可以改成“罗伯特·金”。不妨想想：有人现在可能正擅自侵入我的私人海滩，敬畏地盯着这座豪宅，在纳闷谁会有钱到住这样的房子，答案原本可以轻轻松松是这样的：罗伯特·金。

• • •

但是部队却以拉宝·卡拉贝奇亚的名字招收了我——后来我很快就发现，原因是这样：丹尼尔·怀特霍尔少将，当时工程兵团作战部队的指挥官，想要一幅自己全身戎装的油画，认为这种活儿某个听起来有个外国名字的人或许能干得最好。当然，作为一名正规军人，我应该免费画他。这是一个渴望不朽的人。因为肾功能衰竭，他六个月后就要退役了，在两次世界大战中几乎都没有服役。

只有天知道我给他画的肖像后来怎么样了——在基本训练期过后几个小时。我用了最贵的材料，这些他都乐意给我买。我有了一幅真的可能会比《蒙娜丽莎》活得还长久的画！如果我当时意识到这点的话，应该给他画上一丝谜一样的微笑，其中的意味只有我心知肚明：他已经贵为将军，却错过了一生中的两次大战。

• • •

我的另一幅画也有可能比《蒙娜丽莎》活得长久，不管好坏，就是土豆仓库里的那个大混蛋。

• • •

现在我才恍然大悟！我在一幢跟我的这座房子一样宏伟的房子

里，当然那是部队的财产，画怀特霍尔将军肖像的时候，完全是个典型的亚美尼亚人！欢迎回归我的本真状态！我是个骨瘦如柴的新兵，他是个体重高达两百磅的帕夏[1]，只要他愿意，随时可以将我像一只虫子般拧碎。

不过，我给他提了个多么狡猾又自私、事实上也非常好的建议啊，同时还给他送上这样的奉承："您有一副坚毅的下巴。您知道吗？"

我用了肯定是土耳其法庭上无权无势的亚美尼亚顾问的方式，祝贺他有不少自己以前可能从未有过的想法。比如："您一定在认真思考航拍将会有多么重要，如果战争来临的话。"那时，战争，当然，其实已经走到每个人身边，除了美国人。

"是的。"他说。

"您能把头稍微往左转一点吗？"我说，"太好了！这样的话，您的眼窝里就没有那么深的阴影了。我可不想埋没那两只眼睛。您现在能想象您正站在一个山顶凝视夕阳——在一个山谷之上，第二天将有一场战斗在那里发生吗？"

他尽最大努力照说的做了，而且想要不破坏一切，他就不能说话。但是，我却像个牙医，完全随心所欲地叽叽喳喳说个不停。"好，太好了！漂亮！千万别动！"我说。然后，我在画布上落笔时又几乎漫不经心地补充了一句："每个后勤部门都声称空中伪装是他们的专业，尽管这显然是工程兵的工作。"

1　帕夏（Pasha），旧时奥斯曼帝国高级文武官员的称号。

过了会儿，我又说："艺术家天生擅长伪装，我想我只是工程兵团招的很多新兵中的第一个。"

• • •

这种狡猾、谄媚和黎凡特[1]式的诱惑管用吗？你可以自己评判：

那幅画在将军的退休仪式上揭开了面纱。我完成了基本训练，而且被提拔为一等兵。我不过是又一个拿着一支过时的斯普林菲尔德步枪的士兵而已，站在那个悬挂着旗帜的脚手架前的队列中，脚手架上放着那幅搁在画架上的油画，将军就站在那里发表讲话。

他讲到了航拍，讲到了工程兵的明确使命，即向其他后勤部门传授伪装技术。他说，在他最后下达的几个命令中，就包括要求所有具有他所谓"艺术经验"的士兵，编入一个新的伪装部队，受一个现在就地任命的人的指挥："军士长拉宝·卡拉贝奇亚。我希望念对了他的名字。"

他念对了，念对了！

• • •

得知丹·格雷戈里和弗雷德·琼斯在埃及的死讯时，我已是贝尔沃堡[2]的一个军士长。没有提到玛丽琳。他们死时是平民，尽管

1 黎凡特（Levant），地中海东岸地区。

2 贝尔沃堡（Fort Belvoir），美军在弗吉尼亚的军事基地。

穿着军服，而且都有体面的讣告，因为当时美国仍然是战争中立国。意大利人还不是我们的敌人，杀死了格雷戈里和弗雷德的英国人也不是我们的盟友。我记得，可能作为美国历史上最好的画家，人们在报纸上为格雷戈里举办了告别仪式。作为第一次世界大战的一个王牌飞行员——其实不是——以及飞行员先驱，弗雷德被送去受最后的审判。

我，当然，很好奇玛丽琳后来怎么样了。她还年轻，而且我认为她仍然美丽，还有大好的机会找到比我有钱的人去照顾她。我当然没有那个条件让她属于我。部队的薪水，即便作为一个军士长也很低。军人服务社里没有圣杯出售。

• • •

我的国家终于像其他所有国家一样参战时，我被任命为中尉，在北非、西西里、英国以及法国服役，如果不是作战的话。我终于被迫在德国边境参加作战，负伤后被俘，没有开过一枪。只有这道白色的闪光。

1945 年 5 月 8 日，欧洲战争结束。我所在的俘虏营还没有被俄国人夺得。我和几百个来自英国、法国、比利时、南斯拉夫、俄罗斯、意大利（当时已经转变阵营）、加拿大、新西兰、南非、澳大利亚等国的被俘军官，以常规步伐行进，离开我们的俘虏营，进入尚未被征服的乡村地区。一天晚上，我们的看守消失了，第二天我们醒来，发现身处一个巨大的绿色山谷的边缘，那地方位于现在的东德和捷克斯洛伐克交界地带。我们的下面有多达一万人——有集中营的幸存者、奴隶劳工、从疯人院里放出来的疯子、从监狱里释放出的普通犯人、被俘的军官，以及来自跟德国作战的形形色色部队的征募来的士兵。

多么壮观啊！如果这还不足以让一个人看到后惊叹一生的话，那么听听这个：希特勒部队的最后残余势力也在那里，他们的军装虽然破破烂烂，但是他们的杀戮机器仍然严阵以待。

太难忘了！

26

我的战争结束后，我的国家，那个我只认识一个中国洗衣工的国家，全额支付了在我眼睛原来位置做的整形手术所花的费用。我痛苦吗？不，我只是感觉迷茫空虚，我开始意识到这正是弗雷德·琼斯曾有的状态。我们俩回家后谁都无事可做。

在印第安纳波利斯郊外的本杰明·哈里森堡，谁给我出了做眼睛手术的费用呢？他是个瘦削的高个小伙，很倔强但思想开明，说话朴实但又很精明。不，我说的不是圣诞老人，如今出现在圣诞节购物商场的他的形象很大程度上是根据丹·格雷戈里在 1923 年给《自由》杂志做的一幅插图画的。不。我说的是我的山姆大叔。

• • •

我说过，我跟那家医院的一个护士结婚了。我说过，我们有两个儿子，他们都不跟我说话了。他们甚至都不姓卡拉贝奇亚了。他们把自己的姓合法地改成继父的姓。继父的名字叫罗伊·斯蒂尔。

特里·基奇有一次问我为什么结婚，因为作为一个丈夫和父亲，我这方面的天赋太乏善可陈了。我只听自己说："这就是战后电影的路数。"

那次谈话，大概发生在战后五年左右。

我们两个可能躺在我为画室买的折叠床上，我们租的那个画室空间在联合广场的楼上。那个阁楼不仅成为特里·基奇工作的地方，而且也成了他的家。我自己每周则要在那里打发掉两三个晚上，因为我发现自己越来越在三个街区外的那个地下室公寓里不受待见了，我妻子和孩子们就住在那里。

• • •

我妻子有什么可抱怨的？我辞了康涅狄格通用人寿保险公司推销员的工作。大部分时间，我不仅沉溺于酒精，还醉心于用奢耐缎创作单色巨幅田野画。我已经租了一间土豆仓库，又支付了这里一栋房子的首付，当时这里还是一片荒野。

正当我身处家庭生活的噩梦中时，从意大利寄来一封挂号信，那是一个我从来没去过的国家。信上要我去趟佛罗伦萨，所有费用均有人承担，去那里为一场跟两幅画有关的官司作证，一幅乔托[1]画的，一幅马萨乔[2]画的，是美国士兵在巴黎从一个德国将军手里拿走的。两幅画转交到我的艺术家排，被编入目录，并用船运送到勒阿弗尔的一个货仓，然后装在板条箱里存起来。这位将军显然是向北撤退期间经过佛罗伦萨时从私人住宅里偷出那两幅画的。

在勒阿弗尔的装箱工作是意大利战俘做的，他们在当平民百姓时就干过这种工作。其中一个人显然想了个办法，把两幅画运到罗马的妻子那里并藏起来，战后偶尔向亲朋密友出示过。目前，这两幅画的合法主人要起诉追回。

于是，我只身去了那里，我的名字都上了报纸，因为解释了这两幅画从巴黎到勒阿弗尔走过的旅程。

• • •

但我有一个秘密，以前不曾告诉过任何人："一旦成为插画家，就永远是一个插画家！"我经常忍不住从自己的作品中寻找故事，那是用奢耐缎画成的、用彩色条带构图的、巨大又无形无状的田野。这个想法是无意中进入我头脑中的，像一段商业演唱用的白痴曲调，而且再也摆脱不掉。每块条带相当于处在某种人或低等动物核心位置的灵魂。

1　乔托（Giotto，1266—1337），意大利著名画家、建筑师，被誉为"欧洲绘画之父"。

2　马萨乔（Masaccio，1401—1428），意大利文艺复兴绘画的奠基人，第一位使用透视法的画家。

所以，无论什么时候，我卡在一块条带上画不动了，我心里这位不死的插画家的声音就会说比如这样的话："橘色条带是一个与他的伙伴们分开的北极探险家的灵魂，白色条带是一头横冲直撞的北极熊的灵魂。"

而且，这种隐秘的幻想感染并且延伸到我在真实生活中观察场景的方式上。如果我看到两个人在街角说话，我看到的不仅仅是他们的肉体和衣服，还看到他们的身体里面窄窄的垂直的彩色条纹——其实并不特别像条带，更像亮度不太强的霓虹灯管。

· · ·

在佛罗伦萨最后一天的中午时分，我回到自己住的酒店，我的信箱里有一张给我的留言条。据我所知，在整个意大利，我都没有任何朋友。留言写在很奢侈的纸上，顶端还带着贵族羽饰：

> 这个世界上不可能有那么多拉宝·卡拉贝奇亚。如果你不是那人，也不妨过来看看。我特别着迷亚美尼亚人。大家不都这样吗？你可以用你的脚来磨蹭我的地毯，磨出火花。听上去很可笑吧？带着现代艺术来！穿上绿衣服。

上面的签名是，玛丽琳，波尔托马焦雷伯爵夫人（那个矿工的女儿）。哇！

27

我在酒店立即给她打了个电话。她问我能否在一小时内过来一起喝个茶！我说完全可以。我的心像疯了般跳着！

她住的地方只有四个街区远——在一座豪华宫殿里，那座宫殿是15世纪中期时由莱昂·巴蒂斯塔·阿尔伯蒂[1]给“隐形者”英诺森·德·美第奇设计的。那是一座十字架形建筑，四翼与直径十二米的穹顶圆形大厅相接，大厅墙壁上半嵌进十八根四米五高的科林斯式圆柱。那些圆柱顶头有一圈竖立式天窗，墙上嵌着三十六个窗户。在此之上就是那个穹顶——里侧是一幅神显图，万能的上帝、耶稣、圣母玛利亚和天使们透过云层向下俯视着，是保罗·乌切洛[2]所画。水磨石地板，不知设计者是谁，但几乎可以肯定是一个威尼

1 莱昂·巴蒂斯塔·阿尔伯蒂（Leon Battista Alberti，1404—1472），意大利文艺复兴时期的建筑师、作家、哲学家，是当时的一位通才。

2 保罗·乌切洛（Paolo Uccello，1397—1475），意大利文艺复兴初期佛罗伦萨画家，师从马萨乔。

斯人，装饰着农民的背影，他们在忙于种植、收割、烹饪、烘焙、酿酒等等。

• • •

无与伦比的拉宝·卡拉贝奇亚无意在这里展示他的鉴赏力或者亚美尼亚人完整回忆的天赋——事实上，也无意展示他对米制的精熟。上述所有的信息，均出自阿尔弗雷德·A. 克诺夫出版公司出的一本叫《托斯卡纳私藏艺术珍品》的新书，文字和摄影均出自一个名叫金本苏的韩国流亡政客。按照序言的说法，这本书最初是金本苏在麻省理工学院建筑史专业的博士学位论文。他设法调查和拍摄了许多佛罗伦萨及周边地区的豪华私人住宅，这些住宅很少有学者见过，其中的艺术珍宝以前从未有外人拍摄过或者记录在任何公开出版的名录里。

出乎意料的是，在这些迄今为止仍然很难进入的私人空间中，就有"隐形者"英诺森·德·美第奇的宫殿，我本人三十七年前进入过的地方。

• • •

这座宫殿以及里面的物品，五个半世纪以来一直是私有财产，在我的朋友玛丽琳——波尔托马焦雷伯爵夫人死后，现在仍然属于私人所有。根据这本书的说法，正是玛丽琳给了金本苏和他的相机以及米制测量器具短暂拜访这个地方的机会。玛丽琳去世前两年，房产所有权已经转移给她已故丈夫最亲近的男性血亲，一个远房堂兄弟，米兰的一个汽车经销商，他很快将其卖给一个神秘的埃及人，据说该人是一个军火商。他叫什么名字？请按紧你的帽子，他名叫列奥·马米科尼扬！

世界真小！

他是瓦尔丹·马米科尼扬，那个把我的父母从巴黎诱骗到圣·伊格纳西奥的男人的儿子，另外，他还让我付出失去一只眼睛的代价。我怎么能原谅得了瓦尔丹·马米科尼扬呢？

· · ·

列奥·马米科尼扬同时把宫殿里所有的物品也买了下来，所以肯定也拥有玛丽琳收藏的抽象表现主义画家的作品，那是欧洲最好的，在世界上仅次于我的藏品。

亚美尼亚人干什么事都总是那么出色，原因何在呢？这个应该好好研究一番。

· · ·

我在必须写1950年我与玛丽琳重逢的这个节骨眼上，是怎么拥有金本苏这本无价的博士论文的？又是一个巧合，迷信的人们毫无疑问会非常当真的巧合。

两天前，被战后出现的只有上帝才知道是些什么东西的医药奇迹弄得既可爱又有点超自然警觉的寡妇伯尔曼，根据她自己的描述，走进东汉普顿的那家书店，听到一本书在说话，这本书说，我会喜欢它。于是，她就给我买了。

她根本不可能知道我马上就要写佛罗伦萨。没有人知道。她把那本书送给我，自己也没看一下内容，也不知道其中描述了我那位老女友的宫殿。

如果你把这种巧合太当真了，保准很快就会疯掉。你也许会被导向怀疑宇宙间发生着各种各样的事物，但人们还不完全理解它们。

· · ·

金博士或者本博士或者苏博士，不管姓什么，如果有姓的话，澄清了我有幸看到那座圆形建筑时产生的两个疑问。第一个疑问，穹顶内怎么会在白天时也充满自然光，原来竖立式天窗的台子上装着很多镜子——外面屋檐上还有更多镜子，用来捕捉光线，将其向上反射到穹顶。

第二个疑问是：为什么在地面环绕的圆柱之间的巨大长方形空间空白无物？任何一个艺术赞助者怎么可能会在那里留下空白？我看到那些空白的时候，那里被涂成淡淡的黄玫瑰色，有点类似奢耐缎颜料中所谓“毛伊岛黄昏”的色度。

金博士或者本博士或者苏博士解释说，那些衣着轻薄的异教诸神曾经在这些空间中寻欢作乐，还说他们已经永远消失了。他们不仅仅被掩藏在颜料涂层下面。在这个半球被白人发现[1]两年后的1494年到1531年，美第奇家族离开佛罗伦萨流放期间，众多这样的神灵还被人从墙上刮下来。那些壁画因多明我会修士吉罗拉莫·萨沃纳罗拉的坚持而惨遭破坏，他希望除掉任何异教的痕迹，他觉得这一切毒害了美第奇家族统治时期的这个城市。

那些壁画是乔瓦尼·维特利的作品，有关他，除了据说出生于比萨外，别的情况几乎一无所知。你可以假设他就是那个时代的拉宝·卡拉贝奇亚，基督徒原教旨主义就是他的奢耐缎颜料。

• • •

顺便说一句，金本苏因为成立了一个大学生联合会，该会要求改善课程设置，因而被他的故国韩国驱逐出来。

顺便说一句，吉罗拉莫·萨沃纳罗拉于1494年在那座宫殿前的广场上被处以绞刑，然后烧死。

我酷爱历史。我不知道塞莱斯特和她的朋友们为什么没有多少兴趣。

---

1 指1492年哥伦布发现新大陆。

• • •

我现在认为，在同时存有异教徒和基督教徒画像的那个时代，建造这座宫殿的圆形大厅形同文艺复兴时期制造一颗原子弹的成就。它耗资巨大，动用了那个时代众多一流的人才，以各种古怪的组合方式，把15世纪时人们所理解的宇宙最强大的力量浓缩到一个小小的空间里。

从那时起，这个宇宙肯定又走过了很长很长一段历程。

• • •

至于“隐形者”英诺森·德·美第奇，据金本苏说，他是一个银行家，我决定用当今的说法将其翻译为“高利贷者和勒索者”或者“黑帮老大”。他同时又是家族中最有钱和鲜为人知的一员。从不见有描绘他的肖像画，除了做过一尊胸像，还是小时候由雕塑家洛伦佐·吉贝尔蒂制作，十五岁时本人又砸碎了那尊胸像，把碎片扔进阿尔诺河[1]。成年后，他从不参加聚会，也不举办派对，也从不在这个城市旅行，除非乘坐能把他遮起来不让别人看见的交通工具。

他的宫殿建成后，他最信得过的几位心腹，甚至最高级别的显贵，包括他的两位做教皇的堂兄弟，除了在那个圆形大厅中，都见

1　阿尔诺河（Arno），意大利中部托斯卡纳大区的一条河流，流经佛罗伦萨。

不到他。会面时，他们必须站在大厅边上，而他独占中央位置——身穿宽大无形的修士长袍，戴一个骷髅头面具。

• • •

他在流放威尼斯期间淹死。那是在浮水圈发明之前很早的事。

• • •

玛丽琳电话里告诉我马上去她的宫殿时，她的声调，加上她坦率地说那段时间生活中没有什么男人，似乎在向我保证，也许不出两个小时，我可能会得到比我曾经得到的最伟大的爱还要大的爱——这次我可不是一个稚嫩小子，而是一个战斗英雄、浪荡子、成熟老练的世界公民！

我反过来提前预警她说，我在战斗中丢掉了一只眼睛，所以会戴着一只眼罩，还说我已经结婚，没错，不过那婚姻已经触礁了。

我还说，恐怕由于自己多年从军的经历，我把大量的时间都花在“梳掉我头发上的絮毛”[1]上了，意思是曾经有大把大把女人主动等我挑。这个古怪的俚语是一个隐喻的变体，其含义更加丰富：一个被炮击过多次的人可以说，他一直都忙着从自己的头发中梳出碎

1　原文写作“…combing pussy out of my hair”，其中pussy一词，除了指猫咪，口语中还有柔荑花序植物、女阴、作为性交对象的女人等意思。

木屑。

于是，我在一种虚荣和淫念交织不散的状态中，按约定时间到了那里。一个女仆领着我走过一条长长的笔直的走廊，来到那个圆形大厅的边缘。这位伯爵夫人的仆人都是女人——甚至包括行李员和园丁。我记得，印象中让我进去的这位，男子气十足，也很不友好——当她告诉我一进圆形大厅就站住时，又充满了十足的军人味儿。

· · ·

大厅正中心，一身至黑的丧服从脖颈拖到地板，这是在哀悼丈夫布鲁诺伯爵——玛丽琳就站在那里。

她没有戴骷髅头面具，但脸色如此苍白，在微光中如此接近自己亚麻色的头发，乃至她的脑袋看上去像是用一整根老象牙雕出来的。

我惊骇不已。

她的声音既傲慢又带着讥讽。“这么说，我背信弃义的小亚美尼亚被保护人，”她说，“我们又见面了。”

28

“我以为你又想跟我上床，我敢打赌。”她说，她的话语在穹顶内低沉地回响着——好像神灵在上方讨论什么似的。

“意外，意外，”她说，“我们今天甚至连手都不用握。”

我很不高兴又不解地摇着头。“你为什么对我这样恼怒？”我问。

“大萧条期间，”她说，“我想你是我在这个世界上唯一真正的朋友，后来我们做爱了，然后我就再也没有你的任何音讯。”

“我不相信，”我说，“你告诉我赶紧走——为了对我们俩都好。你难道忘了吗？”

“你一定非常高兴听我那样讲，”她说，“你是打定主意想走。”

“你希望我做点什么呢？”我说。

“给我个暗示，什么暗示都行，表明你在意我怎么样，”她说，“你有十四年的时间可以这样去做，可你从来没做过——连一个电话都没打过，一张明信片都没寄过，你个烂人现在又回来了：想什么呢？又想跟我上床吧。”

· · ·

“你的意思是我们本来可以继续做情人吗？”我难以置信地问道。

“情人？情人？情人？”她大声地嘲讽着我，她嘲讽情人的回声听着像头顶上激战的黑鸟发出的。

“玛丽琳从来不缺情人，”她说，“我父亲那么爱我，他天天揍我。高中时的橄榄球队员那么爱我，高三舞会后，他们强奸了我整整一夜。齐格菲尔德剧团的舞台总监那么爱我，他告诉我，我得成为他淫窝里的一员，否则就开除我，让人给我脸上泼硫酸。丹·格雷戈里那么爱我，他把我推下楼梯，因为我给你寄了昂贵的绘画材料。”

“他干什么了？”我问道。

于是，她就给我讲了我如何成为丹·格雷戈里的学徒的真实故事。

我目瞪口呆。“可是——可是他肯定喜欢我的画，不是吗？”我结结巴巴地说。

“不。”她说。

· · ·

“我是因为你才挨的那顿打，”她说，“我们做爱后，我又挨了一顿打，然后我就再也听不到你的消息了。现在，就让我们谈谈你为我干的那些好事。”

“我这辈子从来没有感觉这么羞愧过。”我说。

“好了——我来告诉你。你都为我干了些什么：你想要跟我开开心心、傻傻乎乎、惬惬意意地散步。”

“是的——”我说，“我还记得那些。”

“你经常在地毯上蹭自己的脚，然后趁我不注意的时候，在我的脖子上击一下。”她说。

“是的。”我说。

“有时我们太淘气了。”她说。

“那是我们做爱的时候。”我说。

她又恼火了。“不！不！不！你这个笨蛋！你这个无与伦比的笨蛋！”她大喊大叫，“是那个现代艺术博物馆！”

• • •

“这么说，你在战争中失去了一只眼睛。”她说。

“弗雷德也是。”我说。

“卢克雷齐娅和玛利亚也是。”她说。

“她们是谁？”我说。

“我的厨师，”她说，“和那个领你进来的女人。”

• • •

“你在战争中拿了不少勋章吧？”她说。

事实上，我干得还不赖。我有一枚带叶簇的铜星勋章，一枚因为负伤而奖励的紫心勋章，一张总统集体嘉奖，一枚士兵奖章，一枚品德优良奖章，一条欧洲非洲中东战役绶带，上面有七颗战斗之星。

我最得意的是自己的那枚“士兵奖章”，通常奖给在某种情况下，不见得必须是在战斗中，救了战友性命的战士。1941 年，我在佐治亚的本宁堡正给候补军官们讲一堂伪装技术课。我看见一个营房着火了，就发出警告，然后没顾及个人安危，两度进去救出两个已经不省人事的士兵。

营房里只有他们两个人，别人以为里面没有人。他俩一直在喝酒，不小心点着了火，因此，两人被罚干了两年苦役——外加没收所有工资，声名扫地，被开除军籍。

至于我的奖章：我只想对玛丽琳说，我认为得到这枚奖章实至名归。

顺便说一句，以前特里·基奇是那么羡慕我的士兵奖章。他有一枚银星勋章，他说一枚士兵奖章值十枚银星勋章。

• • •

“不管什么时候，我看到戴勋章的人，”玛丽琳说，“我就想哭，想拥抱他，然后说：‘噢，你这可怜的孩子——你经历了多少可怕的事，只为女人和孩子能够安然地待在家里。’”

她说，她过去经常想走到墨索里尼的跟前，他有那么多勋章，盖满了束腰外衣的两侧，直到皮带，我想对他说：“经历过这一切后，你身上还会剩下什么？”

然后，她提起我在电话里跟她讲的那句不雅的话：“你说战争中你经常‘从头发中梳出絮毛’吗？”

我说很抱歉那样讲，我是那样干过。

“我以前可从来没有听说过这样的讲法，”她说，“我得猜那是什么意思。”

“就忘了我说过这句话吧。”我说。

“你想知道我猜的意思吗？我猜，不管你走到哪儿，都有女人为了吃的，或者为了保护自己、孩子和老人，什么都愿意做，因为年轻人都死了或者走了，”她说，“我差不多猜对了吗？”

“哦，天哪，天哪，天哪！”我说。

“怎么了，拉宝？”她说。

“你猜得丝毫不差。”我说。

• • •

“不难猜中，”她说，“战争的全部目的就是让各地的女人陷入这样的境地。男人总是在对抗女人，而男人只是假装在互相战斗。”

“他们有时会装得非常努力。”我说。

“他们知道，装得最努力的那些人，”她说，“事后照片会上报纸，还会得各种勋章。”

· · ·

“你的腿装了条假肢吗？”她说。

“没有。”我说。

“卢克雷齐娅，领你进来的那个女人，一条腿没了，又失去了一只眼睛。我以为你也可能丢了一条腿。”

“没这么幸运。”我说。

“嗯——”她说，“一天清早，她穿过一片草地，拿着两颗珍贵的鸡蛋去送给一个邻居，头天晚上，邻居刚生了一个孩子。她踩在一个地雷上。我们都不知道该由哪支部队负责。我们了解性别。只有男性才会设计并埋下一个那么狡猾的装置。你离开前，也许可以说服卢克雷齐娅给你看看她获得的所有勋章。”

她又补充了一句：“女人都太没用了，太缺乏想象力，不是吗？她们能想到的在地里种的东西不过是些好看或者可以食用的东西的种子。她们能想到的朝什么人投掷的东西不过是一只球或者新娘的鲜花。”

我疲惫不堪地说：“好了，玛丽琳——你已经把自己的观点说得很清楚了，我这辈子从来没有感觉这么糟糕过。我只希望阿尔诺河足够深，深到可以淹没我。我可以回我的酒店了吗？”

“不行，”她说，“我想，我已经把你挤对到颜面扫地，这正是男人试图强加于女人的自尊水平。如果我做到了的话，我非常希望你能留下来喝杯我答应过你的茶。谁知道呢？我们甚至可能再做朋友。”

29

玛丽琳领我走进一个小巧又舒适的书房，她说，这地方以前是用来存放自己已故丈夫数量众多的男同性恋色情作品的地方。我问她那些书后来怎么了，她说，卖了个好价钱，她把钱分给了仆人们——所有那些因为战争而遭受过这样那样严重伤害的人。

我们坐在又厚又软的椅子上，面对面，中间隔一张咖啡桌。她眯起眼深情地看着我，然后说："好了，好了，好了，我年轻的被保护人——怎么样？好久不见了。婚姻已经触礁了，你说的？"

"实在抱歉那样讲，"我说，"我为自己说的一切感到不好意思。我感觉累极了。"

正在那个时候，一个女人过来给我们斟茶，上小蛋糕，在她应该长手的地方装了两个钢钳。玛丽琳用意大利语对她说了句什么，她大笑起来。

“你跟她说什么了？”我问。

“我说你的婚姻触礁了。”她说。

装着钢钳手的女人又用意大利语对她说了句什么，我请求翻译出来。

“她说你下回应该嫁个男人。”玛丽琳说。

“她丈夫把她的两只手按进沸水里，”玛丽琳说，“想让她告诉他，在他外出打仗期间，她的情人们都是谁。他们先是德国人，后来又是美国人，顺便说一句，她的手生了坏疽。”

• • •

玛丽琳那间舒适的书房壁炉上方就是那幅我之前提到的丹·格雷戈里风格的画，佛罗伦萨人民送给她的一件礼物：画的是她已故丈夫布鲁诺伯爵面对行刑队时拒绝蒙面的情景。她说，真实情况不完全是那样，但从来没有发生过这种情况。于是我问她如何成为伯爵夫人，拥有这座美丽的宫殿，以及北方大片富饶的田庄，等等，这一切是怎么回事。

玛丽琳说，她和格雷戈里、弗雷德·琼斯到意大利后，美国还没有卷进战争，没有对意大利、德国和日本宣战。他们被当作大名人受到款待。对墨索里尼来说，他们代表着宣传上的胜利。“‘美国还在世的最伟大的艺术家、最伟大的飞行员，以及无与伦比的美丽的天才女演员玛丽琳·凯普’，他这样称呼我们，”玛丽琳说，“他说，我们三位过来参与意大利精神、物质和经济的奇迹，意大利将成为未来几千年的世界楷模。”

这三个人的宣传价值简直太大了，在报刊以及各种社交活动中，玛丽琳受到一个真正的著名演员才配享受的尊重。“忽然间，我再也不是一个傻乎乎的放浪女子，”她说，“我成了那位新罗马皇帝皇冠上的宝石。我得说，连格雷戈里和弗雷德都感到困惑不解。在公众场合，他们别无选择，只有对我尊敬有加，我也觉得很好玩。当然，这个国家对金发女郎非常着迷，所以，不管什么时候，只要我们入场，我都是第一个走进去——他们作为我的随从跟在后面。”

“而且不知什么原因，我学起意大利语来容易极了，”她说，“我很快就讲得比格雷戈里还好，早在纽约的时候，他就上过意大利语的课程，至于弗雷德，当然了，压根就没学过意大利语。”

• • •

弗雷德和格雷戈里死后在意大利成了英雄，他们或多或少是为意大利的事业而战死的。玛丽琳的名气持续的时间要比他们长久得多——作为一个既漂亮又有魅力的提醒者，让人们不忘他们两位崇高的牺牲，以及想当然地以为众多美国人对墨索里尼钦佩得很。

顺便说一下，我们重逢时，玛丽琳绝对依然漂亮，甚至不化妆，穿着丧服也很美。经历过那一切之后，她本应该变成一个老妇人，而她只有四十三岁。她还有三分之一世纪的活头!

另外，我说过，她将成为欧洲最大的索尼分销商。这个老少女身上还有生命的活力！

伯爵夫人当然也是走在她的时代前列的，相信男人不仅无用、愚蠢，而且还极其危险。直到越南战争的最后三年，这种想法才在她的祖国流行起来。

• • •

丹·格雷戈里死后，她在罗马的固定护卫者成了墨索里尼手下在牛津受过教育、未婚、英俊的文化部长布鲁诺·波尔托马焦雷伯爵。他立刻跟玛丽琳解释说，他们不可能会有肉体关系，因为从性的角度而言，他只对男人和男孩感兴趣。这样一种癖好，如果付诸行动，在那时将获死罪，但布鲁诺伯爵感到非常安全，无论他的行为举止可能多么离谱。他坚信墨索里尼会保护他，因为他是墨索里尼政府中唯一接受高位的旧贵族成员。事实上，他沉溺于在这位狂妄自大的独裁者穿着高腰靴的脚下大唱赞歌。

"他绝对是一头傻驴。"玛丽琳说。她说人们嘲笑他怯懦、虚荣和女里女气。

"他还是，"玛丽琳补充道，"英国驻意大利情报机构完美无瑕的头目。"

• • •

格雷戈里和弗雷德被打死后，美国还没有卷入战争前，玛丽琳成为罗马备受敬慕的人。她跟这位伯爵一起购物，跳舞，跳舞，不停地跳舞，日子过得舒服极了，而伯爵又喜欢听她讲话，永远都是完美的绅士。她的愿望就是他的吩咐，他永远不伤害她的身体，永远都不要求她做这做那，直到一天晚上，他告诉她，墨索里尼本人亲口命令他娶她！

"他有很多敌人，"玛丽琳说，"他们一直跟墨索里尼说他是个同性恋，而且还是英国间谍。墨索里尼当然知道他爱男人和男孩，但从不认为一个那么蠢的男人有胆量或者机智去当间谍。"

当墨索里尼命令他的文化部长借迎娶玛丽琳来证明他不是同性恋时，还交给他一份文件让玛丽琳签字。这份文件的设计初衷是安抚那些老贵族，对他们来说，一个美国浪荡女继承古老的房产是无法忍受的。这份文件规定，若伯爵死亡，玛丽琳将终生拥有他的财产，但无权将其出卖或者遗留给其他任何人。她死的时候，财产转移到伯爵最亲近的男性亲属手中，此人，我说过，原来是米兰的一个汽车经销商。

第二天，日本人在珍珠港发起的一次突袭击沉了美国大部分军舰，让这个仍然奉行和平、反对军国主义的国家别无选择，只有宣战，不仅向日本，也向日本的盟友德国和意大利宣战。

• • •

不过甚至在珍珠港事件之前，玛丽琳就告诉这个唯一提出跟她结婚的男人，而且他那时还是一个有钱的贵族，说不行，她不会嫁给他。玛丽琳感谢他给了自己以前根本不知道的幸福。她说，他的求婚提议和附加的文件唤醒了她，认为那可能只是一场梦，还说她该回美国了，回去后她要试着跟真正的自己打交道，尽管她在那里连一个家都没有。

可是接着，第二天早晨，虽然还处在即将回国的高度兴奋中，玛丽琳发现了罗马的精神气候——尽管真正的太阳在明媚地照耀着，真正的乌云也还在别处——又黑又冷，这是她在佛罗伦萨对我形容的："就像午夜时分的大雨和雨夹雪。"

• • •

那天早上，玛丽琳在收音机里听到了有关珍珠港的消息。一条新闻讲到大约有七千名美国公民生活在意大利。美国大使馆，当时还开放着，从技术上讲仍然跟意大利相安无事，宣布说正在制订运输计划，让尽可能多的人，尽可能快地返回美国。意大利政府回应说，将在自己职权范围内，提供一切方便，帮助他们离境，但真的没有理由来场大撤离，因为意大利和美国有着亲密的共同的血缘关系和历史纽带，这个纽带不能为了满足犹太人和共产主义者以及腐朽的大英帝国的要求而遭到破坏。

玛丽琳的私人女仆进来了，例行告知说有个工人什么的想跟她谈谈卧室里老旧的煤气管道可能存在泄漏的问题。这人身穿工装，提着一个工具箱。他这里敲敲墙，那里嗅嗅味，用意大利语自言自语着。后来，确定只有他们两个人单独在一起的时候，他开始用美国中西部的英语柔和地跟她攀谈起来，但仍然面对着墙壁。

此人说他来自美国战争部，那是国防部以前的说法。我们那时没有独立的间谍组织。他说，他不知道她对民主或者法西斯主义有何深切感受，但他有责任请她为了他们国家的利益继续留在意大利，继续讨好墨索里尼政府。

根据玛丽琳的说法，她平生第一次思考了一下民主和法西斯主义这些概念。她觉得民主听起来更好。

“我为什么应该留在这里干这种事？”她问道。

“你迟早可能会听到某些我们非常感兴趣的事情，”他说，“你的国家迟早可能会利用你，或者可能永远不会。”

她对那人说，整个世界突然间好像疯狂了。

他说，没有什么是突然的，这个世界变成一座监狱或者疯人院，不是一两天的事了。

作为一个自己看到的突然疯狂的例子，她告诉这人墨索里尼命令他的文化部长跟她结婚。

按照玛丽琳的说法，这人回答道：“如果你心中有颗爱美国的原子，你就会跟他结婚。”

就这样，一个矿工的女儿成了波尔托马焦雷伯爵夫人。

30

直到战争结束，玛丽琳才知道丈夫是英国间谍。她也以为丈夫是一个懦夫、傻子，但原谅了他，因为他们一起生活得很幸福，他对她那么好。“他总有最有趣、体贴和奉承的话对我讲。他真的喜欢我的陪伴。我们俩都喜欢跳舞，跳舞。”

就这样，我的生活中又出现了一个对跳舞疯魔的女人，只要别人跳得好，她就会跟他们去跳。

“你从来没有跟丹·格雷戈里跳过。”我说。

“他不想跳，”玛丽琳说，“你也不想跳。”

“我不会，”我说，“我从来没跳过舞。”

“不管谁，只要想跳就会跳。”她说。

• • •

玛丽琳说，她丈夫是个英国间谍的新闻在她心中几乎没有产生任何波澜。“他有适合各种场合穿的各种制服，我从不关心其中任何一件应该意味着什么。那些衣服上缀满了各种徽章，我根本就不想费神去破解它们的含义，我从不问：‘布鲁诺，你的这枚勋章是因为什么得的？你袖子上的那只鹰是什么意思？你领口上的那两个十字是什么东西？’所以，当他告诉我他是英国间谍时，那不过意味着多了些战争的劣质首饰而已。那已经几乎跟我或者跟他没关系了。”

玛丽琳说，他被枪毙后，自己满以为会有一种可怕的空虚感，但却没有。后来她明白了，她真正的生活伙伴和帮手是那些意大利人。“无论我去哪里，他们跟我讲话都那么亲热，拉宝，反过来，我也喜欢他们，根本不在乎他们戴的是什么劣质首饰！”

“我像在家里一样，拉宝，”她说，“如果不是因为丹·格雷戈里的疯狂，我永远去不了那里。感谢从莫斯科来的一个亚美尼亚人脑子里松掉的那些螺丝，我像回到家了，我像回到家了。”

• • •

“现在告诉我，你这些年都干了什么？”她说。

“不知为什么，我发现自己惊人地无聊。”我说。

“噢，得了，得了，得了，”她说，“你失去了一只眼睛，你结婚了，你生了两个孩子，你说你又开始画画了。人生还能怎么多变呢？”

我心想，是发生了些事，但自从我们很久以前在圣·帕特里克日做过爱后，肯定很少有让我既自豪又快乐的事。我有些老兵的故事，曾在雪松酒馆跟我的酒友们讲过，所以我就给她讲了那些故事。她有过自己的生活。我攒了好多故事。她回家了。家是我永远不曾奢望的地方。

· · ·

老兵故事一："巴黎被解放的那段时间，"我说，"我去找巴勃罗·毕加索，丹·格雷戈里心中的撒旦——想确认他一切安好。"我说。

"他把门打开一条缝，里面横挂着一条铁链，他说自己很忙，不想被打扰。你还能听到在几个街区外的地方枪声大作。然后他又关上门锁上。"

玛丽琳大笑着说："也许他知道所有我们主人和师父经常讲的关于他的那些可怕的话。"她说，如果她知道我还活着，她会把一本意大利杂志上的一幅画保存下来，那幅画只有她和我才能真正欣赏得来。那是毕加索的拼贴画，是从一张美国香烟广告的张贴画上剪下来制作的。他把那张广告画重新组合，本来画的是三个牛仔在夜晚的一堆篝火旁吸烟，他组合成一只猫。

世上所有的艺术专家中，很可能只有我和玛丽琳能够识别出这张破碎的广告画的作者是谁。

这种小伎俩算什么呢？

• • •

“所以，这恐怕是毕加索对历史上最受欢迎的美国艺术家唯一略加关注的片刻。”我推测道。

“也许吧。”她说。

• • •

老兵故事二：“离战争结束仅有几个月的时候，我被俘了，”我说，“我被弄到一家医院里草草治疗了一番，然后就被打发到德累斯顿南边的一个营地，其实那里连吃的都没了。德国人留下的一切都被吃光了。所以，我们全都变得越来越瘦，除了那个我们推选出来均分食物的人。

“一次都没看到他给自己东西吃。我们看到食物送来了，然后，在我们所有人的注视下，他把食物分了。尽管如此，他还保持着外表圆润、心满意足的样子，而我们其他人则瘦成了皮包骨头。

“他漫不经心地吃掉落在桌面上的碎屑，粘在他的刀子和长柄勺上的碎屑和汤水。”

顺便说一句，同样貌似无辜的现象可以解释我海滨附近很多邻居发家致富的原因。他们掌控着这个普遍破产的国家类似残汤剩菜这样的财富，因为他们如此值得信赖。其中哪怕很小的一点，都必然会试图从他们忙碌的手指和工具中找到门路进入他们的嘴巴。

• • •

老兵故事三：“5 月的一天晚上，”我说，“我们从营地撤出来往乡下进发。凌晨三点左右，我们停下来，然后被告知尽我们所能在星空下露宿。

“太阳升起我们醒来时，看守卫兵都走了，我们发现来到一条山谷的边缘，靠近一个古代石头瞭望塔遗址。我们下方，在那片无辜的农田里集中了成千上万的人，他们像我们一样被看守带过来，如同垃圾般倾倒在那里。其中不仅有战俘，还有从集中营和工厂驱逐出来的，在那种地方他们就是奴隶，还有从关押普通人的监狱、从疯人院出来的人。他们想让我们出来后尽量远离城市，在城市我们可能会制造麻烦。

“那里还有大量平民，他们跑啊跑，从俄国人的前线，或者从美国人和英国人的前线跑过来。那些前线其实已经在我们的北边和南边相交了。

“还有几百个穿德国军装的人，他们的武器还井然有序地严阵以待，但现在人已经很温顺，等待着任何接受他们投降的人。”

“真是和平王国。”玛丽琳说。

• • •

我把话题从战争转到和平。我告诉玛丽琳，中断了很长时间后，我又重新回归艺术，而且，连我自己都感到惊讶的是，我又成了一个严肃绘画的创作者，那些以前世人从未见过的画，会让丹·格雷戈里在埃及他那英雄的坟墓里辗转反侧。

她假装害怕地表示反对。“噢，求求你了——别再搞艺术了，”她说，“艺术就是一片泥淖，只要我活着就永远走不出来。”

但是，当我跟她说纽约城我们那个小团伙的情况时，她却全神贯注听着，我们的画各不相同，但有一样是相同的：它们除了是画本身外，别的什么都不是。

我讲完这一切时，她叹了口气，然后摇了摇头。“这是一个画家在画布上可以想象到的最不可能做的事了，所以你们做了，”她说，“那个‘结束篇’就留给美国人去写吧。”

“我希望我们正在做的不是这件事。”我说。

“我非常希望你们正在做的就是这件事，”她说，“在这个星球上，男人们对女人和孩子干了所有那些事，以及其他根本无力防卫的事后，该是时候了，不仅每张画，而且包括男人创作的每支音乐，每尊雕塑，每部戏，每首诗，每本书，都应该这样说：‘对这个美好的地方而言，我们实在太可怕了。我们放弃吧。我们放手吧。该结束了。’”

• • •

玛丽琳说，我们的不期而遇对她来说是件幸事，因为她觉得我可能带来了对一个困扰她多年的所谓内部装饰问题的解决办法，比如：她应该在圆形大厅的圆柱之间傻里傻气的空白处挂上什么样的画，如果有这样的画的话？“我想在这个地方，在我拥有它期间，留下某种印记，”她说，“这个圆形大厅似乎就是适合做这件事的地方。”

“我想雇些妇女和孩子来画壁画，画上死亡集中营、广岛核爆、地雷埋设，可能还包括古时候火烧女巫、用基督徒喂养野兽之类的内容，”她说，“可是我想那种东西，在某种程度上，只会唆使男人变得甚至更具破坏性，更加残忍，会让他们想：‘哈，我们像神灵一样强大有力！没有任何东西可以阻止我们去做那些最可怕的事，好像最可怕的事就是我们选择要做的。’

“所以，你的想法更好，拉宝。让男人们走进我的圆形大厅，不管目光触及哪里，都不要让他们受到怂恿。让这些墙壁高喊：‘该结束了！该结束了！’”

• • •

于是，美国抽象表现主义绘画的第二次伟大收藏就这样开始了——第一次是我自己的收藏，为此花掉的钱让我、妻子和孩子沦为贫民。没有别的任何人出任何价钱想要那些画！

玛丽琳没有过目就订购了其中的十张画——由我挑选，每张一千美元！

“你这是开玩笑吧！”我说。

“波尔托马焦雷伯爵夫人从不开玩笑，”她说，“我跟住在这里的任何人一样高贵富有，所以你照我说的去办就是了。”

我照办了。

• • •

玛丽琳问我们这帮人给自己的小团伙取了什么名字没有。我说没有。最终给我们命名的将是评论家。她说，我们应该称自己为“创世帮”，因为我们这是直接回到初始，连题材都还没被创造出来的那个初始。

我觉得这个主意不错，心想等我回家后试着把这个贩卖给其他几位，但不知怎么这个名字从来没有被叫开过。

• • •

我和玛丽琳谈了几个小时，直到外面天色已黑。终于，她说：“我想你最好现在就走。”

“听着像十四年前你在圣·帕特里克日那天对我讲的话。”我说。

“我希望这次你不要这么快就忘了我。”她说。

“永远不会。”我说。

“你忘了担心我。”她说。

“我向你发誓，伯爵夫人，”我说，然后站起来，“我永远不会那样了。”

这是我们最后一次见面。不过，其间我们互相写了几封信。我从这里保存的档案中翻出过一封她的信。日期是我们重逢三年后，1953 年 6 月 7 日，信上说，我们最后还是画不出“无物”，还说她总是很容易就从每块画布上辨识出种种混乱。当然这是个令人开心的玩笑。“把这个告诉创世帮的其他几位吧。”她说。

我用电报回复了那封信，并且还留了一张底稿。“即使是混乱都不该出现，”电报上说，“我们会过来把它涂掉。我们的脸红了。圣 · 帕特里克日。”

• • •

当前简报：保罗 · 斯莱辛格主动把自己托付给在河头的退伍军人管理局医院的精神科病房。对于他身体中倒进血液循环里的那些有害的化学物质，我实在不知道该怎么办好。他开始成了一个在自己看来都是疯子的人。伯尔曼太太很高兴看到他离开这里。

他最好应该由他的山姆大叔来照顾。

31

在所有令我要感到羞愧的事情中，最困扰我这颗苍老之心的是，作为那位善良、勇敢的多萝西的丈夫，我是多么失败，以及随之而来的我的骨肉亨利和特里跟我——他们的爸爸的疏远。

在审判日的那本大书里，在拉宝·卡拉贝奇亚这个名字后面，会看到写上什么呢？

“战士：优秀。

“丈夫和父亲：一塌糊涂。

“严肃艺术家：乏善可陈。”

• • •

我从佛罗伦萨回家后，有着惨痛的代价要付出。善良勇敢的多萝西和两个男孩都得上了一种新型流感，又一个战后奇迹。一位医生已给他们看过病，还会再来，楼上一个女人在给他们喂吃的。大家一致认为，在多萝西重新站起来之前我只会碍事，还说我应该在我和特里 · 基奇租的那个联合广场上头的工作室里打发几个晚上。

如果让我离开一百年，那我们该会有多妙啊！

“走之前我想告诉你，我有些真正的好消息。”我说。

“我们不用搬到那幢偏僻荒凉的房子了吗？”她说。

“不是这个消息，”我说，“你和孩子会喜欢那里的环境，有海洋，还有充足的新鲜空气。”

“什么人在外面给了你一份稳定工作？”她说。

“不是。”我说。

“但是你得去找一份这样的工作啊，”她说，“你得去拿你的工商管理的学位啊，我们已经在那上面付出那么多了，你要上门去求职，直到有个体面的商务公司录用你，这样我们才会有稳定的收入。”

“亲爱的，听我讲，”我说，“我在佛罗伦萨期间卖掉了价值一万美元的画。”

我们的地下室公寓就像一间剧院的布景储藏室，里面放了很多巨型画布——那都是我作为代替债务偿还收下的。所以，她又开了一个玩笑。“那么你这是要在监狱里终老了，”她说，“因为我们这儿甚至连价值三美元的画都没有。”

我弄得她这样不高兴，她都培养出一种幽默感来了，我没跟她结婚的时候，肯定没有那种幽默感的。

• • •

“你应该三十四岁了吧。”多萝西说。她自己才二十三！

“我是三十四了。”我说。

“那做事就得有个三十四的样子，”她说，“得像个有妻子、有家庭的男人，自己快奔四了都还不知道，再说除了给百货店送货或者灌气，不会有人再给你一份其他工作的。”

“那样说真的就像命悬一线，是吗？”我说。

“不是我让命悬一线的，”她说，“是生活让那样命悬一线的，拉宝！我嫁的这个人怎么了？我们曾对那么理智的生活制定过多么理智的规划。然后你就碰到了这些人——这些流浪汉。”

“我一直都想做个画家。”我说。

“但你从来没有跟我讲过。”她说。

“当时我觉得那是不可能的，”我说，“现在我要做了。”

“太晚了——对一个有家室的男人来说也太冒险了。醒醒吧！”她说，“为什么你有这么好端端的家，就不能开开心心地过日子呢？别人都这样啊。”

“我再告诉你一遍：我在佛罗伦萨卖掉了价值一万美元的画。”我说。

“那会跟别的一切一样泡汤的。”她说。

“如果你爱我，你就应该对我作为一个画家多些信心。”我说。

“我爱你，但我讨厌你那些朋友和那些画，”她说，“如果这样下去的话，我为我和我的孩子们感到害怕。战争已经结束了，拉宝！”

“这是什么意思？”我说。

“你不必去干那些疯疯癫癫的事、伟大的事、危险的事，那些事情是没机会干成的，”她说，“你已经拿到了别人想拿的所有勋章。你用不着征服法兰西。”最后这句话是针对我们那句华而不实的大话说的，我们声称要让纽约而不是巴黎成为世界艺术之都。

“人家是站在我们这边的，对吗？”她说，“你干吗非要去征服人家？他们把你怎么了？”

她那样质问我的时候，我已经走出屋子，所以为了结束这场谈话，她只好像毕加索对待我那样，关上大门，然后锁上。

我能听到她在里面哭泣。可怜的人啊！可怜的人！

• • •

那是下午晚些时候。我提上行李箱去我和基奇的工作室。基奇在他的折叠床上睡着了。弄醒他之前，我看了看我不在期间他都干了些什么。他把自己所有的画用象牙柄的剃须刀割得破破烂烂的，那把剃刀是从他祖父那里传下来的，这位祖父曾做过纽约中央铁路公司的总裁。“艺术界”当然没有因为他的所作所为而变得更穷。我有个明显的想法：“他同时没有割自己的手腕真是个奇迹。”

睡在这里的这位魁梧的盎格鲁-撒克逊人是个十足的美男子，

像弗雷德·琼斯一样可以给丹·格雷戈里画的一篇小说的插图当模特，那篇小说讲的是一个理想化的美国英雄。每当我和他一起去什么地方，我们还真看起来像琼斯和格雷戈里。不仅如此，基奇对我尊敬有加，也像弗雷德对待格雷戈里那样，这太荒谬了！弗雷德是个真诚朴实、傻里傻气、温柔顺从的呆子，而睡在这里的我的好兄弟毕业于耶鲁法学院，本来可以成为职业钢琴师，或者网球运动员，或者高尔夫球手。

他继承了一个天才的世界，连同那把剃刀。他父亲是个一流的大提琴手、象棋手和园艺师，又是一个公司的法律顾问，以及为黑人争取民权的先驱。

我这位酣睡的兄弟在部队的军衔也比我高，他是伞兵部队的中校，而且在英勇事迹方面也超过我！但是他却选择了敬畏我，因为我能做一件他做不了的事，那就是我能把自己眼睛看到的任何东西都画得惟妙惟肖。

至于我自己在那间工作室里的作品，那些巨大的彩色田野，我在它面前可以如痴如醉地站立几个小时：那些东西意味着*初始*。我希望它们变得越来越复杂，随着我缓慢但有把握地接近那些早已机敏地逃避开我的东西：灵魂，灵魂，灵魂。

• • •

我摇醒他，说我要在雪松酒馆请他吃早晚饭。我没有告诉他我在佛罗伦萨做成一笔大买卖，因为他没法掺和进来。他不会手握喷枪超过两天。

顺便说一句，波尔托马焦雷伯爵夫人死的时候，她的藏品中将包括特里·基奇的作品《十六号》。

• • •

“早晚饭”也有早点喝酒的意思。酒馆靠里面已经有三个画家坐在已经变成我们的固定桌子的旁边了。我会把他们叫作画家 X、Y、Z。另外，为了避免我给渴望听到第一批抽象表现主义画家是一帮酒鬼和野人的市侩们提供支持和安慰，请允许我说说那三个人不是谁。

他们不是，重复一遍，不是：威廉·巴齐奥蒂、詹姆斯·布鲁克斯、威廉·德·库宁、阿希尔·戈尔基（此人那时已经死了）、阿道夫·戈特利布、菲利普·加斯顿、汉斯·霍夫曼、巴内特·纽曼、杰克逊·波洛克、艾德·莱因哈特、马克·罗斯科、克莱福特·斯蒂尔、悉德·所罗门或者布拉德利·沃克·汤姆林。

那天晚上波洛克将出现，没问题，但他会滴酒不沾。他将一言不发，并且很快又将回家。据我们所知，那里有个人根本不是画家。他是个裁缝，名叫伊萨多·芬克尔斯坦。他的店铺就在酒馆上边。酒过数巡，他开始跟其他人一样高谈阔论起绘画来。他说，他祖父以前是维也纳的一个裁缝，第一次世界大战前曾给古斯塔夫·克利姆特[1]做过几套衣服。

我们聊开这个话题：为什么，尽管给我们举办过展览，而且那些展览还让某些评论家激动不已，而且还激发《生活》杂志发表了一篇写波洛克的大稿，但我们仍然无法在任何很近的地方生活下去。

我们下结论认为，那是因为我们的衣着和打扮拖了后腿。这当然是个笑话。我们说的任何东西都像笑话。我至今不明白为什么才过了六年多，对波洛克和基奇来说，事情怎么就变得如此残酷严峻。

• • •

斯莱辛格也在场。我就是在那里遇到他的。他正在为一本写画家的小说收集素材——那是他没有动笔的十几本小说中的一本。

我记得，那天晚上快结束的时候，他对我说："我就是不明白，你们这些家伙多么有激情，但又一点儿也不严肃。"

"有关人生的一切都是玩笑，"我说，"难道你不知道吗？"

"不知道。"他说。

1　古斯塔夫·克利姆特（Gustav Klimt，1862—1918），奥地利画家，维也纳分离派奠基人，绘画追求装饰效果。

• • •

芬克尔斯坦宣称自己渴望解决任何人觉得自己可能存在的衣着问题。只要很小的一笔定金，加上一个可行的分期付款方案，他就愿意来做这件事。所以，我知道，接下来的事是，我和画家X、Y、Z以及基奇都上楼来到芬克尔斯坦的店里去量尺寸。波洛克和斯莱辛格也跟了上来，但只做旁观者。别的人没有半毛钱，所以，实际上，我用佛罗伦萨之行剩下的旅行支票替每个人付了定金。

顺便说一句，画家X、Y、Z，第二天下午将用几张画偿还我出的钱。画家X有一把我们公寓的钥匙，那是我给他的，他因烧了自己的床而被人从他住的廉价旅馆踢了出来。所以，他和另外两个人在可怜的多萝西还来不及自卫的时候就已经把他们的画送过来又走了。

• • •

芬克尔斯坦裁缝是那场战争中货真价实的杀手，基奇也是。我根本算不上。

芬克尔斯坦是巴顿第三军的坦克手。他为我量尺寸时，顺便说一句，那件衣服我至今还保留着，他满嘴含着针告诉我，欧洲战争结束前两天，他的坦克履带被一个男孩用火箭筒炸掉。

他们射杀了那人后，才意识到他还是个孩子。

• • •

还有个惊人的意外：芬克尔斯坦三年后中风而死，我们大家在财务上开始变得好起来时，才发现他一直都是一个隐蔽的画家！

他年轻的遗孀瑞秋，看着很像西尔塞·伯尔曼，我现在才想起这事来，在裁缝店永远关闭前在店里给他举办了一场个人画展。他的作品没有多大雄心，但很扎实：他尽量画得更具形象性，很像他同辈的战争英雄温斯顿·丘吉尔和德怀特·戴维·艾森豪威尔曾经画的风格。

像他们一样，他很享受画画的感觉。像他们一样，他也欣赏真实。这就是那位已故画家伊萨多·芬克尔斯坦。

• • •

量完尺寸后，我们回到楼下酒馆，又吃了些东西，喝了些酒，谈了会儿话，大家不停地说啊说，有个看上去很有钱很尊贵的绅士，大约六十岁的样子，参加到我们的谈话中来。我以前没见过他，而且据我所知，其他人也没见过。

“我听说你们是画家，”他说，“你们介意我坐在这里听听吗？”他坐在我和波洛克之间，桌子对面是特里。

“我们大多数是画家。”我说。我们不想对他粗鲁无礼。他很可能是个艺术收藏家，说不定是一个重要博物馆的董事会成员。我们知道所有的评论家和买家都长什么样。显然，他太真诚了，不适合参与到那些卑鄙交易的任何一方中去。

“你们大多数是画家，”他又重复了一遍，“啊哈！那么对你们来说，告诉我谁不是画家就是件最简单不过的事了。”

芬克尔斯坦和斯莱辛格自觉表明了自己的身份。

“噢——猜错了，”他说，他挑出了基奇，“我以为他也不是画家，”他说，“尽管穿着粗糙的衣服。他也许是个音乐家或者律师，也许是个职业运动员。一个画家？他真的骗过我了。”

他肯定是个具有超常洞察力的人，我想，对特里的真实情况如数家珍！是的，他一直把注意力锁定在特里身上，好像在读他的心思。为什么他会被一个还没画出一张画的特里，而不是被波洛克迷住？波洛克的作品已经引起巨大争议，而且就坐在他旁边。

他问基奇是否可能参加过战争。

基奇说是的。他没有细细道来。

“那跟你决定当一个画家有关系吗？”这位老绅士问道。

“没有。”基奇说。

斯莱辛格随后对我说，他认为战争让基奇觉得尴尬，以前他多么幸运啊，轻而易举就学会了钢琴，轻而易举就读完最好的学校，轻而易举就在几乎任何运动项目上打败别人，轻而易举就成为一名中校，根本就没用多少时间，等等。“为了亲自学些现实生活里的东西，”斯莱辛格说，“他选择了一个为数很少让他不由自主沦为毫无希望的拙劣之徒的领域。”

基奇对他的质疑者如此说：“绘画就是我的珠穆朗玛峰。”

当时，珠穆朗玛峰还没被人攀登过呢。直到 1953 年才有人登顶，就在同一年，芬克尔斯坦被安葬并举办了他的个展。

老绅士往后一仰，好像对这个回答很满意。

但是在我看来，他接下来的提问太过私人化了，他问基奇财务是否独立，或者在进行如此艰辛的攀登期间，家里是否在支持他。我知道，如果基奇活得比他父母长久的话，他会成为一个非常有钱的人；知道他父母拒绝给他一分钱，希望逼迫他去从事法律工作或者进入政界，或者在华尔街找份工作，在那种地方，成功绝对可期。

我觉得那不关老绅士的事，我希望基奇这样告诉他。但基奇却全都告诉他了——他回答完后的表情说明，他早已准备好回答另一个问题了，不管这个问题是什么。

第二个问题来了："你肯定结婚了吧？"

"没有。"基奇说。

"可是你喜欢女人吗？"老绅士问。

他这是在向战争结束前这个星球上最厉害的淫棍之一提这个问题。

"我人生到了这个时候，先生，"基奇说，"我对女人来说是浪费时间，女人对我来说也是浪费时间。"

老人站起来。"很感谢你能对我这么坦诚又彬彬有礼。"他说。

"我尽力而为。"基奇说。

老人走了。我们开始猜测他是什么人，可能做什么工作。我记得芬克尔斯坦说，不管他是什么人，他穿的衣服出自英国。

• • •

我说，明天我要借或者租辆车——把房子里的东西从这里搬过去，给家人做准备。我还想再看一眼我租的土豆仓库。

基奇问，他能不能一起去，我说："没问题。"

那台喷绘设备就这样在蒙托克等着他。说来这就是命运！

• • •

那天晚上，我们在折叠床上倒头睡着之前，我问他是否略微知道点那位不厌其烦向他提问的老绅士可能会是什么人。

"我来做个绝对疯狂的猜测。"他说。

"是什么？"我说。

"我可能猜错了，可我就觉得那是我父亲，"他说，"看着像爸爸，听着像爸爸，穿着像爸爸，开的每个玩笑都像爸爸。我像只鹰般观察着他，拉宝，我对自己说，这要么是一个聪明的模仿者，要么就是养育我的父亲。你那么聪明，是我最好也是唯一的朋友。告诉我：如果他只是我父亲的一个出色模仿者，他可能在玩什么游戏？"

32

最终，为那次我和基奇命中注定的短暂的外出活动，我租了一辆卡车而不是小轿车。说来这就是命运：如果我不是租了一辆卡车，基奇现在可能就在搞法律，因为我们没办法把那个喷绘设备放进一个封闭的小轿车里，那种我本来想租的小车。

天知道，每隔一阵子，但不是很频繁，我就会想出些让妻子和家人少点不愉快的事来，那辆卡车正是这种东西。最起码，我可以把我们公寓里所有的画布都弄出去，因为这些东西搞得可怜的多萝西感觉很不舒服，甚至在她状态不错的时候。

“你不会把它们都放进新房子里吧？”她说。

本来我正是这样想的，我是出了名的不善于瞻前顾后的人，可是我却说：“不会。”我想出一个新方案，那就是把它们放进土豆仓库，但我没有这样说。我没有胆量告诉她我租了个土豆仓库。但不知怎么，她还是发现了这事。不知怎么，她还发现前一天晚上我给自己，画家X、Y、Z和基奇买了量身定做的西服，面料、做工都是顶级的。

“把它们放进土豆仓库，”她说，“然后掩埋在土豆底下。土豆我们还得经常用。”

• • •

考虑到车里的一些画作在今天的价值，这辆卡车应该是一辆由警察护送的装甲车才对。我自己觉得它们很值钱，但肯定没有那么值钱。所以我不能由着自己把它们放在那个仓库里，当时那儿是一个发霉的地方，很长时间除了充当土豆、尘土、细菌、真菌的家园，别的什么都没有，那些东西最喜欢附着在画上了。

于是，我就在这附近的甜蜜之家搬家和储藏公司租了个干燥又干净的地方，上了锁，拿走钥匙。几年来的租金将吞掉我大笔的收入。我也没有克服帮助陷入窘境的画家伙伴的习惯，不管用我手头的现金还是很快能找到的钱，然后作为回报收取几张人家的画。至少，多萝西不用盯着这个习惯带来的糟粕之物。每幅用来结清债务的画都从手头紧张的画家的工作室直接送到甜蜜之家。

当我和基奇最后从公寓把那些画取出来的时候，多萝西对我们说了这样的告别话：“我喜欢汉普顿的一点就是：你经常能看到一个标志牌，上面写着‘小镇垃圾场’。”

• • •

如果基奇对我来说相当于完美的弗雷德·琼斯之于丹·格雷戈

里，那他应该开这辆卡车才对。但他完全是个乘客，我变成了私人司机。他从小就是在有私人司机的环境中长大的，所以他想都没想就坐在副驾驶的位置。

我谈到自己的婚姻、战争和大萧条，谈到我和基奇跟那些典型的退伍老兵相比年龄都大好多。“我好几年前就应该组建家庭，安定下来，”我说，“可在我年龄适合去做这件事的时候，我怎么能做得了呢？我又认识什么女人呢？”

“电影里所有那些退伍老兵都是我们这个年龄或者更大。”他说。这个倒没错。在那些电影中，你很少看到年轻小子，可战争期间，激烈的地面战斗大部分都是他们打的。

“是的——”我说，“电影里的大多数演员甚至从来都没上过战场。每次，他们在摄影机前度过紧张的一天，打了一通空弹后，就回到妻子、孩子以及游泳池旁边，而他们在射击的时候还有人围在他们身边吐着番茄酱。”

“从现在开始未来五十年，年轻人对我们的战争就会这么想，”基奇说，“无非是些老男人、空弹、番茄酱。”他们会这么想。他们就是这么想的。

“因为那些电影的缘故，”他预测道，“没有人会相信是年轻小子在打仗。”

• • •

“我们人生中的三年就这样没了。”他说的是那场战争。

“你老忘记我是个职业军人，”我说，“我的八年时间就这样没了。我的青春就这样逝去了，天哪，我还想要它。”可怜的多萝西以为嫁给了一个成熟、父亲般的退伍绅士。没想到，她得到的却是个不可思议地以自我为中心、不守规矩的十八九岁的怪人！

“我也没办法，”我说，“我的灵魂知道我的肉体在做坏事，而且感到很尴尬。可是我的肉体就是一个劲地做着坏事傻事。”

“你的什么和你的什么？”他说。

“我的灵魂和我的肉体。”我说。

“它们是分离的？”他说。

“我真希望这样，”我说，我大笑起来，“我讨厌为我肉体的所作所为负责。”

我完全是半开玩笑地告诉他，我如何想象每个人的灵魂，包括我自己的灵魂，它们就像一种内置的灵活柔韧的霓虹灯管。管子所能做的就是接收有关肉体在发生什么的信息，可它控制不了肉体。

“这样，当我喜欢的人做了什么可怕的事情时，”我说，“我就对他们剥皮取脂，然后原谅他们。”

“剥皮取脂？”他说，“剥皮取脂是什么意思？”

“这是捕鲸者经常对鲸的尸体干的事，他们把鲸吊上船板后，”我说，“会剥掉皮割下鲸脂和肌肉，最后只剩下骨架。我在头脑中经常对人干这种事——摆脱一切肉体，这样除了灵魂我什么都看不到，然后原谅他们。”

“你是在哪里碰到剥皮取脂这个词的？”他说。

“在丹·格雷戈里画过插图的《白鲸》的一个版本中。”我说。

• • •

他谈到自己的父亲，顺便说一句，他父亲现在还活着，刚刚庆祝完百岁生日！想想这个。

他很钦佩父亲。他还说他永远不想跟父亲竞争，绝不企图在任何事情上打败他。“我讨厌那样。”他说。

“讨厌什么？”我说。

“打败他。”他说。

他说诗人康拉德·艾肯[1]在耶鲁做过一场演讲，当时特里还在法学院，说天才男人的儿子都会走进已被父亲占据的某个领域，但父亲在那个领域是弱者。艾肯自己的父亲是个伟大的物理学家、政治家、好男人，但又幻想自己是个诗人。“他的诗根本就不好，所以艾肯就成了一个诗人，”基奇说，“我永远不会对我家老头子做这种事。”

• • •

六年后，基奇将对父亲做的就是在自己家的棚屋小院前，离这

1 康拉德·艾肯（Conrad Aiken，1889—1973），美国诗人、小说家、文艺评论家。作品《诗歌选集》曾获1929年度普利策奖。

“那肯定不是真的。”她说。

“我们这是在搞一场庆祝活动，所以说了各种各样不真实的话，”我说，“聚会上的表现就是这样。”

• • •

“你是想让我明知带着一大堆有关你的不实情况回巴尔的摩的家吗？”她说。

“一切有关我的真实情况，你应该在此之前就知道了，考虑到你有如此强大的调查能力，”我说，“这只是个聚会。”

“我还是不知道你到底会不会画画。”她说。

“不用担心这个。”我说。

“那是你生活的基石，听你这样讲，”她说，“画画和伪装。作为一个商业艺术家，你的表现不够好；作为一个严肃艺术家，你的表现也不够好；作为一个丈夫或者父亲，你的表现同样不够好；你这些伟大的绘画藏品也是偶然得来。但你一直在回避着一件你很自豪的事情：你真的会画画。”

“没错，”我说，“我没有意识到这点，但你既然提到了，我就说是真的。”

“那就证明下。”她说。

“这个炫耀微不足道，”我说，“我不是阿尔布雷特·丢勒[1]那样

1 阿尔布雷特·丢勒（Albrecht Dürer，1471—1528），德国画家，尤以版画最具影响力。

的画家。我能画得比你或者斯莱辛格或者那个厨师好——也比波洛克或者特里 ·基奇好。我生来就有这种天赋，你要是把我跟那些还活着或已经死去的高明的制图员相比的话，这种天赋当然看起来不怎么样。在加利福尼亚圣 ·伊格纳西奥的小学和中学，我都曾轰动一时。如果我生活在一万年前，可能会让法国拉斯科的洞穴人惊叹——他们的绘图标准一定跟圣 ·伊格纳西奥的那些标准差不多一样。”

• • •

“如果你的书真出版了，”她说，“你至少得放进去一张画，来证明你会画画。读者会坚持这点的。”

“可怜的人们，”我说，“像我这么老了，最糟糕的是——”

“你没那么老。”她说。

“够老了！”我说，“最糟糕的是，你发现不管在跟谁说话，自己总是置身于这个老话题中。斯莱辛格认为我不会画，我的第一个妻子认为我不会画。我的第二个妻子不在乎我会不会画。我不过是她从仓库里带出来的一只老浣熊，而且变成了一只家养的宠物。她喜欢动物，不管它们会不会画画。”

• • •

“第一个妻子说你不会画的时候，你对她说了什么？”她问道。

“我们刚搬到乡下，她在那里一个人都不认识，”我说，“房子里连暖气都没有，我尝试用那三个壁炉里的火给我们取暖——像我的祖先那样。多萝西终于试着去理解艺术，去读懂它，因为她已经逆来顺受打算跟一个艺术家困在一起了。她从未见我画过画——因为我想，不去画画并且忘掉我所知道的有关艺术的一切，是我成为一个严肃画家的神钥。”

“所以，多萝西坐在厨房壁炉中的一堆火前，热气全都升到烟道中而不是散发在房间里，”我说，“她在一本艺术杂志上读到，一个意大利雕塑家提及欧洲的一个重要画展——1950 年的威尼斯双年展，我跟玛丽琳重逢的那年——上展出的第一批抽象表现主义绘画。”

“你有画在其中参展吗？”西尔塞问道。

“没有，”我说，“只有戈尔基、波洛克和德 · 库宁的画。这位意大利雕塑家在当时被认为是个很重要的雕塑家，但现在已经完全被遗忘了，对于我们想实现的目标，他是这样说的：‘那些美国人非常有意思。他们还没学会游泳就潜进水里。’他的意思是我们不会画画。

“多萝西立刻就抓住把柄了，她想跟我伤害过她一样狠狠地伤害我一下，于是就说：‘没错！你的画法跟你们那帮家伙没什么两样，因为如果非要你画的话，你是不会画真实的东西的。’

“我不想费口舌反驳她。我抓起多萝西的绿色蜡笔，那是她给那幢房子里里外外需要修补的东西列清单用的，我在厨房的墙上画了我们两个儿子的肖像，那会儿他们在客厅的壁炉前睡着了。我只画了他们的头——真人大小。我甚至都没有先去客厅看他们一眼。墙皮是崭新的石膏灰胶纸夹板，那是我钉上去的，盖在开裂的灰泥上。我还没来得及把夹板之间的接头锉平封好，也没盖住钉头。我始终没有弄。”

“多萝西看了大吃一惊，”我对西尔塞说，“她跟我讲：‘你干吗不一直这样画？’我对她说：‘这他妈的太容易了。’这是我第一次对她说‘他妈的’，无论我们彼此有多气恼都没说过。”

• • •

“你始终没有把石膏板之间的接头给填平吗？”伯尔曼太太问。

“这绝对是个女人提的问题，”我说，“我男子气概十足的回答是这样：‘没有，我没填。’”

“那两幅肖像画后来怎么样了？”她说，“被刷上漆涂掉了吗？”

“没有，”我说，“它们在夹板上待了六年。但是后来一天下午我喝得半醉回家，发现妻子和孩子以及那些画都不见了，多萝西留下一张纸条说，他们永远走了。她把那两幅画从夹板上剪下来，随身带走了。原来有画的地方留下两个巨大的方洞。”

“你一定感到很难受吧。”伯尔曼太太说。

“是的，”我说，“波洛克和基奇在这事发生之前几个星期刚刚自杀。我自己的画在破裂脱落。所以，当我看到在那个空荡荡的屋子里夹板上剪掉的两个空洞时——”我打住不说了。“算儿大约六英里的地方，拿一把手枪朝他开了一枪。当时特里喝醉了，他经常这样，而父亲曾无数次过来恳求他治治酒瘾。这个可能永远没法证明，但是那一枪肯定原本只是想做个样子。

当基奇看到他真的击倒了父亲，一颗子弹打进肩膀，他二话没说，直接把枪管伸进嘴里，自杀了。

那是场意外。

· · ·

同时，在那次决定命运的卡车之旅中，我第一次见到伊迪斯·塔夫脱·费尔班克斯，她将成为我的第二任妻子。我已经跟她丈夫谈妥了仓库的租金，那是个和蔼可亲的游手好闲者，当时在我看来，他好像就是个无用、无害的浪掷生命者，但是他死了，我成了伊迪斯的丈夫后，他将成为我牢记在心的楷模。

颇具预言色彩的是，当时她怀抱着一只温顺的浣熊。她是个几乎任何动物都能驯服的神奇的驯养师，她会养育任何乃至每个看上去半死不活的东西，可爱得令人着迷和无可挑剔。在我像个隐士般住在土豆仓库里，而她又需要一个新丈夫的时候，她就是那样对待我的：用大自然的诗歌和好吃的东西驯服我，她会把东西放在我的滑动门外。我知道她也是这样驯服她的第一任丈夫的，充满爱意地、屈尊俯就地视他为某种傻傻的动物。

伊迪斯从未说过她认为前任丈夫是什么类型的动物。我知道她认为我是什么类型的动物，因为在我们的婚宴上，她直接对一位来自辛辛那提的女性亲戚说出来："我想让你见见我那只温顺的浣熊。"当时，我全身穿着伊兹·芬克尔斯坦牌西服。

· · ·

我也会穿着那套衣服被下葬。我的遗嘱中会写道："我要埋在绿河公墓我的妻子伊迪斯身边，穿着那套深蓝色西服，上面的标签写着：'为拉宝·卡拉贝奇亚定制，伊萨多·芬克尔斯坦做。'"它穿了又穿，经久耐用。

· · ·

不过——这份遗嘱的执行还是将来的事，但其他一切都几乎已经消失在过去，包括西尔塞·伯尔曼。两个星期前，她写完书回巴尔的摩了。

在这里的最后一个晚上，她想让我带她去跳舞，我又拒绝了。但我带她去萨格港的美国人酒店吃了晚饭。现在，这里沦为又一个游客陷阱，萨格以前是个捕鲸港。你仍然可以看到那些勇敢的船长们的豪宅，他们从这里出发航行到太平洋，绕过南美的尖角，然后回家时就成百万富翁了。

在那家酒店的大堂里，有本客人登记簿，打开就是一个日期，标志着现在已声名狼藉的捕鲸业的鼎盛时期：1849 年 3 月 1 日。那个年代，西尔塞的祖先在俄罗斯帝国，而我的祖先在土耳其帝国，那会让他们成为仇敌。

我们尽情吃着龙虾，为了更好地打开话匣子，适度地喝了点酒。现在人人都在说，需要喝酒是件糟糕的事，事实上，我在当隐士期间一直过着滴酒不沾的生活。但是在她离开前夕，我对伯尔曼太太的感觉如此矛盾，乃至于如果不喝点酒，我可能只会在木呆呆的沉默中吃东西。但我肯定不想体内带着几杯酒驾驶，她也不想。过去喝醉酒开车几乎是件很时髦的事，但现在已经不是了，不是了。

所以，我雇了塞莱斯特的一个男朋友，他开着他父亲的车送我们到那里，然后又接我们回去。

• • •

简而言之：她就要离开了，我很难过，因为有她在身边转悠，令人很兴奋。但是她可能又过于兴奋，告诉每个人究竟应该做什么。所以，我又很高兴她要走了，因为随着我的书快要完成，我最需要的就是和平安静，权当换个口味。可以换种说法：我们只是熟人，尽管我们在一起有好几个月。我们还没有成为好朋友。

然而，一旦我给她看了土豆仓库里的东西，情况就改变了。

是的，没错：这个来自巴尔的摩、毅然决然的寡妇，离开前劝说这位亚美尼亚怪老头打开锁，打开土豆仓库里的泛光灯。

我这样做能换取到什么呢？我想我们现在是真正意义上的朋友了。

33

我们从美国人酒店回家后，她说的第一句话就是："有件事你不用担心，我不会拿土豆仓库钥匙的事来纠缠你的。"

"谢天谢地！"我说。

我想当时她肯定认为：夜晚结束前，她总会以这样那样的方式看到土豆仓库里放着什么东西的。

"我只想让你给我画一幅画。"她说。

"干什么？"我说。

"你为人太谦逊了——"她说，"以至于任何相信你的人都觉得你毫无所长。"

"除了伪装，"我说，"你已经忘记伪装了。我可得过总统集体嘉奖，我那个排很擅长伪装。"

"好吧——伪装。"她说。

"我们非常善于伪装，"我说，"我们藏起来不让敌人看见的东西，至今还有一半再也没有被看到过！"

“那肯定不是真的。”她说。

“我们这是在搞一场庆祝活动，所以说了各种各样不真实的话，”我说，“聚会上的表现就是这样。”

• • •

“你是想让我明知带着一大堆有关你的不实情况回巴尔的摩的家吗？”她说。

“一切有关我的真实情况，你应该在此之前就知道了，考虑到你有如此强大的调查能力，”我说，“这只是个聚会。”

“我还是不知道你到底会不会画画。”她说。

“不用担心这个。”我说。

“那是你生活的基石，听你这样讲，”她说，“画画和伪装。作为一个商业艺术家，你的表现不够好；作为一个严肃艺术家，你的表现也不够好；作为一个丈夫或者父亲，你的表现同样不够好；你这些伟大的绘画藏品也是偶然得来。但你一直在回避着一件你很自豪的事情：你真的会画画。”

“没错，”我说，“我没有意识到这点，但你既然提到了，我就说是真的。”

“那就证明下。”她说。

“这个炫耀微不足道，”我说，“我不是阿尔布雷特·丢勒[1]那样

1 阿尔布雷特·丢勒（Albrecht Dürer，1471—1528），德国画家，尤以版画最具影响力。

的画家。我能画得比你或者斯莱辛格或者那个厨师好——也比波洛克或者特里·基奇好。我生来就有这种天赋，你要是把我跟那些还活着或已经死去的高明的制图员相比的话，这种天赋当然看起来不怎么样。在加利福尼亚圣·伊格纳西奥的小学和中学，我都曾轰动一时。如果我生活在一万年前，可能会让法国拉斯科的洞穴人惊叹——他们的绘图标准一定跟圣·伊格纳西奥的那些标准差不多一样。”

• • •

“如果你的书真出版了，”她说，“你至少得放进去一张画，来证明你会画画。读者会坚持这点的。”

“可怜的人们，”我说，“像我这么老了，最糟糕的是——”

“你没那么老。”她说。

“够老了！”我说，“最糟糕的是，你发现不管在跟谁说话，自己总是置身于这个老话题中。斯莱辛格认为我不会画，我的第一个妻子认为我不会画。我的第二个妻子不在乎我会不会画。我不过是她从仓库里带出来的一只老浣熊，而且变成了一只家养的宠物。她喜欢动物，不管它们会不会画画。”

• • •

“第一个妻子说你不会画的时候，你对她说了什么？”她问道。

“我们刚搬到乡下，她在那里一个人都不认识，”我说，“房子里连暖气都没有，我尝试用那三个壁炉里的火给我们取暖——像我的祖先那样。多萝西终于试着去理解艺术，去读懂它，因为她已经逆来顺受打算跟一个艺术家困在一起了。她从未见我画过画——因为我想，不去画画并且忘掉我所知道的有关艺术的一切，是我成为一个严肃画家的神钥。”

“所以，多萝西坐在厨房壁炉中的一堆火前，热气全都升到烟道中而不是散发在房间里，”我说，“她在一本艺术杂志上读到，一个意大利雕塑家提及欧洲的一个重要画展——1950 年的威尼斯双年展，我跟玛丽琳重逢的那年——上展出的第一批抽象表现主义绘画。”

“你有画在其中参展吗？”西尔塞问道。

“没有，”我说，“只有戈尔基、波洛克和德 · 库宁的画。这位意大利雕塑家在当时被认为是个很重要的雕塑家，但现在已经完全被遗忘了，对于我们想实现的目标，他是这样说的：‘那些美国人非常有意思。他们还没学会游泳就潜进水里。’他的意思是我们不会画画。

“多萝西立刻就抓住把柄了，她想跟我伤害过她一样狠狠地伤害我一下，于是就说：‘没错！你的画法跟你们那帮家伙没什么两样，因为如果非要你画的话，你是不会画真实的东西的。’

“我不想费口舌反驳她。我抓起多萝西的绿色蜡笔，那是她给那幢房子里里外外需要修补的东西列清单用的，我在厨房的墙上画了我们两个儿子的肖像，那会儿他们在客厅的壁炉前睡着了。我只画了他们的头——真人大小。我甚至都没有先去客厅看他们一眼。墙皮是崭新的石膏灰胶纸夹板，那是我钉上去的，盖在开裂的灰泥上。我还没来得及把夹板之间的接头锉平封好，也没盖住钉头。我始终没有弄。”

“多萝西看了大吃一惊，”我对西尔塞说，“她跟我讲：‘你干吗不一直这样画？’我对她说：‘这他妈的太容易了。’这是我第一次对她说‘他妈的’，无论我们彼此有多气恼都没说过。”

• • •

“你始终没有把石膏板之间的接头给填平吗？”伯尔曼太太问。

“这绝对是个女人提的问题，”我说，“我男子气概十足的回答是这样：‘没有，我没填。’”

“那两幅肖像画后来怎么样了？”她说，“被刷上漆涂掉了吗？”

“没有，”我说，“它们在夹板上待了六年。但是后来一天下午我喝得半醉回家，发现妻子和孩子以及那些画都不见了，多萝西留下一张纸条说，他们永远走了。她把那两幅画从夹板上剪下来，随身带走了。原来有画的地方留下两个巨大的方洞。”

“你一定感到很难受吧。”伯尔曼太太说。

“是的，”我说，“波洛克和基奇在这事发生之前几个星期刚刚自杀。我自己的画在破裂脱落。所以，当我看到在那个空荡荡的屋子里夹板上剪掉的两个空洞时——”我打住不说了。“算了。”我说。

“把刚才的那句话说完，拉宝。”她恳求道。

“那感觉很接近，”我说，“我父亲还是一个年轻教师时的感觉——发现那场大屠杀过后村子里只有他自己一个人。”

• • •

另一位从来没有见过我画画的是斯莱辛格，他老怀疑我是否真的会画画。那时我在这里已经住了好几年，他经常过来看我在土豆仓库里画画。我支起一个长和高都是八英尺的画布，打算用一个滚筒在上面涂一层奢耐缎。那是一种绿中带着焦黄的颜色，人称“匈牙利狂想曲”。我一点都不知道，多萝西回家后用“匈牙利狂想曲”涂刷我们的整个卧室。不过那是另一码事了。

“告诉我，拉宝——”斯莱辛格说，“如果我用同样的滚筒把同样的颜料涂上去，这幅画还是卡拉贝奇亚的画吗？”

“当然是了，”我说，“条件是你得保留着卡拉贝奇亚保留的东西。”

“比如？”他说。

“像这样。”我说。地板上一个坑洞里有点灰尘，我用两个拇指球捻起一些。两个拇指同时活动，我用了三十秒时间在那张画布上勾勒出一幅斯莱辛格的脸的漫画。

“天哪！”他说，“我不知道你竟然会这样画！”

“你盯着看的这个人可以有很多种选择。”我说。

他说："我想你会这样，我想你会这样。"

· · ·

我用厚厚的几层"匈牙利狂想曲"盖住那幅漫画，涂抹上条带，别人以为那些条带是纯粹抽象的，但对我来说却是林中空地里秘而不宣的六只鹿。那几只鹿靠近左侧边缘。右边是一个红色竖带，对我来说这条竖带同样秘而不宣，代表一个猎人的灵魂，他正在一只鹿身上画一颗珠子。我管它叫《匈牙利狂想曲六号》，那幅作品被古根海姆博物馆买走了。

像其他所有画作一样，那幅画还在储藏的时候就开始破裂了。一个女馆长正好走过，看到那些条带和奢耐缎的碎片都掉在地板上，所以就打电话叫我过去，问我应该如何修复那幅画，他们是否在某些方面存在过失。我不知道过去那一年她在哪里，我的画那时就因为破裂而臭名昭著。她真诚地认为，也许古根海姆没有控制好适当的湿度或者什么的。那时，我在土豆仓库里，像头动物般生活着，没有朋友也没有人爱，但却有部电话。

"真是桩怪事——"她接着说，"一张大脸从画布上浮现出来。"当然，她是指我用脏兮兮的拇指画的那张漫画。

"你应该通知下教皇。"我说。

"教皇？"她说。

"是的，"我说，"你可能看到了堪比*都灵裹尸布*般的东西。"

我得向年轻的读者介绍下，*都灵裹尸布*是一种亚麻布，曾裹过一个死者，上面带着一个被钉死在十字架上的成年男子的印迹，当今最好的科学家们都认为那东西确实可能有两千年的历史了。大家普遍认为被裹起来的除了基督耶稣没有别人，那东西是意大利都灵的圣·乔瓦尼·巴蒂斯塔大教堂里的“镇堂之宝”。

我和古根海姆的这位女士开玩笑说，从画布上浮现出的可能是耶稣的脸——也许想及时地出来阻止第三次世界大战。

但是她扼杀了我的玩笑。她说：“嗯——我会马上给教皇打电话，除非——”

“除非什么？”我说。

她说：“你碰巧在跟一个过去常跟保罗·斯莱辛格约会的人交谈。”

· · ·

我向她做了跟其他所有的人一样的承诺：我会用更耐用的材料、颜料和条带丝毫不差地复制一张原画，这些东西的生命力真的将比蒙娜丽莎脸上的微笑长久。

但是古根海姆像别家一样拒绝了我的建议。没有人想坏了我变成艺术史上那个滑稽可笑的脚注的好事。如果小有运气的话，我的姓真有可能一路走进各种词典：

卡拉贝奇亚（kǎ lā bèi qí yà），名词（出自美国20世纪画家拉宝·卡拉贝奇亚），意指大惨败，一个人因为愚蠢、大意，或两者兼而有之，导致自己的作品和名誉全面崩溃。

34

我拒绝给伯尔曼夫人画一张画时，她说：“噢——你真是个倔强小子！”

“我是个倔强小老绅士，”我说，“竭尽全力坚持自己的尊严和自尊。”

“告诉我仓库里是哪类东西？”她哄骗着说，“动物、植物，还是矿物？”

“这三类都有。”我说。

“多大？”她说。

我跟她说了实话：“八英尺高，六十四英尺长。”

“你又开始打趣我了。”她推测道。

“真的。”我说。

仓库里面并排放着八块上好底漆、绷好画布的画板，每块都是八英尺乘八英尺大小。我已经告诉过她，这些画板构成一个六十四英尺长的连续平面，背后用二英寸厚、四英寸宽的木板撑直了，像道篱笆般延伸过土豆仓库的中间。这些画板跟我创作最著名后来又最不著名、颜料和条带脱落的作品的画板一样，那幅画让公园大道上的杰富科总部大厅既增辉又颜面扫地：《温莎蓝十七号》。

• • •

在亲爱的伊迪斯死前三个月，这些画板是这样重归我手的：

有人发现它们埋没在松本大楼，就是以前的杰富科大楼三层地下室中最底层一个上了锁的小房间里。一个松本保险公司的检查员很容易就认出那些东西是什么，因为那上面到处都粘着奢耐缎颜料的碎片，当时她正在地下深处寻找火灾隐患。那里有道锁着的钢铁门，谁也不知道门里边是什么东西。

检查员获准破门而入。她是个女人，正如她在电话里告诉我的：她是公司第一个女安全检查员，也是第一个黑人检查员。“我是一石二鸟。”她说，然后大笑起来。她笑得很开心。笑声中没有恶意或嘲讽的味道。过了这么多年，在征得松本公司漫不经心的同意后，安检员提出归还我的画布，只说不愿意看到任何东西被浪费了。

“我不过是爱管闲事，”她说，“所以，你尽管告诉我该怎么办。你最好自己去把它们拿走。”她说。

“你怎么知道它们是什么？”我说。

她曾是斯基德莫尔学院护理专业的学生，她说，她选修过一门艺术欣赏课，这是她最珍视的为数很少的几门选修课之一。像我的第一任妻子一样，她是个注册护士，但却放弃了这个职业，因为，她说，医生们对待她就像白痴和奴隶。另外，工作时间太长，报酬太低，她还有个孤儿侄女需要抚养和陪伴。

她的艺术欣赏课老师放过很多名画的幻灯片，其中有两张就是《温莎蓝十七号》破裂前后的样子。

“我怎么感谢他呢？”我说。

“我想他是试图想让那门课显得轻松一点，”她说，“其余的都那么严肃。”

• • •

“这些画布你要还是不要？”她说。沉默了很长时间，她终于说：“喂？喂？”

“对不起，”我说，“对你来说这也许是个简单的问题，对我来说却是个大问题。对我来说，就像你在一个很平常的日子突然打电话给我，问我长大了没有。”

如果像矩形的油画布框那样的无害之物对我来说都是妖魔鬼怪，让我内心充满羞耻，是的，而且对这个让我沦为失败者，成为笑柄的世界充满愤怒，那么我就还不是一个成年人，尽管我已经六十八岁了。

“那么你能给个答复吗？”她在电话里问。

“我正等自己听到这个答复。”我说。那些画布对我来说没有用——或者说这是我当时的想法。我真的没想过还会再画画。把它们存起来没问题，因为土豆仓库有的是空间。在这座大宅里，存放着这么一个直接来自我的过去、最令我难堪的东西，我能睡得踏实吗？希望可以。

我终于听到自己说："求你了——别把它们扔掉。我会打电话给甜蜜之家搬家和储藏公司，让他们尽快去拿。请再告诉我一下你的名字——他们好来找你。"

"蒙娜丽莎·特里平汉姆。"她说。

• • •

当初杰富科公司在它的大堂挂上《温莎蓝十七号》时，是带着几分炫耀的：这样一个老牌公司不仅在技术上，而且在艺术方面都持续位居发展的最前沿。公司的公关人员希望可以这样说，《温莎蓝十七号》就其规模而言属于超级尺幅——就算不是世界上最大的画，那么至少也是纽约城最大的画，或者诸如此类的话。可是就在这个城市，天知道在全世界，还有不少壁画，它们轻而易举就超越我这幅五百一十二平方英尺的规模。

公关人员琢磨，在挂在墙上的单幅画中它算不算纪录保持者——且不管事实上它是八张独立的板块，后面配着C形钳夹。但是那也不管用，因为最后发现纽约市博物馆里有三张连续的画，画布肯定是缝在一起的，跟我的那幅一样高，长度却多出三分之一！它们都是奇怪的人工制品——你可能会说，那是一种早期拍电影的尝试，因为它两端都有滚轴。它们可以在这头展开，在那头又卷上。观众任何时候都难窥其全貌，只能看到一小部分。这些巨大的条带以各种自然景观做装饰：山脉、河流、人迹罕至的森林、野牛吃草的无边草原，还有沙漠，在那里，也许弯弯腰便可获得钻石或者红宝石或者狗头金。这就是美利坚合众国。

旧时，演讲者带着这样的画走遍北欧。助理从这端打开，从那端卷起，他们劝说所有雄心勃勃和有本事的人放弃疲老的欧洲，宣称在那片应许之地人人都会发家致富，拥有美丽的大宅，其实那些也是他们所追求的。

一个真正的男人如果可以去开拓新大陆的处女地，为什么非要守在家里呢？

• • •

我清除掉那八块画板上所有不忠实的奢耐缎的任何痕迹，重新绷紧上漆。我把它们立在仓库里，重新恢复处女般的纯洁后，颜色白得晃眼，完全就像我把它们变成《温莎蓝十七号》之前时的样子。

我向妻子解释，这件怪诞的作品是对不愉快过去的驱魔，是对在我作为画家的短暂生涯中对我自己和别人造成的伤害的一种象征性修复。不过，这是把那些不能言说的东西化作言说的又一个实例：一幅画为什么会成为这样，以及如何成为这样的。

那个狭长的仓库，历经百年，跟那所有的白色、白色、白色一样成为这件作品的组成部分。

从天花板的轨道上悬挂下来的强力泛光灯成为它的一部分，把好几兆瓦的能量倾泻在所有的白色涂料上，把它照得远比我之前能想象的更白。我接到创作《温莎蓝十七号》的委托时，就安装了那些人造太阳。

“接下来你打算怎么处理它？”亲爱的伊迪斯问。

“已经处理完了。”我说。

“你会给它签上名吗？”她说。

“那会破坏它，”我回答道，“一点苍蝇屎都会破坏它。”

“它有标题吗？”她说。

“有，”我说，现场就取了个名字，跟斯莱辛格给他的论成功革命的书取的名字一样长，“《我试了，失败了，然后清理干净了，所以现在该你了》。”

• • •

我心中想象过自己的死——以及之后别人会说我什么。那是我第一次锁上那个仓库，但是只用了一个挂锁和搭扣的时候。我想，像我父亲想的那样，也像大多数丈夫想的那样，我会是我们两个中先死去的那位。所以，我荒唐地给伊迪斯下了些自我哀怜的指示，比如我的葬礼过后，她应该立刻干什么。

“在那个仓库里为我守灵，伊迪斯，”我说，“如果有人问你所有那些白色、白色、白色是怎么回事的时候，你可以告诉他们，那是你丈夫最后的画，虽然他没有画。然后你再告诉他们画的名字是什么。”

• • •

可是她先死了，而且仅仅在我说完那话后两个月。她的心脏停止跳动了，倒在一个花坛里。

“没有痛苦。”那个医生说。

中午，在绿河公墓她的葬礼上，在距离那两个火枪手——杰克逊·波洛克和特里·基奇——的坟墓只有几码远的地方，我仍然有某种非常强烈的幻觉，人类的灵魂不会受到他们难以驾驭的肉体的妨碍和骚扰。地上有个长方形的洞穴，竖立在它周围的全是那些纯洁、无邪的霓虹灯管。

我疯了吗？当然。

给她守灵是在她的一个朋友家里，不是在我的家里，距离这儿一英里的海滩上。我这位丈夫居然没有参加！

他也没有再次走进这座房子，在那里他无所事事又心满意足，被毫无道理地爱了一生的三分之一和20世纪的四分之一时间。

他走到仓库那里，打开滑动门的锁，打开灯。他盯着满目的白色。

然后，他钻进自己的梅赛德斯，开车去了东汉普顿一家五金商店，那里有美术用品。我买了一个画家可能想买的一切用品，除了需要自己供应的材料：灵魂，灵魂，灵魂。

店员是新到本地的，所以不知道我是谁。他看到一个无名老人，穿着衬衣，打着领带，身穿一件定制的伊兹·芬克尔斯坦牌西服——一只眼睛上还戴了个眼罩。这位独眼龙处于极度兴奋状态。

“你是个画家，对吗，先生？”店员说。他可能有二十岁。我停止绘画，停止制作任何画作的时候，他都还没出生呢。

我临走前只对他说了一个词：“文艺复兴。”

• • •

仆人们都辞职了。我又变成一只没人驯服、在那个土豆仓库里和周围打发掉整个一生的老浣熊。我一直关着滑动门，这样就没有人看到我在里面干什么。我在里面画了六个月！

画完后，我又给滑动门买了五把锁和搭扣，把门都锁死。我重新雇了几个仆人，找了个律师起草了份新的遗书，就像我说过，遗书指明我埋葬时要穿着伊兹·芬克尔斯坦牌西服，我的所有财产归我的两个儿子，条件是他们要做一件事来纪念他们的亚美尼亚祖先，还说这个仓库直到我埋葬后才能打开。

我的儿子们在外面干得很不错，虽然童年时代经历了那么多可怕的事。我也说过，他们现在跟那个为人不错的继父姓了。亨利·斯蒂尔是五角大楼一个循规蹈矩的文职官员，特里·斯蒂尔是芝加哥熊队的公关人员，因为我也拥有辛辛那提孟加拉虎队的股票，这让我们多少成为一个橄榄球之家。

• • •

做完这一切后，我发现自己又能在这座房子里住下去了，又可以雇新的仆人，然后做一个空虚无聊又心平气和的老人。因此，四个月前西尔塞·伯尔曼才可以在海滩上向他提这个问题了："告诉我，你父母是怎么死的。"

此刻，在汉普顿的最后一夜，她对我说："动物、植物和矿物？就这三样？"

"以名誉发誓，"我说，"就这三样，就这三样。"颜色和黏结剂是从动物、植物和我们脚下的土地中提取的，每幅画肯定都用到这三样，就这三样。

"你为什么不给我看看呢？"她说。

"因为这是我留给这个世界的最后的东西，"我说，"我可不想人们当着我的面说它好或者不好。"

"那你就是个懦夫，"她说，"我会记住你是这么一个人。"

我好好想了想这句话的意思，然后只听自己说："好吧，我去拿钥匙。那么，伯尔曼太太，如果你愿意跟我一起去的话，我将感激不尽。"

• • •

我们走出去，走到黑暗中，一束手电光在我们面前飞舞。她被镇住了，变得谦卑、胆怯，像少女一般。我洋洋得意，高傲得像只风筝，但又战战兢兢。

我们先是走在石板路上，但接着石板路忽然转向马车房那个方向。然后我们又踩在长着残草的小路上，这条路穿过富兰克林·库利家的荒野地，经过他的割草机。

我打开仓库的门锁，走进去，我的手指摸到灯的开关。“害怕吗？”我说。

“是的。”她说。

“我也是。”我说。

现在回想起来：我们站在一幅八英尺高、六十四英尺长的画的最右端。当我打开泛光灯时，我们看到那幅画因为前景压缩的缘故，变成一个貌似三角形的东西，八英尺高，还好，但看着只有五英尺宽了。从那个有利的视角，看不出这幅画究竟在描绘什么东西——这幅画到底是什么内容。

我轻轻拨动了下开关。

沉默片刻，然后伯尔曼太太惊讶得倒吸了一口气。

“站在原地别动，”我对她说，“告诉我，你觉得它是什么。”

“我就不能再往前走点吗？”她说。

“再等一会儿，”我说，“不过我先得听你说说从这里看它像什么？”

“一道巨大的篱笆。”她说。

“接着讲。”我说。

“一道巨大的篱笆，一道高得和长得不可思议的篱笆，”她说，“每平方英寸都凝结着最华丽的宝石。”

“非常感谢你，”我说，“现在抓住我的手，闭上眼睛，我要领你到中间去，你可以再看一遍。”

她闭上眼睛，像个玩具气球般毫不抗拒地跟着我。

我们走到中间时，这幅画朝两边各延伸了三十二英尺，我叫她再睁开眼睛。

我们站在春季一个美丽的绿色山谷的边缘。实打实算，山谷边缘有五千二百一十九个人跟我们在一起，或者在我们下面。最大的那个人只有一支烟那么大，最小的只有一点蝇屎那么大。在我们站立的边缘，四处散落着农舍和中世纪瞭望塔的废墟。这幅画如此逼真，简直就像照片。

“我们在哪里？”西尔塞·伯尔曼说。

“我曾经站立的地方，”我说，“那天第二次世界大战在欧洲结束，当时太阳刚刚升起。”

35

现在，这是我的博物馆常规之旅的重要组成部分。先看门厅里打秋千、注定要毁灭的女孩们，接着是第一批抽象表现主义者最早的作品，最后看土豆仓库里那个绝对的庞然大物，你都不知道该怎么称呼它。我拔掉钉子打开了仓库远端的滑动门，这样大幅增加的游客人流就可以从那幅不知道叫什么的作品前通过，不会导致旋涡和回流。他们从这头进来，从那头出去。很多人将穿过两次或者更多次：不是为了观看整个展览，而是只想穿过土豆仓库。

哈!

还没出现严肃的评论家。但是，有几个外行问我，要我说说我会称它为什么类型的画。我告诉了他们我将跟第一个出来的评论家说的话，如果有人来的话，也许一个都不会来，因为这幅不知道叫什么的画对普通人来说太令人激动了：

“它根本就不是一幅画！它就是个旅游景点！它就是场世界博览会！是个迪士尼乐园！”

· · ·

那是一个可怕的迪士尼乐园。那里没有人是伶俐可爱的。

平均而言，这幅画每平方英尺上就清楚地画着十个“二战”幸存者。甚至远处那些还没蝇屎大的人物，通过我放在库房里的放大镜观看都能确认或者是集中营的受害者，或者是奴隶劳工，或者是某个国家的战俘，或者是来自德国方面某支部队的士兵，或者是本地农民及其家人，或者是从疯人院里放出的疯子，等等。

那幅画里的每个人都配着一个战争故事，无论这个故事多么微不足道。我先编个故事，然后把发生故事的那个人画在上面。起先，我亲自现身仓库，给任何询问这个或者那个人有什么故事的人讲解，但很快就精疲力竭放弃了。“当你看到这个不知道叫什么的作品的时候，你自己可以编个战争故事。”我告诉人们。我就住在这儿的这座房子里，然后随手指指外面通向土豆仓库的路。

· · ·

不过，那天晚上跟西尔塞 · 伯尔曼在一起，我却很高兴告诉她任何她想听的故事。

“你在里面吗？”她说。

我指出在画的底端和地板正上方的自己。我用鞋尖指了指。我就是最大的那个人物——像支香烟那么大的那个。我也可以说是这几千人中唯一背对相机的人。第四块画板和第五块画板之间的裂缝爬上我的脊梁，分开我的头发，那条线也许会被当作是拉宝·卡拉贝奇亚的灵魂。

“这位紧紧抱住你腿的人正仰望着你，好像你是上帝一般。”她说。

“他得肺炎快死了，两个小时后会死掉，”我说，“他是个加拿大的轰炸员，被击落后掉在匈牙利的一个油田上。他不知道我是谁，甚至都看不见我的脸。他看到的只是一股那里并不存在的浓烟，他在问我，我们到家了没有。”

“你跟他说了什么？”她问。

“你会跟他说什么？”我问道，“我想告诉他：‘是的，我们到家了！我们到家了！’”

“这位穿着怪怪的西服的人是谁？”她说。

“那是一个集中营的看守，他扔掉自己的党卫军制服，从一个稻草人那里偷了套衣服。”我说。我指着离那个伪装的看守很远的一群集中营的受害者。其中有几个人躺在地上，奄奄一息，像那个加拿大轰炸员。“他把这些人带到这道山谷，把他们撇在那里，但不知道接下来该去哪儿。不管谁抓住他，都会认出他是个党卫军——因为他左上臂文着自己的序列号。”

“这两个呢？”她问。

“南斯拉夫的游击队员。”我说。

“这位呢？”她问。

“摩洛哥的骑兵，在北非被俘的。”我说。

“这个嘴里还叼着烟斗的呢？”她问。

“一个苏格兰滑翔机飞行员，在诺曼底登陆时被俘。”我说。

“他们从哪儿来的都有，对吗？”她问。

“这儿的这位是廓尔喀人[1]，”我说，“一路从尼泊尔过来。这批身穿德国军装的机枪队员：他们是乌克兰人，战争初期就改变了阵营。俄国人最后到这个山谷后，他们将被绞死或者枪毙。”

“好像没有任何女人。”她说。

“靠近点看，”我说，“集中营里一半的人，疯人院里出来的半数人，都是女人。只是她们看起来不太像女人了。她们可不像你所说的‘电影明星’。”

“好像没有什么健康的女人。”她说。

“又错了，”我说，“你会在两头看到有健康的女人——就在底部的角上。”

我们走到最右端去看了眼。“我的天哪，”她说，“这简直就像一个自然史博物馆中的展览。”还真是。两头的底部各有一座农舍：每座都紧紧关闭着，像个小小的堡垒，高高的大门关闭着，所有的动物都在院子里。我在它们下面的地里画了个示意图，这样就可以显示出它们的地窖，就像博物馆的展览可能还会透露出地下动物洞穴的秘密。

“那些健康的女人待在放着甜菜、土豆和芜菁的地窖里，”我说，“她们尽可能推迟被强奸的命运，但她们听说过这一带发生的其他战争故事，所以知道强奸是跑不了的。”

1　廓尔喀人（Gurkha），西方国家对尼泊尔人的称呼，以英勇善战闻名于世。

“这幅画有名字吗？”她说，走到中段时又跟我会合了。

“当然有了。”我说。

“是什么？”她问。

“《现在轮到女人了》。”我说。

· · ·

“我是疯了吗，”她说，指着潜伏在那个破败的瞭望塔附近的人物，“莫非这是个日本兵？”

“他还真是日本人，”我说，“他是个陆军少佐。你可以从那颗金星和左边袖口的两道褐色条带看出来。他还佩着把剑。他宁可死也不放弃自己那把剑。”

“我很惊讶这里居然有日本人。”她说。

“本来没有，”我说，“但我觉得这里应该有一个，所以就放进去一个。”

“为什么？”她问。

“因为，”我说，“日本人和德国人一样，在把美国变成一个破产的军国主义混蛋方面负有不可推卸的责任——那是我们在‘一战’后做了那么好的工作，成为忠诚的战争痛恨者之后。”

“躺在这儿的这个女人——”她说，“她死了吗？”

“她死了，”我说，“她是个吉卜赛人中的老女王。”

“她可真胖，”她说，“她是这里唯一的胖子吧？别的人都那么瘦。”

“死亡是欢乐谷里发胖的唯一方法，”我说，“她胖得像马戏团的小丑，因为她已经死了三天了。”

“欢乐谷。”她附和道。

“或者叫‘和平年代’，或者叫‘天堂’，或者叫‘伊甸园’，或者叫‘春天’，总之，你叫它什么都行。”我说。

“她是唯一独自一人的人，”西尔塞说，“或者说，她是这样吗？”

“差不多吧，”我说，“人死后三天，味道肯定不太好闻。她是第一个到达欢乐谷的陌生人，她一个人过来，几乎马上就死了。”

“别的吉卜赛人去哪儿了呢？”她说。

“带着他们的小提琴、手鼓，坐着漆得光亮的大篷车的吉卜赛人？”我问道，“他们偷东西声名远扬，这是当之无愧吗？”

• • •

伯尔曼太太给我讲了个吉卜赛人的传说，我以前从未听说过。“他们从罗马士兵那里偷来钉子，这些人打算把耶稣钉在十字架上，”她说，“士兵们找钉子时，它们神秘地消失了。吉卜赛人偷走了钉子，耶稣和那些群众只好等着，直到士兵们派人去拿来新的钉子。之后，万能的上帝就允许吉卜赛人偷他们能偷的所有东西。”她指着那个身体已经发胀的吉卜赛女王说，“她相信那个故事是真的，所有的吉卜赛人都相信。”

“她相信那个故事，对她来说可是太糟了，”我说，“或许她信不信这个都无关紧要，因为她一个人到欢乐谷时已经饿得快要死了。”

“她想从那座农舍里偷一只鸡，”我说，“那个农民从卧室窗户里看到了她，用一把藏在羽毛垫子底下的小口径步枪对准她开了一枪。她逃走了。这个农民以为没有打中她，但其实打中了，她的腹部挨了一颗小子弹，她躺在那里，然后就死了。三天后，我们别的人才过来。”

• • •

“如果她是吉卜赛女王，她的臣民们在哪里呢？”西尔塞又问。

我解释说，在她权力鼎盛时期，她也只是一个大约有四十人的团伙的女王，包括还在怀中的婴儿。关于哪个种族和亚种族是害虫，尽管欧洲存在着臭名昭著的争议，但所有的欧洲人都一致认为，偷窃、算命、偷孩子的吉卜赛人是所有体面人类的敌人。所以，他们所到之处都会遭到追捕。这位女王和她的臣民放弃了他们的大篷车，也放弃了他们的传统服饰——放弃了一切可以认出他们是吉卜赛人的标志。他们白天躲在森林里，晚上出来觅食。

一天晚上，这位女王独自出去找食物，她的一个臣民，一个十四岁的男孩，因为偷了斯洛伐克迫击炮队的一根火腿被逮住，这支部队已经撤离德军在俄罗斯前线的防线。他们正在往家里赶，离欢乐谷不远。他们让这个男孩领他们去吉卜赛人营地，然后就把那里的人全杀了。所以，女王回来时，她已经没有一个臣民了。

这是我给西尔塞·伯尔曼编的故事。

· · ·

西尔塞补上了这个叙述中缺失的一环。“于是，这位吉卜赛女王四处流浪，进入欢乐谷，去找别的吉卜赛人。”她说。

“没错！”我说，“可是在欧洲任何地方都看不到多少吉卜赛人了。大多数都被围捕起来，在灭绝营里用毒气毒死了，这样对每个人都很好。谁喜欢小偷呢？”

她凑近看了眼那个死去的女人，然后厌恶地转身离开。“哎呀，”她说，“她嘴里冒出的是什么东西？血和蛆？”

“红宝石和钻石，”我说，“她的味道实在太难闻了，看上去真倒霉，谁都不敢太靠近，反而没人注意到那些东西。”

“这儿所有这些人当中，”她好奇地问，“谁可能会第一个注意到呢？”

我指出那个穿着稻草人破布片的前集中营看守。“这个人。”我说。

36

“士兵，士兵，这么多士兵，”她惊奇地说，“军服，军服，这么多军服。”

那些留下来的军服，我尽量处理得真实可信。那是我对自己师父丹·格雷戈里的致敬。

“父亲第一次看到儿子穿上军服时总是那么自豪。”她说。

“我知道大约翰·卡宾斯基就是这样。”我说。当然，他是我北边的邻居。大约翰的儿子高中时表现很坏，警察抓住他贩卖毒品。所以，越战期间他参了军。他第一次穿着军装回家，我从没见过大约翰那么高兴，因为在他看来，小约翰好像被完全改造好了，最终会有所成就。

但后来小约翰却装在一只尸体袋里回家了。

• • •

顺便说一句，大约翰和妻子多蕾娜正在把他们的农场分成六英亩的地块，卡宾斯基家三代人在那里成长。这是昨天报纸上登的消息。那些地段会卖得很好，因为建在那些地块上的房子的二层窗户，大多可以俯瞰我的大宅，会拥有海景。

大约翰和多蕾娜将成为手握百万现金的富翁，住在佛罗里达的一个公寓里，那里永远不会有冬天来临。所以可以说，他们正在失去自己的亚拉拉特山脚下属于自己的神圣地块——无须经历那种终极的羞辱：一场大屠杀。

“你的父亲第一次看到你穿上军装时为你感到自豪吗？”西尔塞问我。

“他没能活到看到那一幕，”我说，“我也很高兴他没有看到。如果他看到了，会朝我扔锥子或靴子的。”

“为什么？”她说。

“别忘了，正是那些他们的父母认为他们最终会有番作为的年轻士兵，杀了他曾经熟悉和爱过的每个人。如果他看到我穿着军装，会像得了狂犬病的狗般亮出牙齿。他会说，‘猪猡！’他会说，‘蠢猪！’他会说，‘刽子手！滚开！’”

• • •

“你认为这幅画最终会怎么样？”她问道。

“它太大了，扔都扔不掉，”我说，“也许会去得克萨斯州拉伯克的那家私人博物馆，那里收藏了大量丹·格雷戈里的画。我想它有可能吊在世界上最长的吧台后面，不管它在哪里——可能也在得克萨斯。但是顾客们会经常爬上吧台，想看看它到底画了什么——踢翻玻璃杯，踩在免费的开胃小菜上。”

我说，这最终要由我的两个儿子特里和亨利来决定《现在轮到女人了》的命运。

“你想把它留给他们吗？”她问道。她知道他们挺恨我，而且把自己的姓都合法地改成多萝西第二个丈夫罗伊的姓了——那是他们拥有过的唯一真正的父亲。

“你不觉得把这个留给他们有点像开玩笑吗？”西尔塞说，“你认为这幅画不值钱？我来告诉你，在某种程度上，这是一件极其重要的画作。”

“我想，它可能极其重要，就像迎头相撞一样重要，”我说，“会有无可否认的影响。肯定会制造点事儿出来。”

“你把这个给了那些不知感恩的人，”她说，“你会把他们造就成千万富翁的。”

“不管怎么样，他们都会成为千万富翁，”我说，“我要把我自己的一切都给他们，包括你那些打秋千的小女孩的画和那张台球桌，除非你收回它们。等我死了，他们只要做一件小事就可以得到这一切。”

“什么事？”她问道。

“只要把他们的姓和我孙子孙女的姓合法地改回成‘卡拉贝奇

亚'。"我说。

"你很在乎这个？"她说。

"我这是为了母亲，"我说，"她甚至生来就不姓卡拉贝奇亚，可是她认为，不管在哪里，不管以什么方式，卡拉贝奇亚这个姓要永远永远流传下去。"

• • •

"这些人物有多少是真人的画像？"她问。

"那个抱住我腿的轰炸员：我记得那是他的脸。这两个穿着德国军装的爱沙尼亚人是劳雷尔和哈代。这个法国通敌者是查理·卓别林。在塔楼另外一边的这两个波兰奴隶劳工是杰克逊·波洛克和特里·基奇。"

"这么看来你们横贯画面底部：三个火枪手。"她说。

"是的，我们在画面底部。"我表示同意。

"另外两个人死的时间挨得这么近，对你来说绝对是一场可怕的打击吧。"她说。

"早在那之前，我们就已经不是朋友了，"我说，"全是因为我们经常在一起痛饮，人们才那样称呼我们，跟画画没有任何关系。我们可以是管道工。我们中的一个或者另外那俩会停喝一段时间的酒，有时候我们三个都不喝了——都不影响叫三个火枪手，那是另外两个自杀前很久的称呼了。你说'绝对是一场打击'吗，伯尔曼太太？根本不是。我听到这个消息后只做了一件事，就是当了八年左右的隐士。”

• • •

“后来罗斯科也自杀了。”她说。

“没错。”我说。我们从欢乐谷里抽身出来，回到真实生活，又开始悲情地列数真实生活里抽象表现主义画家中的自杀事件：1948年戈尔基自缢，然后是1956年，先是波洛克，紧接着是基奇，一个因为醉驾，一个用手枪自杀——然后是1970年，罗斯科用刀子砍死自己，极尽狼狈。

我告诉她，语气之严厉，连自己都吃惊，也让她吃惊，这些暴死跟我们喝酒一样，与我们的绘画无关。

“我当然不想跟你争辩。”她说。

“但愿是真的！”我说。“说话算数！”我说，我的那股烈劲还未全消，“我们的绘画神奇之处在于，伯尔曼太太，当然在音乐中这是老生常谈，但在绘画里却算新鲜货：它是人类奇迹最纯粹的本质，跟食物，跟性，跟穿着，跟住房，跟毒品，跟小车，跟新闻，跟金钱，跟犯罪，跟惩罚，跟游戏，跟战争，跟和平完全没有关系——而且肯定也跟那些画家和管道工走向莫名的绝望和自我毁灭的普遍的人类冲动无关。”

· · ·

“你站在这个山谷边缘的时候，你知道我多大吗？”她说。

“不知道。”我说。

“一岁，”她说，“我不想显得那么失礼，拉宝，可这幅画的内容实在太丰富了，我想今天晚上我没法再看了。”

“我理解。”我说。我们出来站在这儿已经两个小时了。我自己已经精疲力竭，但是又有种久久不散的自豪和满足感。

· · ·

所以，我们又回到门口，我把手放在电灯开关上。因为那天晚上没有星星，也没有月亮，只要轻轻一按开关，我们就会陷入一片漆黑之中。

她问我："这幅画中有什么地方有什么东西可以说明它发生在什么时候什么地方吗？"

“没有任何东西表明它在哪里，”我说，“有个地方表明它发生在什么时候，但那个地方在另一端，而且位置很高。如果你真想看，我不仅得弄把梯子还得拿个放大镜来。”

“另找时间吧。”她说。

我给她描述了那个地方。“就是有那个毛利人的地方，他是新西兰野战炮兵部队的一名下士，在利比亚的托布鲁克外的一场战斗中被俘。我相信你肯定对毛利人有所了解。”我说。

“他们是波利尼西亚人，”她说，“新西兰的原住民。”

“没错！”我说，“他们是食人族，分成好多敌对的部落，直到白人到来才有所改变。这位波利尼西亚人坐在一个废弃的德国人的弹药箱上。箱底还有三发子弹，以备有人需要。他正在读一张报纸的内页。太阳升起，那张报纸在微风中飘过山谷时，他一把抓住。”

我继续说，指尖触摸着灯的开关：“那一页是德国占领期间那个小国拉脱维亚的里加出版的一份反犹周报上的。报纸已经出来六个月了，上面还登了些有关园艺、做家常罐头方面的小文章。这位毛利人正如饥似渴地研究着，希望了解我们所有的人都想知道的有关自己的情况：他在哪里，正在发生什么，接下来可能会怎么样。”

“如果我们有把梯子有个放大镜的话，伯尔曼太太，你就能够亲自看到弹药箱上用很小的字写的日期，当时你只有一岁：1945 年 5 月 8 日。”

• • •

我看了最后一眼《现在轮到女人了》，前景再次缩短成一个貌似密镶珠宝的三角形。我不必等邻居们和塞莱斯特的同学到来，就知道这将是我的藏品中最受欢迎的绘画。

“天哪，西尔塞！”我说，“它看着就像一张百万美元！”

“它还真就是。”她说。

灯熄灭了。

37

我们穿过黑暗从容地朝那座房子走去时，她抓住我的手，她说我其实已经带她跳过舞了。

“什么时候？”我问。

“我们现在就在跳舞。”她说。

“哦。”我说。

她又说，她无法想象我或者任何人怎么能就某个如此重要事件创作出如此巨大、美丽的画来。

“我也不相信自己能画出来，”我说，“也许不是我画的。也许是土豆虫画的。”

她说，有一次在塞莱斯特的房间里看到全部波丽·麦迪逊的书，她也不敢相信那些都是自己写的。

“也许你是个抄袭者。”我说。

“我有时候也会有这样的感觉。”她说。

我们到房子里的时候，尽管我们没有也绝不会做爱，我们的情绪却像做过爱似的。我可否这样说，似乎没有夸张的意思，我从来没有见过她如此倦怠无力？

• • •

她把自己的身体，像平时一样如此不安、如此焦躁和痒痒的身体，交付给书房里一把加了豪华厚垫的安乐椅。玛丽琳 · 凯普也幽灵般出没在这个房间。她写给加利福尼亚一个小孩的那捆信就放在我和伯尔曼太太之间的咖啡桌上。

我问伯尔曼太太，如果那间仓库是空的，或者如果那八块画板是空的，或者如果我修复了《温莎蓝十七号》的话，她会做何感想。

“如果你真搞得那么空空如也，我原以为你真会那样，”她说，“我想我会因为你的诚实而给你一个优。”

• • •

我问她是否还会写。我的意思是给我写信，但她以为我说的是写书。“我全部的工作就是——那个和跳舞，”她说，“只要我坚持做那个，我就能排解忧伤。”整个漫长的夏天，她已经轻松地忘记自己刚刚失去丈夫，那位显然才华横溢、风趣可敬的人。

“另外一件事也有点帮助，”她说，“那对我管用。对你可能不管用。那就是大声说话和喧闹，跟每个人说他们啥时候做得对啥时候做错了，而且还命令别人：‘醒醒！振作起来！开始工作！’”

“现在，我已经做了两次拉撒路，”我说，“我因特里·基奇而死，伊迪斯让我复活。我因伊迪斯而死，西尔塞·伯尔曼又让我复活。”

“不管谁都可以。”她说。

• • •

我们聊了会儿杰拉尔德·希尔德雷斯，早上八点将开着出租车来接她和她的行李到机场的那个人。他在本地也算个人物，大约六十岁。这里人人都知道杰拉尔德和他的出租车。

“他以前在救援队，”我说，“我想，他和我的第一个妻子可能还有过小暧昧。就是他发现了杰克逊·波洛克的尸体，在距离他的车撞到的那棵树有六十英尺远的地方。然后，不出几个星期，又是他拿着一个塑料袋收集起特里·基奇脑袋的碎片。你可以说他在艺术史上扮演过重要角色。”

“上次我坐他的车出去，”她说，“他告诉我，他那个家族在这里已经努力工作了三百年，但是能够证明这点的只有他的出租车。”

“那是辆不错的出租车。”我说。

“是的，他把外表保养得锃亮，里面用吸尘器弄得干干净净，”她说，“我想那是他排解忧伤的方式——且不管他为何而忧伤。”

“三百年了。”我说。

· · ·

我们挺担心保罗·斯莱辛格的情况。我猜测他那无助的灵魂意识到他的肉体扑到一颗即将爆炸的手榴弹上的时候会是什么感觉。

“为什么手榴弹没有炸死他？”她问道。

“那是手榴弹工厂不可原谅的粗制滥造酿成的。”我说。

“他的肉体做了那件事，你的肉体做了土豆仓库里的那幅画。”她说。

“听上去没错，”我说，“我的灵魂不知道该画什么样的画，但我的肉体肯定知道。”

她清了清喉咙。“嗯，那么，”她说，“该到你的灵魂，它已经为你的肉体羞愧了很长时间，感谢你的肉体终于做了件奇妙壮举的时候了吧？”

我想了想这句话。“听上去也没错。”我说。

“你得用实际行动去感谢。”她说。

“怎么做呢？”我说。

“把你的手举在眼前，”她说，“怀着爱心和感激看着那些奇妙又聪明的动物，大声告诉它们：‘谢谢你，肉体。’”

我照着做了。

我把双手举在眼前，然后全心全意地大声说：“谢谢你，肉体。”

哦，祝肉体快乐。哦，祝灵魂快乐。哦，祝拉宝·卡拉贝奇亚快乐。

译后记：学徒的绝响之作

杨向荣

我平常不太喜欢对自己即将翻译的作品提前来个毫发毕现的调查和研究，那会大大削弱翻译过程体会到的寥若晨星的快感。之所以说寥若晨星，是因为现在感觉翻译得越多越惧怕。对《蓝胡子》的译前功课同样做得囫囵吞枣，不是懒惰，而是刻意想囫囵吞枣。有时这样做让我翻译了自认为苦涩满齿的东西，那就只能说啃得真活该。我本以为《蓝胡子》是一部关于一群或者一个放荡不羁的美国画家煞有介事的自传小说，会让读者领略一番曾经活跃在地下的某个或许是杜撰的绘画流派成员们的窘迫和混乱兼有的生活，以及他们的绘画理念。只要写放荡不羁就有看头，这是鉴别外国文学可读性的不易真理。刻意借助寥寥无几的信息组合出《蓝胡子》的粗略内容后，我随即在拖了很久后动笔。随着翻译的深入展开，情节的呈现渐渐与我最初的想象绝尘而去，在《蓝胡子》中，放荡不羁或许有之，然而别样的严肃早已将其压服。我已经踏上距离最初的想象很远的不归路，然而冯内古特在这条新路两边辛苦栽培的树木景致比我原来想象的更加别致。所有伟大的作家或者哲学家，之所以能称为大家，是因为他们都会给我们以别致的东西。像冯内古特这样的作家，他不给我们别致的东西，首先他自己都会感觉特不舒服。

初识冯内古特大名时，我对美国文学尚混混沌沌，先是看到《囚鸟》，几年后又在某个高原小镇上的书店买到绝不会有人问津、在书架上肯定摆了好几年的《茫茫黑夜》。其实，后者在国内的出版时间比前者要早。那时，我无论如何想象不到将来会翻译冯内古特的作品，至于《蓝胡子》就更梦想不到了。我们大学时的外国文学课并不讲冯内古特，但是在美国现代派文学中，冯内古特的压倒性存在早就让我们这些爱好美国文学的学徒们难以忽略了。虽然如此，我自己关于冯内古特的印象和阅读却在很长时间内没有获得有效扩充和发展。《蓝胡子》属于冯内古特稍微晚近的作品，就属于我没有扩展到的作品。我对《蓝胡子》的好印象仅凭“蓝胡子”这个名字获得。这个名字本身和对它作为著名童话故事略知一二的惊悚情节吸引了我的想象，最后，老冯不负我望，果然以非同凡响的蓝胡子式的结局答谢了我的劳役。

1922 年，冯内古特出生于美国印第安纳州印第安纳波利斯，曾在康奈尔大学就读，“二战”时在美军服役，后被德军俘虏，所囚禁的城市德累斯顿被英美联军轰炸后夷为平地。冯内古特当时因为躲在地下肉库里，方才幸免于难。冯内古特从写科幻小说起家，出版于 1952 年的《自动钢琴》讽刺自动化带来的问题，后来陆续出版《泰坦的女妖》《茫茫黑夜》《猫的摇篮》《五号屠场》等科幻色彩很浓的小说。真正让冯内古特获得国际声誉的是《五号屠场》。从那以后，他不仅是畅销作家，同时还是社会和文化问题的著名代言人。但是冯内古特的个人天才和巨大的流行魅力早在他 20 世纪 50 年代和 60 年代初期的小说中就已经扎下了根底。20 世纪 60 年代是冯内古特科幻小说创作的高峰时期，后来，他就转而关心美国的各类重大现实问题，作品之多令人眼花缭乱，其讽刺幽默的特色更是炉火纯青。有评论家说：“冯内古特小说描绘的世界里，没有希望，没有目的，没有拯救世界的办法。”这位评论家把老冯的小说世界描绘得暗无天日且束手无策，好像他笔下的人物们面对现实无能为力，只好以黑色幽默置之。其实，冯内古特的作品洋洋洒洒，绝非三言两语可以概括。

评论家们把黑色幽默这个标签贴给了冯内古特，我们不妨看看这个标签和老冯本尊对黑色幽默的态度和看法。何谓黑色幽默，作家本人的解释或许更有说服力。美国布朗大学教授罗伯特·肖尔斯采访老冯时，问到他本人是不是反对这个标签，或者是否多少接受了这个标签。老冯说他觉得很玄乎，这东西好像一种推销用的标签，好像是有人拿了一只玻璃罩，把几只蟋蟀扣在里面，然后给这些蟋蟀取一个名字。干这个命名活儿的人是作家布鲁斯·杰·弗里德曼，这位弗里德曼编了本书叫《黑色幽默》，这样年轻的弗里德曼倒成了黑色幽默的鼻祖了。肖尔斯教授说，但愿这种命名不是一时的风气，别过几年把老蟋蟀都扫掉，又捉些新蟋蟀进来。教授和作家的对谈把黑色幽默的源头追溯到阿里斯托芬，老冯说他十四岁就读过这位作家的东西，读的原因是因为有人告诉十四岁的老冯，老阿里很下流，老冯读完后的感慨是，的确如此，不但下流而且伟大，因为老阿里很会令人发笑。这样貌似随意的对谈逐渐接触到了黑色幽默最初的内核。有人批评冯内古特的作品不够辛辣，不够讽刺，老冯以阿里斯托芬为例说，他肯定不是个愤怒的讽刺作家，肖尔斯认为斯威夫特才是真正愤怒的讽刺作家，但他付出的代价是发疯。令老冯不安的是，有些黑色幽默作者认为人类拉屎撒尿、过性生活是件可耻的事，取笑人类的这种肉体机能。老冯认为大多数黑色幽默作家的东西很难令人发笑，他自己则努力不管写什么东西都要使人发笑，否则就是失败。老冯在讲到讽刺的社会功能时说，想让自己教的学生在他们做将军和总统之前捉住他们，用人道、人性来毒害他们的思想，鼓励他们建设一个更好的世界，以毒攻毒，而黑色幽默是包得很好的少量毒剂。冯内古特在这篇对谈中触及的黑色幽默的相关内涵可能比较简单，但其价值在于这是由黑色幽默主将本人亲口所谈。

冯内古特以黑色幽默名世，这个标签几乎跟定了他，但是在《蓝胡子》中，黑色幽默的色泽其实有所下降，他拿手的科幻小说中的奇思异想的质地几近没有。相反，整体上现实主义的基调贯穿始终，最具象征意义的是，叙述者的画作风格也由年轻时的抽象表现主义最终变成了彻底的现实主义。老冯虽然在叙述上不时打破时间逻辑，但内在却是坚实的现实主义底子，细节上努力为讲精彩故事而认真着墨。依然幽默，依然黑色，但黑色幽默已经不是老冯经营的重点。

《蓝胡子》出版于 1987 年，其时冯内古特已经六十五岁，这部作品被认为是他晚期最好的小说。在这部小说中，冯内古特既重温了他早期小说中的某些主题，包括个人身份、艺术家的社会角色、家庭的重要性、美国的等级制度，以及战争中付出的肉体与情感的代价等等。如果我们对冯内古特之前的重要作品比较熟悉的话，会发现，在阅读这部小说的时候，这些主题在这部作品中几乎都重现了，然而，老冯毕竟老辣，他对自己钟爱的主题用不同的格调进行了重奏，而且又开辟了新的领地。有论者认为，《蓝胡子》是冯内古特小说中第一部严肃处理男性和女性关系问题的作品，第一次有强势的女性角色在他的小说中为女性代言发声。两位显眼的女性角色给予《蓝胡子》以他早期小说缺乏的全新的维度。

冯内古特假借一个所谓美国前抽象表现主义画派画家的自传的形式，叙述了他尴尬的艺术生涯，最后完成了作为艺术学徒的绝响之作。在这位所谓自传作者忽前忽后貌似打破时间顺序的叙述中，重大的历史事件如何影响个人生命的过程具体化了，命运如何捉弄人的细节呈现了，政治倾向和意识形态的抉择如何让世界一流的艺术家自我毁灭的传奇写就了，战争对参战者延绵不绝的消极影响放大了，女性的苦难和要强精神矗立起来了，情爱的蠢蠢欲动终至空虚搅扰栩栩如生地刻画了，美国梦突如其来但顷刻间又化作噩梦的图景描摹出来了，命运坎坷的女子最终变成强势女贵族，痛斥任何战争本质上都是男性针对女性的战争，女性主义的视角又似乎开辟出来了，蓝胡子童话式的意外效果实现了。所有这些在叙述过程中逐渐实现的宏大主题，其承载者和言说者却放在寂寂无名者以及具体可感的人物身上，用扎扎实实的细节来连缀成形，来最终完成。

尤其是，叙述的幽默腔调和众多逼真的细节让整个小说有种难以言传的荒诞古怪，这种故作不着调的怪诞感又把作家可能想表达的宏大主题藏得更隐蔽，消解了为主题而叙述的嫌疑。可以说，冯内古特在一件小幅画作中凝聚了非常多的理念元素，然而整幅画作看上去却没有斧凿的痕迹，层层叠叠的意义和意味互相交织却又浑然天成。

但是，《蓝胡子》首先是一本关于艺术家和艺术的小说。它写了几个画家、几个作家，比较刺眼的是，这几个画家和作家几乎个个都不正常。叙述者当学徒时的师父是一个怪癖缠身的插画大师，这位大师不仅成年后举止怪诞，他本人在当学徒的时候就是个非同寻常的小狠人，功成名就之际却甘愿做墨索里尼的宣传家，惨死战场，死而不得其所，聪明绝顶的人所选所择何其愚蠢。叙述者成年后的画友们多半自杀了，自杀的理由和方式也千奇百怪。叙述者本人同样怪诞，因此付出了妻离子散的代价，再次结婚后似乎放弃了创作，干起画作收藏和买卖的生意，人们以为他甚至连画都不会画，最后却在妻子老宅的土豆仓库里向一位同样怪诞的女作家展示了自己对“二战”结束时欧洲形形色色参战人员巨细无遗的大型群像的描画，挑剔的女作家叹为艺术绝响。突然闯进叙述者生活里的女作家行为乖张狂傲背后掩藏着严重的精神危机。借住在叙述者大宅里的老作家更是饱受曾经参与的战争后遗症的折磨，不能正常生活。不正常如幽灵般追随着这些艺术家和作家。这本关于艺术家的小说又写了若干艺术家与所谓主流人群的隔阂相异，其根源各不相同，作家也无意去做统一的探究，留给读者去思索。在跟艺术有关的问题上，小说也多有涉猎。艺术与政治的关系，艺术与商业的关系，艺术与名望的关系，艺术与命运的关系，严肃艺术与大众艺术的分野界定，艺术家之间的竞争、嫉妒和友谊，作家之间的排斥和藐视，绘画与写作之间的区隔，个人对好坏艺术判定的异见，这些跟艺术有关的方方面面都在有意无意间以貌似漫不经心的方式触及到了。

我们列举了《蓝胡子》中涉及的宏观和微观的主题，冯内古特对这些主题的意识，有的是自觉的，有的是叙述中带出来的，无论哪种情况，他对这些主题的驾驭堪称手起刀落不见痕迹的大师。如果我们看到某部小说充满了主题，理念完全淹没了活的叙述和情节，这部小说的观念的力量不管何其强大，它都是有瑕疵的或者就是失败之作。冯内古特不是这样。这些主题或者理念是我们细读后感觉出来的，不是作家刻意营造塞给读者的。冯内古特首先是一个讲故事的大师，而不是理念的供给商。据说，老冯早年在芝加哥大学学习人类学，硕士论文就是分析民间故事的结构。年轻时的学习在《蓝胡子》的写作中也爆发了威力。比如叙述者的师父和他的师父拿制作伪币逞才的故事，愚弄和反愚弄，就带有强烈的民间故事的味道。不用说，最后艺术学徒的绝响之作出其不意的呈现，也借取了童话故事蓝胡子的灵感。所以，我们从《蓝胡子》里看到的不是自说自话的泛滥，而是对讲故事的致敬，作者每个大的叙述区块都是以讲故事的方式布局构建的，因此也有故事特有的悬念魅力。我们看到的是故事绝对大于理念。

《蓝胡子》中遍地可见痛苦，但冯内古特并没有用惨兮兮的口吻来讲述，在讲述的口吻方面，他用了克制的幽默、冷峻的幽默，比如叙述者的母亲捡到在一次大屠杀中从一个老太婆嘴里流出的贵重首饰的细节，这已经是典型的黑色幽默了。我们知道，黑色幽默不仅仅是在叙述手法上独具特色，而且是对人生经验有了全然不同的理解后，才对喜怒哀乐表达出迥异于传统的幽默。既然是黑色，这种幽默引起的笑恐怕比哭还要难受。冯内古特当然深谙此道，他试图用别致的角度研究正剧处理的问题，所以他的幽默就绝不是简单的滑稽或者插科打诨所能比拟的。幽默写作要比悲情和正剧更难，因为它对才智的要求更高，一句插科打诨的话中凝聚的智力肯定要比正正经经、原原本本地描述一件事所需要的智力更高，这是毋庸置疑的常识。冯内古特以尖锐的智力之刀片划破包裹着事物的厚厚外皮，让人们看到潜伏的真相，他用这把智力超强的刀片解剖复杂的表象，把荒谬展示出来，不仅丰富读者的见解和生活经验，同时又从哲学的层面上施予读者某种解构现实的方法论。晚年的老冯据说越来越像个哲学家，我从照片上看他颇有爱因斯坦的风度，相由心生，这大概跟他常年施展这种哲学性智力活动不无关系。我们读冯内古特的作品，绝不可能在智力的教益上无所收获，我们既不能错过他对笑的解构，让笑具有更加复杂和悲苦的含义，同样，如果我们错失了对他智力的鉴赏，我们就会错失更多。

冯内古特在不长的篇幅里留下了众多可以解说的线索，关于《蓝胡子》的更多评说必须留给读者，我在这里不必喋喋不休。翻译这本小说对我来说无疑是一场艰难的旅程，我自己还是美国文学幼稚学徒的时候就被老冯所倾倒，如今由昔日学徒转运大师之作到异国他乡，其间的惴惴不安和能力风险可想而知。最后，感谢楚尘君信赖，让我来尝试这场转运工作。另外，感谢编辑章武君，帮我消除了诸多贻笑大方的错会。